Lorena Schäfer

Wo die Sterne das Meer berühren

LORENA SCHÄFER

WO DIE Sterne DAS Meer BERÜHREN

ROMAN

Impressum
Lorena Schäfer
c/o autorenglück.de
Franz-Mehring-Str. 15
01237 Dresden

E-Mail: info@lorenaschaefer.de

Herstellung und Verlag:
BoD – Books on Demand, Norderstedt
ISBN: 9783754308196

*Für Passi,
der an mich und dieses Buch geglaubt hat,
bevor ich es selbst getan habe.*

Anmerkung:
San Elio ist eine kleine Stadt in Italien, die nur in meinem
Kopf entstanden ist. Doch ähnelt sie in ihrer Schönheit
jeder anderen unter der toskanischen Sonne.

Kapitel 1

Warum wünscht man sich, ein Leben wie im Film zu führen? Weil die Realität dort meistens keinen Platz hat.

Wäre ich in einem Film, würde ich nicht in der vollgestopften S-Bahn stehen und bei jeder Kurve in der Achsel des Mannes neben mir landen, der sich an der Halteschlaufe über mir festhält. Was nicht dramatisch wäre, wenn es nicht gefühlte dreißig Grad hier drinnen wären und er kein Tanktop tragen würde.

Nein, im Film würde ich bei Sonnenschein über die Straße laufen, Zoom zu Beginn auf meine Beine, die in wunderschönen High Heels stecken, aber natürlich keine Blasen verursachen. Im Hintergrund ein Pop-Song, der ins Ohr geht, aber nicht zu nervig ist (Katy Perry? Nein, lieber Shawn Mendes).

Die Kamera zoomt wieder heraus und wir würden sehen, wie ich grüßend an fröhlichen Menschen vorbei mit meinem To-Go-Becher aus dem Drehkreuz eines riesigen Gebäudes eile, in dem ich tagsüber a) die Verlagsbranche digitalisiere oder b) mich bei der Produktion einer Morgenshow von der Praktikantin zur angesehenen Redakteurin hocharbeite.

Ich stoppe mein Kopfkino, ziehe meinen Regenschirm aus den Kniekehlen der Dame neben mir und dränge mich hinaus, um auf dem Bahnsteig Luft zu holen.

Ich verfluche den Wettergott, wegen dem ich heute Morgen nicht mit dem Rad zur Arbeit fahren konnte. Nichts kann einem so herrlich die Gedanken wegpusten wie der Fahrtwind.

Ich eile zur Rolltreppe und schaue dabei auf mein Handy, um die Uhrzeit zu checken. Mist, ich habe nur noch fünf Minuten. Zum Glück ist der Weg zum Restaurant nicht mehr weit.

Schnell laufe ich die Rolltreppe nach oben und sehe dabei, dass meine weißen Lieblings-Sneaker durch den Regen ganz grau geworden sind.

In diesem Moment klingelt mein Handy und das Bild meiner besten Freundin Neele erscheint auf dem Display.

»Hey«, schnaufe ich.

»Mika, meine Liebe! Also entweder unterbreche ich dich bei großartigem Sex oder du machst Sport. Ich hoffe für dich auf Ersteres.«

Ich lache. »Leider das Zweite. Ich laufe gerade eine Rolltreppe nach oben.«

»Münchner Rolltreppen sind doch keine Herausforderung! Mach das mal in der Tube.«

Neele ist nach unserem Abi zum Jura-Studium nach London gezogen und auch danach dort geblieben. Inzwischen arbeitet sie als Anwältin für Scheidungsrecht in einer renommierten Kanzlei in Soho.

»Wie geht es dir?«, frage ich, um das Rolltreppen-Thema hinter uns zu lassen. »Was gibt es Neues in der Welt der Reichen und Schönen?«

Neele erzählt mir von den astronomischen Unterhaltsforderungen des Ex-Mannes einer ihrer Klientinnen. Wie immer erfindet sie Namen, um die Promis zu schützen, die sie in Scheidungsschlachten vor Gericht vertritt. Aus den täglichen Klatschspalten ahne ich allerdings, um wen es geht. Es ist immer beruhigend zu hören, dass diese Leute Probleme wie wir alle haben. Nun ja, Probleme, die viel Geld und Botox enthalten, aber immerhin Probleme.

»Und du kommst nie darauf, wer mich diese Woche angerufen hat«, sagt Neele aufgeregt.

»Wer?«

»Jemand von früher.«

Wir sind seit der ersten Klasse befreundet, es gibt also ein paar Menschen, die wir beide aus der Vergangenheit kennen.

»Raten ist doof, Neele. Wer?«

»Tobi!«

»Tobi?« Ich krame in meinem Kopf nach allen möglichen Kandidaten, aber die Schulzeit ist nun doch schon seit elf Jahren vorbei.

»Na Tobi, mit dem ich während dem Abi etwas hatte.«

»Ach Tetanus-Tobi!«

Unser Mitschüler Tobi hatte sich am Tag des Abi-Scherzes eine Schnittwunde zugezogen. Die Geschichte der Tetanus-Spritze und der heißen Rettungssanitäterin, die sie ihm verpasste, war legendär.

»Ja, er steht gerade kurz vor der Scheidung und wollte ein paar Tipps von mir.«

Wow, ich dachte, dass nun erst einmal die Phase der Hochzeiten an der Reihe ist.

Neele fährt fort. »Wir haben die B-Version des Lebens ausgetauscht. Beruf, Beziehungsstatus, Babypläne. Und dann hat er mich gefragt, ob sich denn alle Dinge auf unserer Liste bewahrheitet haben.«

»Auf unserer Liste?«

»Genau das gleiche habe ich ihn auch gefragt und dann ist es mir wieder eingefallen: unser Apfelbaum im Garten – die Liste – du – ich.«

Ich sehe Neeles erwartungsfreudiges Gesicht förmlich vor mir und nach kurzem Überlegen fällt es mir siedend heiß ein: Kurz vor unserem Abitur haben wir in Neeles Garten unter einem Apfelbaum – und mit viel Apfelkorn intus – eine Liste mit Träumen, die wir bis dreißig erreicht haben wollten, vergraben.

»Ach du meine Güte, die Liste! Die hatte ich echt komplett vergessen.« Ich weiche einem Hund auf dem Gehweg aus. »Meinst du, sie ist überhaupt noch da?« Ich kichere. »Oder ist sie Christiane bei einer ihrer letzten Ausräucherungen zum Opfer gefallen?«

Neeles Mutter ist wunderbar ... anders. Ich traue es ihr eindeutig zu, die Kiste zu verbrennen, um damit Schutzengel oder Ähnliches aus dem Jenseits hervorzurufen.

»Nee, ich habe Mama schon mit fünfzehn verboten nochmal mit ihrer Schamanen-Gruppe in den Garten zu gehen, nachdem der alte Feisthaupt von nebenan einmal die Polizei gerufen hat.«

Ich muss lachen.

»Ich habe keine Ahnung, was ich auf diesen Zettel geschrieben habe«, überlegt Neele.

»Ich auch nicht«, stimme ich ihr zu. Doch wenn ich ehrlich zu mir selbst bin, kommt eine vage Erinnerung in mir hoch, dass der Name Orlando Bloom enthalten sein müsste.

»Wollen wir die Kiste ausgraben, wenn ich dieses Wochenende nach Hause komme? Oder …«, Neele zögert und fährt dann vorsichtig fort, »willst du lieber weiterhin nicht an das Jahr erinnert werden? Dann lassen wir es natürlich.«

Mein Hals wird eng. »Nee, kein Problem«, presse ich hervor und versuche den Moment zu überspielen. »Ich bringe den Apfelkorn mit.«

»Untersteh dich!« Neele ist sichtlich froh, dass alles gut zu sein scheint.

»Ich muss Schluss machen, ich bin da.«

»Wo -«, setzt Neele an, aber da fällt es ihr auch schon ein. »Ach klar, es ist Dienstag. Habt einen schönen Abend!«

Ich lege auf, stecke mein Handy in meinen Rucksack und betrachte mich prüfend in der Glastür des Restaurants. Meine Jeans und mein heller Trenchcoat sind vom Regen nass geworden und ich fahre einmal durch meine schulterlangen Locken, um sie von der Feuchtigkeit zu entwirren.

Ich drücke die Tür auf. Seit wir zusammen in München wohnen, ist der Dienstagabend hier bei Thao's für mich und Ben gesetzt. Laut ihm machen sie die beste Pho Suppe der Welt, auch wenn er selbst noch nie in Vietnam war und es daher schwer beurteilen kann. Doch da sie wirklich sehr lecker ist, verzeihe ich ihm diese Kleinigkeit gerne.

Ich gehe in das schmale Restaurant, wo Ben schon an einem der kleinen Holztische sitzt und vertieft in seinen Laptop starrt. Seine blonden Haare fallen ihm in die Stirn, die er angestrengt runzelt. Ich pfeife anzüglich und er schaut grinsend hoch.

»Da bist du ja!«

»Sorry, die Bahn ist mitten im Nirgendwo stehen geblieben und es ging ewig nicht weiter.«

Ben klappt den Laptop zu und verstaut ihn in seiner Tasche unter dem Tisch.

»Wie war es beim Blumengroßhändler?«, frage ich und beuge mich zu ihm, um ihm einen Kuss zu geben.

»Super«, sagt er und setzt seine Brille ab. »Wir sind alle Konditionen für das nächste Jahr durchgegangen und uns einig geworden.«

Bens Eltern besitzen eine große Gärtnerei mit Baumschule in Dachau, die er eines Tages übernehmen wird, daher unterstützt er seinen Vater bereits in der Geschäftsführung. Ich arbeite ebenso dort und kümmere mich um das Marketing. Im Moment bereite ich viel für den Online-Shop vor, der noch im Aufbau ist, für den Ben aber große Pläne hat.

Wir bestellen wie immer Suppe und ich erzähle Ben von meinem Telefonat mit Neele. Die Liste, die wir ausgraben wollen, lasse ich dabei aus. Der komische Moment zwischen uns, als sie nach dem Abi-Jahr gefragt hat, reicht mir fürs Erste.

»Ich schlafe am Samstag bei Neele, okay?«

»Das passt super«, antwortet Ben Suppe-schlürfend, »dann kann ich lange arbeiten.«

Ich runzle die Stirn. »Aber nicht wieder so ewig wie letztes Wochenende, ja? Du musst auch mal Pause machen.«

»Mach dir keine Sorgen.« Er lächelt mich liebevoll an und die Ben-typischen Grübchen erscheinen auf seinen Wangen. »Es ist nur vorübergehend so viel zu tun.«

Am nächsten Morgen komme ich gut gelaunt in der Gärtnerei an. Der Regen hat sich verzogen und ich bin mit meinem geliebten Rennrad den Weg nach Dachau rausgefahren. Es würde natürlich mehr Sinn machen, morgens mit Ben im Auto mitzufahren, doch er fängt bereits um sieben Uhr an. Wir haben das vor einigen Jahren ausprobiert und Ben bezeichnet die Zeit immer noch als die Tage von Emily Rose. Ich muss so beängstigend gewesen sein, dass ein Exorzismus nahe lag. Na ja, wecke eben niemals einen Langschläfer um 5:30 Uhr.

Ich schließe mein Fahrrad ab und laufe an den großen Gewächshäusern vorbei zum Bürogebäude, das im hinteren Teil des Geländes liegt.

»Guten Morgen Mika«, grüßt mich Paul, der für die Logistik zuständig ist und hebt wie jeden Tag seine große, schwielige Hand, in die ich im Vorbeigehen einschlage.

Wir sind ein kleines Team und es fühlt sich eher nach einer Familie als nach einem Job an. Das denke ich mir zumindest so. Ich habe keinen Vergleich, da ich direkt nach der Schule hier angefangen habe.

Meine Lieblingskollegin Toni, mit der ich mir ein Büro teile, streckt mir schon einen Becher mit herrlich duftendem Kaffee aus der kleinen Küche entgegen.

»Ahhh«, seufze ich genüsslich, nachdem ich einen großen Schluck genommen habe, »womit habe ich das verdient?«

»Ich will mich nur bei dir einschleimen, damit du nachher die Präsentation meiner Ergebnisse bei Ben übernimmst«, sagt sie zuckersüß grinsend und zupft an ihren kurzen Haaren herum.

»Ha, vergiss es. Da müsstest du mir schon einen intravenösen Zugang legen.«

Sie zuckt mit den Schultern. »Einen Versuch war es wert.«

Wir gehen in unser Büro, dessen Linoleum-Charme der achtziger Jahre wir mit viel Mühe versucht haben zu überdecken. Dank IKEA nimmt man den senfgelben Boden nun nur noch zweitrangig wahr.

»Viel zu viel Nippes«, beurteilt Ben unser Dekofieber immer wieder mit hochgezogener Augenbraue. Und hat bei all den Tischlampen, Gartenzeitschriften und gehäkelten Blumentöpfen vielleicht auch ein bisschen Recht. Okay, er hat definitiv Recht. Aber er lässt uns gewähren, damit wir uns wohl fühlen. Er wird bestimmt ein toller Geschäftsführer. Ich weiß wie wichtig es ihm ist, dass ihm alle vertrauen und ihn akzeptieren.

Wir setzen uns an unsere Schreibtische und ich fahre meinen PC hoch. Ich öffne die Website der Gärtnerei, da ich heute am Entwurf des Layouts für den Online-Shop weiterarbeiten will. Um den technischen Aufbau kümmert sich Toni, die ein IT Genie ist. Sie könnte in einem großen Konzern in der Münchner Innenstadt bestimmt viel mehr Geld verdienen als hier.

»Um mir dann von so einem Anzug tragenden Schnösel erzählen zu lassen, wie ich meine Arbeit machen soll? Nee danke«, hat sie gesagt, als ich sie einmal danach gefragt habe.

»Hier fühle ich mich pudelwohl«, hat sie hinzugefügt und der Winkekatze vor sich einen Stups gegeben.

Nach zwei Stunden Bildbearbeitung in Photoshop reibe ich mir die Augen und hole einen Müsliriegel aus meiner Schreibtischschublade. »Wie war eigentlich dein Date gestern?«, frage ich Toni kauend.

»Hmpf«, kommt es nur vom Schreibtisch gegenüber. »Er war leider super langweilig.«

Ich ziehe eine mitfühlende Grimasse.

»Und«, sagt sie nach einem dramatischen Seufzen, »er hatte echt komische Nasenlöcher.«

»Okay, wow. Klar, so wird das natürlich nichts mit den perfekten Hochzeitsfotos, da muss man wählerisch sein.«

»Haha, mach du nur Witze. Es war echt nicht hübsch anzuschauen. Außerdem hat er Smiley-Tourette.«

Ich schlage erschrocken die Hand vor den Mund, in der Annahme, dass das eine spezielle Form der Nervenerkrankung sein muss.

Doch Toni fährt fort. »Kennst du das, wenn Leute in einer Nachricht mehr Smileys als Wörter schreiben? Das geht gar nicht. Ja, ich habe verstanden, dass er einen Witz gemacht hat, das muss er nicht noch mit zehn Lachtränen-Smileys betonen.«

Ich nehme die Hand vom Mund und versuche etwas darauf zu erwidern, aber mir fällt nichts ein. Toni sitzt mir jetzt seit zwei Jahren gegenüber und hinterlässt mich immer noch mindestens einmal am Tag sprachlos.

»Ich glaube, wenn du den richtigen findest, dann ist es dir egal, ob er viele Smileys schickt oder nicht«, sage ich, um sie aufzumuntern.

»Ja, das denke ich auch.« Toni rührt gedankenverloren in ihrem Smoothie. »Aber bis dahin werde ich wohl weiterhin WhatsApp-Nachrichten bekommen, in der eine Gurke und ein Feuerwerk-Symbol auf den Sex von gestern Nacht anspielen.«

Ich schaue sie mit großen Augen an. »Du hast trotzdem mit ihm geschlafen?«

Sie schaut ebenso verwundert zurück. »Na klar, was denkst du, warum mir seine Nasenlöcher so aufgefallen sind?«

Kapitel 2

Am Samstag fährt mich Ben nach einem ausgiebigen Frühstück auf unserem Balkon zu Neele. Sie und ich sind in Karlsfeld, einem Vorort zwischen München und Dachau, aufgewachsen. An den wenigen Wochenenden, die sie daheim verbringt, wohnt sie wieder bei ihrer Mutter.

Ben nimmt wie immer den Umweg über die Bundesstraße, um nicht über den Bahnübergang fahren zu müssen und hält vor dem quietsch-orange gestrichenen Haus, das man schon von weitem sehen kann. Tibetische Gebetsfahnen sind quer durch den verwilderten Garten gespannt und mehrere Buddhas empfangen einen friedlich lächelnd auf der Treppe.

Ben beugt sich zu mir und gibt mir zum Abschied einen Kuss. »Viel Spaß euch. Richte Christiane bitte aus, dass die Kräuter, die sie mir letztes Mal mitgegeben hat, prächtig gedeihen. Und frag sie bitte auch gerne noch, ob ich Probleme mit der Polizei bekommen könnte, wenn sie zufällig unseren Balkon kontrollieren würde. Einige Blätter kommen mir doch sehr auffällig vor.« Er zwinkert mir zu und ich grinse.

»Mach ich. Und du arbeite heute nicht wieder so lange.«

Ich steige aus und winke ihm hinterher, als er davon düst. Ich will gerade das Gartentor öffnen, als die

Haustür aufgeht und Tim, Neeles Bruder, die Stufen herunter kommt.

»Hey, Mika.« Er schiebt sich die Sonnenbrille von der Nase ins kurze blonde Haar. »Wir haben uns ja schon ewig nicht mehr gesehen.«

Tim ist acht Jahre jünger als Neele und ich. Früher hat er die meiste Zeit damit verbracht uns zu ärgern, während wir Tanzschritte aus irgendwelchen MTV Musikvideos geübt haben.

Ich kann mir im Moment kaum vorstellen, dass dieser gut aussehende Mann derselbe ist, der als kleiner Junge nachts zu uns ins Bett gekrochen kam, wenn er mal wieder verbotenerweise Horror-Filme mit uns angeschaut hat.

Ich gehe einen Schritt auf ihn zu und umarme ihn.

»Tim! Wie geht es dir?«

»Gut. Ich bin erst letzte Woche aus Hamburg zurückgezogen. Ich wohne jetzt wieder hier, solange ich meinen Master mache.«

»Das ist super.« Ich lächle ihn an.

Er schiebt sich an mir vorbei und sagt: »Sorry, ich bin spät dran. Neele wartet schon auf dich. Machs gut, Mika!«

Ich schaue ihm hinterher, wie er den Gehweg entlang eilt. Dann gehe ich die Stufen hoch und drücke die schwere Haustüre auf.

Neele steht in der Küche. Sie ist im Gegensatz zu mir sehr klein, aber das macht sie mit ihrer lauten Stimme wett. Süß ist ein Adjektiv, das sie hasst. Hinter der zierlichen Frau mit den langen blonden Haaren steckt viel mehr. Neele ist tough und weiß genau, was sie will.

Als sie mich entdeckt, jauchzt sie und läuft auf mich zu, um mich überschwänglich zu umarmen. »Drei Monate sind einfach viel zu lange.«

»Da hast du eindeutig Recht.« Ich drücke sie fest an mich und ziehe dann eine Packung Kinderschokolade aus meinem Rucksack.

Es ist ein altes Ritual zwischen uns, dass ich jedes Mal, wenn sie nach Hause kommt, ihr etwas mitbringe, dass es in England nicht ganz so einfach zu kaufen gibt.

Sie nimmt die Packung gierig, wickelt einen der Riegel aus und schiebt ihn sich direkt in den Mund.

»Mhhh«, seufzt sie genüsslich mit geschlossenen Augen. »Kindheit, Opa Heinz und der große Schrebergarten auf einmal. Danke dir!« Sie macht die Augen wieder auf. »Was willst du trinken? Wie geht es dir? Was macht die Gärtnerei?«

Neele wäre nicht Neele, wenn sie sich mit einer simplen Frage auf einmal zufriedengeben würde.

»Beantworte ich dir gleich alles. Aber wir müssen erst über Tim sprechen.« Ich schaue sie ungläubig an. »Wie kann ich es verpasst haben, dass unser T-Rex-T-Shirt-Tim in den letzten zwei Jahren ein Mann mit Muskeln geworden ist?«

Neele winkt ab. »Geh mir bloß weg mit dem. Wir haben uns eben gestritten, bevor er gegangen ist.«

»Wie gestritten«, sage ich panisch. »Aber ihr seid nicht im Bösen auseinander gegangen, oder?«

»Nein, natürlich nicht.« Neeles Blick wird weich. »Wir haben nur unterschiedliche Auffassungen darüber, mit wie vielen Mädchen gleichzeitig zu schlafen noch zum guten Ton gehört.«

Mein Herz schlägt wieder etwas langsamer. »So schlimm?«

Neele seufzt. »Ich glaube, er ist ein ganz schöner Womanizer geworden. Wir haben alles an Frauenpower über die Jahre gegeben, damit genau das *nicht* passiert.« Sie zuckt mit den Schultern. »Mama hat schon immer gesagt, dass das fehlende Vaterbild irgendwann seine Auswirkungen haben wird.«

Neeles Eltern haben sich scheiden lassen, als Tim gerade zwei war. Seitdem haben sie keinen Kontakt mehr zu ihrem Vater.

Neele fängt an eine große Kanne mit Zitronenscheiben zu befüllen. »Ich mache uns Eistee.«

»Super!«

»Ich bin froh, dass du die Drohung mit dem Apfelkorn nicht wahr gemacht hast.« Sie kichert und setzt Wasser auf.

Ich schnaube. »Nein danke, so einen Kater wie damals möchte ich nie wieder haben.«

Ich setze mich auf einen Hocker und schaue mich im Raum um. Die rot gestrichene Küche ist wie immer herrlich vollgestopft mit Kräutern, Ampullen und Büchern mit Titeln wie *Die fünf Elemente Ernährung*.

In Christianes Küche haben wir immer Zuwendung bekommen. Sie hat mit uns einen Liebestrank gebraut, als wir in der sechsten Klasse unseren Schwarm dazu bringen wollten, uns zu mögen und uns ganz offen alle Fragen beantwortet, die wir in der Pubertät hatten.

»Ist Christiane gar nicht da?«, frage ich.

Neele schüttelt den Kopf. »Sie hält dieses Wochenende einen Yogakurs in der Eiffel. Aber ich soll dich ganz lieb grüßen.«

Sie gießt den Tee auf und füllt Eiswürfel in die Kanne. »So, und jetzt zu dir. Wie geht es dir?«

»Alles gut.«

»In der Gärtnerei läuft es auch gut?«

»Ja, alles wie immer. Wir arbeiten immer noch am neuen Online-Shop.«

Neele nickt wissend. Sie hat schon viel von mir und Ben dazu gehört.

»Und bei dir?«, frage ich, da ich selbst gar nicht so viel erzählen kann.

Neele winkt ab. »Viel zu viel Arbeit. Aber ansonsten alles super. Ich habe dir doch von dem Typen erzählt, den ich in Chelsea kennengelernt habe.«

Ich nicke zustimmend.

»Er hat sich gemeldet und will nächste Woche mit mir ausgehen! Ich hab ihn natürlich sofort gestalked und auf seinem Instagram-Profil gesehen, dass er Gitarre spielt.«

Neele hatte schon immer eine Schwäche für Musiker, daher kann ich mir bildlich vorstellen, wie sie an einem verregneten Londoner Samstag durch Chelsea läuft und in einem Plattenladen einen Typen mit verwuschelten Haaren und Silberblick à la Alex Turner von den Arctic Monkeys sieht.

Im Film wäre die Szene mit Indie-Pop unterlegt und ein Sepia-Filter würde uns die melancholische Stimmung aufzeigen, die andeutet, dass er kein einfacher Mensch ist und der Protagonistin voraussichtlich das Herz brechen wird.

Neeles Stimme reißt mich aus meinen Gedanken. »Na ja, ich schaue einfach mal, ob er wirklich so toll wie in meiner Erinnerung ist.« Sie klatscht fröhlich in die Hände und springt auf und ab. »Genug davon. Los, komm. Ich bin so gespannt, welche Peinlichkeiten wir da draußen gleich entdecken werden!«

Mit Spaten und Schaufel bewaffnet laufen wir über die Terrasse in den Garten. Große, alte Bäume und eine Buchenhecke säumen den wunderbar verwilderten Garten ein. Er passt zu Christiane. Nichts ist geradlinig angelegt und die Blumen und Büsche dürfen sich ungehindert ihren Weg bahnen.

Wir gehen in den hinteren Teil, wo neben Kompost und Brunnen zwei große Apfelbäume stehen.

Neele und ich schauen uns etwas ratlos an.

»Weißt du noch, welcher der beiden es war?«, frage ich.

»Nee, aber so schwer wird das schon nicht werden.«

Zwanzig Minuten später rinnt uns der Schweiß vom Graben in der Sonne herunter.

»Irgendwo hier muss es doch sein«, schnauft Neele, nachdem wir den vierten Anstich mit dem Spaten gemacht haben.

»Vielleicht wollten wir gar nicht, dass die Kiste je wieder gefunden wird und haben sie extra tief vergraben«, überlege ich laut.

Ich stütze meinen Kopf auf dem Schaufelende ab und lasse meinen Blick über den Rasen vor den beiden Bäumen wandern. Er landet beim Kompost.

»Neele«, sage ich.

»Was?« Sie schaut mit hochrotem Kopf zu mir und folgt meinem Blick.

»Oh.«

»Kann es sein, dass wir die Position zum Schluss doch noch verändert haben?«

»Weil wir unbedingt verhindern wollten, dass Mama oder Tim die Kiste finden«, beantwortet Neele meine Frage und fasst sich an den Kopf.

»Stimmt! Ich erinnere mich. Wir haben sie zum Schluss hinter dem Kompost vergraben.«

Wir gehen einmal um den Kompost herum, um den sich inzwischen wilde Himbeeren ranken und dessen Geruch wirklich jeden davon abhalten würde, hier etwas auszugraben.

»Hier muss es sein«, sagt Neele triumphierend. Sie sticht mit Schwung den Spaten in die Erde. Nach drei weiteren Stichen hören wir ein *Klonk* und etwas Graues schimmert durch die Erde.

»Das ist sie!«, jubelt Neele. »Wir haben sie gefunden.«

Mit meiner Schaufel versuche ich die Kiste weiter auszugraben, aber nehme dann doch die Hände, damit ich sie nicht aus Versehen kaputt mache.

Ich taste in der aufgelockerten Erde herum und bekomme sie schlussendlich zu fassen. Eine vergilbte Dose, die früher einmal silber gewesen sein muss, kommt zum Vorschein.

»Wie cool«, quietscht Neele neben mir aufgeregt.

Ich wische den gröbsten Dreck ab und schaue Neele feierlich an. »Da ist sie. Quasi ein Zeitzeugnis. Hättest du dir damals gedacht, dass wir sie so wie wir jetzt sind, wieder ausgraben?«

»Nee«, Neele schüttelt den Kopf, »ich konnte mir nicht vorstellen irgendwann mal dreißig zu sein. Das kam mir immer uralt vor.«

Ich ziehe langsam den Deckel von der Dose. Zum Glück haben wir damals trotz Alkoholpegel in weiser

Voraussicht alles in eine Plastiktüte verpackt. Zwei vergilbte Zettel und ein Foto sind darin eingewickelt.

»Und hätte man mir damals gesagt, dass ich Birkenstock trage, um diese Kiste wieder auszugraben, hätte ich ihn für vollkommen übergeschnappt erklärt«, feixt Neele. »Birkenstock und Hornbrillen. Man könnte meinen, die Welt hätte sich in Sachen Stil komplett zurück entwickelt.«

Ich nehme das Foto aus der Tüte und kichere. »Na ja, das würde ich nicht gerade behaupten.«

Neele stellt sich neben mich und zusammen betrachten wir das Bild.

Wir stehen in meinem alten Kinderzimmer. Neele hat einen Arm um meine Schulter gelegt und unter den anderen eine winzige weiße Handtasche geklemmt. Wir haben beide strohblonde Blocksträhnen in den Haaren, einen Pony und tragen unverzichtbar tief sitzende Jeans zu unseren Tops. Auf dem Bild strahlen wir voller Vorfreude auf die Zeit, die vor uns liegt. Es ist dieser unbekümmerte Ausdruck in den Augen, der mir fast weh tut.

Neele schüttelt entsetzt den Kopf. »Dieser Pony war wirklich die schlimmste Frisur, die ich je getragen habe. Ich sehe aus wie ein erschrockenes Küken mit Federn auf dem Kopf.«

Sie nimmt die beiden Zettel aus der Tüte. »Ich zuerst, okay?«, fragt sie und faltet den Zettel, auf dem groß ihr Name prangt, auseinander.

Sie räuspert sich feierlich und liest vor:

Karlsfeld, 12.05.2008
Bis 30 will ich:
- im Ausland studiert haben

- erfolgreiche Anwältin sein
- in New York oder London leben
- genug Geld haben, um mit Mama und Tim nach Sri Lanka zu fliegen
- die Kaiserchiefs endlich live gesehen haben
- einen heißen Mann haben (einen Jack oder John, Münchner Jungs sind langweilig!)
- immer noch mit Mika Schulte befreundet sein

Sie macht eine Pause und kichert dann. »Die Kaiserchiefs, stimmt.« Sie hält mir den anderen Zettel hin. »Jetzt du.«
   Ich nehme ihn und lese vor:

Karlsfeld, 12.05.2008
Bis 30 will ich:
- auf jedem Kontinent gewesen sein
- auf einer Full Moon Party in Thailand getanzt haben
- am Strand geschlafen und den Sonnenaufgang von dort gesehen haben
- mit dem Camper durch Neuseeland gefahren sein und alle Herr der Ringe Drehorte besucht haben
- Orlando Bloom getroffen haben (ja, ich werde ihn finden Neele, hör auf zu lachen!)
- meinen ersten eigenen Film gedreht haben
- immer noch mit Neele Widmann befreundet sein

Meine Stimme wird von Punkt zu Punkt ein wenig leiser. Ich habe eine vage Erinnerung gehabt, was auf dem Zettel steht, aber die Wünsche meines neunzehnjährigen Ichs so schwarz auf weiß in der Hand zu halten, versetzt mir einen tiefen Stich. Neele lacht und stößt mich an, doch ich reagiere nicht und starre immer noch auf meinen Zettel.

»Hey, was ist los?«

»Ich habe keinen der Punkte nur ansatzweise erreicht«, flüstere ich.

Neele überlegt und sagt dann aufmunternd. »Das stimmt nicht, wir sind immer noch befreundet.«

»Ja, schon. Aber keinen Punkt für mich alleine. Bei dir ist alles genau so gekommen, wie du es dir vorgestellt hattest.«

»Bis auf den sexy Jack, der fehlt noch«, widerspricht Neele. »Hey«, sagt sie und streichelt mir über den Rücken, als ich immer noch traurig auf die Liste schaue. »Du hast doch dafür ganz anderes erreicht. Denk doch nur mal an Ben. Und an die Gärtnerei.«

Ich habe Ben erst ein paar Wochen später, nachdem wir die Listen geschrieben hatten, auf einer Party kennengelernt, daher kommt er mit keinem Wort vor.

Neele sieht auf ihren Zettel. »Ich hatte ganz vergessen, dass ich Mama immer die Ayurveda Reise schenken wollte. Und jetzt wo ich darüber nachdenke, sollte ich das endlich dringend tun. Es ist super, dass wir sie ausgegraben haben.« Sie schaut mich unsicher an. »Oder?«

Ich zwinge mich zu einem Lächeln. »Ja, super.«

Abends liege ich wie alle paar Monate neben Neele, die bereits tief schläft, in ihrem alten Kinderzimmer. Mit müden Augen schaue ich zu, wie die flüssige Masse der Lavalampe auf dem Nachttisch unaufhörlich ihre Form ändert und nach oben steigt.

Ich wälze mich bestimmt schon seit einer Stunde hin und her. Meine Gedanken kreisen die ganze Zeit um die Liste und ich bekomme kein Auge zu.

Wieso beschäftigt mich das Ganze so sehr? Ich war gerade mal neunzehn, als ich all das geschrieben habe. Ich sollte es nicht allzu ernst nehmen. Und trotzdem. Die Tatsache, dass Neele im Gegensatz zu mir genau das Leben führt, das sie sich vorgestellt hat, während sich kein einziger meiner Träume erfüllt hat, lässt mich nicht los.

Ich drehe mich wieder auf die andere Seite und lege meinen Arm unter meinen Kopf. Mir ist klar, warum mein Leben anders verlaufen ist, als ich es mir vorgestellt habe.

Die Erinnerungen an das Jahr, das alles verändert hat, habe ich fest verpackt und vergraben wie die Kiste im Garten und ich bin eigentlich nicht daran interessiert, sie wieder hervorzuholen.

Neele hat Recht, ich habe nun Ben und mein ganzes Leben mit ihm.

Es war der Freitag nach den Abiturprüfungen. Die Party war schon in vollem Gange, als Christiane Neele und mich am Parkplatz des Karlsfelder Sees absetzte.

»Ihr kennt die Regeln«, sagte Christiane streng. »Ich bleibe wach und hole euch um zwei Uhr wieder ab. Dafür gibt es bei euch …?«

»Keine harten Drogen und keinen Sex ohne Kondom«, leierte Neele herunter.

Christiane war bekannt für ihre freien Ansichten, doch würde meine Mutter wissen, dass das Thema Sex, wenn auch geschützter, überhaupt thematisiert wurde, würde sie mir den Kontakt zu Neele auf jeden Fall verbieten.

Wir stiegen schnell aus und liefen über den Schotterpark-
platz in Richtung See. Es war ein warmer Abend und ein
wunderbares Gefühl von Sommer und Freiheit lag in der
Luft.

Wie es Tradition war, hatten sich die Gymnasien aus den
umliegenden Orten zusammengetan, um eine riesige Feier
zu veranstalten. Die Partys waren legendär. Wie jedes Jahr
kamen die Schüler aus den umliegenden Schulen und auch
die Ehemaligen, die bereits in anderen Städten studierten, ⋅
dazu.

Neele und ich hatten den Tag mit der perfekten Outfit-Su-
che verbracht, um am Ende doch in dem zu gehen, was im
Jahr 2008 als angesagt galt: Jeans und Trägertop. Wir woll-
ten tanzen, feiern und Spaß haben.

Ich hatte vor Kurzem mein Flugticket nach Bangkok ge-
bucht. In fünf Wochen, kurz nach unserer Zeugnisübergabe,
würde ich im Flieger nach Asien sitzen und mit meiner Run-
dreise beginnen. One-Way-Ticket hörte sich aufregend, un-
bestimmt und ein bisschen furchteinflößend an.

Mein Plan war es, ein halbes Jahr herum zu reisen und da-
nach an der praktischen Aufnahmeprüfung für die Münch-
ner Filmhochschule zu arbeiten, die wieder zum nächsten
Sommer möglich war.

Ein paar Stunden später beweinte Justin Timberlake ei-
nen ganzen Fluss und Neele stand knutschend mit Basti aus
der C-Klasse am Schilf-Ufer. Herrlich, was billiger Tequila
doch aus den Sinnen macht. Letzte Woche hatte sie noch be-
hauptet, seine Nase wäre viel zu groß, um ihn gut zu küssen.
Aber vielleicht hatte sie sich auch nur zum Ziel gesetzt, das
Gegenteil zu beweisen.

Ich stand in der Getränkeschlange an, als ich hörte, wie
hinter mir zwei Jungs lautstark diskutierten.

»Und ich sag es dir nochmal: Aragorn aus Herr der Ringe sollte eigentlich von Russel Crowe gespielt werden. Der hatte allerdings schon bei Gladiator zugesagt und konnte deshalb nicht.«

»Auf gar keinen Fall! Viggo Mortensen war von Anfang an für den Part vorgesehen.«

Ich drehte mich zu ihnen um. »Ihr habt beide Unrecht.«

Sie schauten mich überrascht an. Dann grinste mich einer von ihnen, ein schlaksiger, blonder Junge mit süßen Grübchen, herausfordernd an. »Ach ja? Dann klär uns mal auf.«

»Eigentlich war der irische Schauspieler Stuart Townsend verpflichtet worden und hatte sogar schon ein paar Tage am Set gedreht. Doch die Produzenten hatten beschlossen, dass er nicht richtig passte. Erst dann wurde Viggo Mortensen als Aragorn ausgewählt.«

»Cool, das wusste ich wirklich nicht.« Der andere Junge, etwas kleiner, mit braunem Haar und Muschelkette um den Hals, warf mir einen anerkennenden Blick zu. Dann sagte er: »Ich bin Alex.« Er zeigte auf den blonden Jungen neben sich. »Und das ist Ben.«

»Ich bin Mika.« Ich lächelte die beiden an und wollte mich gerade wieder umdrehen, als dieser Ben sich zu mir vorbeugte.

»Mika? Was für ein toller Name. Echt ungewöhnlich.«

»Ich heiße eigentlich Mira-Kathleen«, erklärte ich ihm. »Aber alle nennen mich nur Mika.«

»Schön dich kennenzulernen.« Er schaute mir in die Augen und ich musste lächeln. Ein Kribbeln machte sich in mir breit.

Ben räusperte sich und sagte: »Alex, du wolltest doch Jana suchen. Ich mach das hier mit den Getränken.«

Alex schaute zunächst verwirrt, doch dann hellte sich seine Miene auf. »Ach so, klar, ja, ich wollte dringend zu Jana. Bringst du mir ein Bier mit?«

Ben nickte, stellte sich ganz nah neben mich und lächelte mich selbstbewusst an. »Also, Mika. Erzähl mir alles über dich und warum du so viel über unbekannte irische Schauspieler weißt.«

Kapitel 3

In der nächsten Woche schlafe ich weiterhin unruhig und die Liste geht mir auch tagsüber kaum aus dem Kopf.

Ob beim Essen mit Bens Eltern oder dem monatlichen Doppeldate mit Jana und Alex im Biergarten – immer wieder wandern meine Gedanken zu dem vergilbten Zettel und den Worten darauf.

Selbst als Jana mir die Bilder ihres Hochzeitskleids auf ihrem Handy zeigt, bin ich abwesend.

»Und das ist der Schleier.« Sie dreht ihr iPhone, sodass der wunderschöne lange Schleier in seinem ganzen Ausmaß zur Geltung kommt.

Ich versuche mich auf sie zu konzentrieren und nehme ihr Handy in die Hand. »Oh, Jana«, sage ich ehrlich ergriffen, »der ist wunderschön.«

»Meinst du wirklich?« Sie kaut auf ihren Lippen. »Ist er nicht zu übertrieben?«

»Nein«, sage ich mit Nachdruck. »Außer dir würde das niemandem so gut stehen. Also bist du quasi dazu verpflichtet einen zu tragen.«

Jana erinnert mit ihren seidig dunklen Haaren und ihrer blassen Haut fast schon an ein Fabelwesen und wird in diesem Kleid aus feiner Spitze umwerfend aussehen. Sie und Alex werden im September heiraten und alle im Freundeskreis freuen sich schon sehr auf die Hochzeit.

Ben und Alex kommen von der Bierschänke zurück und wir stecken das Handy schnell weg, damit der Bräutigam auf keinen Fall das Kleid sieht.

»Bitteschön«, sagt Ben und stellt vier Maßkrüge auf den Tisch.

Wir sitzen im Biergarten am Wiener Platz. Die Sonne bricht über den riesigen Kastanienbäumen und wir genießen einen der ersten richtig warmen Tage.

»Zwei Mal Steckerlfisch, zwei Mal Hendl«, fügt Alex hinzu und stellt ein großes Tablett ab.

Wir fangen an zu essen und Alex sagt halb kauend: »Ihr könnt ruhig weiter Bilder anschauen. Ich werde mir auf keinen Fall selbst die Überraschung verderben und versuchen, das Kleid zu sehen.«

Er gibt Jana einen langen Kuss und schaut sie verliebt an. Ich fange Bens Blick auf und wir lächeln uns verschwörerisch zu.

Alex und Jana sind seit der zwölften Klasse ein Paar und wir haben zusammen fast all ihre Höhen und Tiefen miterlebt.

Alex hebt seinen Maßkrug hoch und sagt feierlich: »Und ich hoffe natürlich, dass unsere Gäste auch bald auf den Geschmack kommen zu heiraten.« Er schaut Ben und mich erwartungsvoll an. »Unsere Kinder brauchen später schließlich Spielkameraden.«

Ich weiß nicht, wo ich hinschauen soll, aber Ben rettet die Situation. »Alles zu seiner Zeit und vor allem einen Schritt nach dem anderen.« Er prostet Alex zu und greift unter der Bank nach meiner Hand, um sie zu drücken.

»Ich muss noch kurz bei meiner Mutter vorbei«, sage ich zu Ben, als wir zurück zu unserer Wohnung im Stadtviertel Haidhausen laufen.

»Sie gibt mir ihre Schlüssel, damit ich die Blumen gieße, solange sie und Martin verreist sind.«

Ben hebt eine Augenbraue und ich lache. »Okay, damit *du* die Blumen gießt, solange sie weg sind.«

Es ist ein offenes Geheimnis, dass ich eine komplette Katastrophe bin, was Pflanzen angeht und man mir lieber kein Lebewesen anvertraut, das Photosynthese betreibt.

Ben hingegen ist der grüne Daumen von seinen Eltern wohl direkt in die Wiege gelegt worden.

»Bis später«, sagt er und schließt die Haustüre zum Treppenhaus auf.

Ich hole mein Fahrrad aus dem Hinterhof und schwinge mich auf den Sattel. Nach Trudering, dem östlichsten Stadtteil von München, sind es nur zwanzig Minuten. Wenn ich es schnell hinter mich bringe, bin ich in eineinhalb Stunden schon wieder daheim.

Ich fahre am Leuchtenbergring mit seinen hohen Bürogebäuden, die in den letzten Jahren wie Pilze aus dem Boden geschossen sind, vorbei.

In meinem Kopf gehe ich das Gespräch aus dem Biergarten durch. Ist Ben so weit, dass er heiraten möchte? Obwohl wir sonst immer offen zueinander sind, ist das ein schwieriges Thema zwischen uns. Und mit der Liste im Hinterkopf habe ich mich heute noch unwohler dabei gefühlt. Als ob ich die Zukunft nicht planen möchte, jetzt wo mir bewusst geworden ist, was ich in der Vergangenheit alles nicht gemacht habe.

Die Gegend beginnt sich zu verändern und Einfamilienhäuser und Garageneinfahrten mit SUVs davor lösen die dicht gedrängten Häuser der Innenstadt ab.

Ich halte vor einem modernen Haus mit grauem Dach und Schiebe-Fensterläden. Die akkurat gesetzten winzigen Büsche vor dem kühlen Aluminiumzaun zeigen, dass es erst kürzlich gebaut wurde. Meine Mutter und ihr Lebensgefährte Martin sind vor einigen Monaten zusammen hier eingezogen.

Der Türöffner summt und ich laufe durch das sterile Treppenhaus mit allerlei Verbotsschildern (keine Schuhe, keine Kinderwägen, keine Getränkekisten hier abstellen) in den obersten Stock.

Meine Mutter wartet schon in der Eingangstür auf mich. »Hallo mein Schatz.« Sie gibt mir einen Kuss auf die Wange und will mich umarmen, aber mir reicht der Kuss und ich weiche aus.

»Hi Mama«, sage ich und gehe direkt in den Flur.

»Wie geht es dir?«, fragt sie und schließt die Tür hinter mir.

»Alles normal«, antworte ich in neutralem Ton und zucke mit den Schultern. »Und dir?«

»Wir freuen uns sehr auf den Urlaub. Martin hat so viel gearbeitet in letzter Zeit, das wird uns richtig gut tun.« Sie lächelt mich zaghaft an, aber ich möchte ihr keinen Strohhalm reichen und darauf eingehen.

Wir. Uns.

»Super«, sage ich stattdessen tonlos. »Also, was soll ich machen?«

Meine Mutter zeigt mir die Pflanzen auf dem großen Balkon, die gegossen werden müssen, während sie auf Mallorca ist.

»Es ist wirklich so schön dort«, fängt sie wieder an. »Martin würde sich wirklich freuen, wenn ihr auch einmal mitkommt und seht, wo er aufgewachsen ist.«

Ich nicke nur.

Was soll ich dazu auch sagen. Martin hat mir nichts getan, er ist sogar nett. Aber ich muss deswegen nicht mit ihm in den Urlaub fahren.

»Hast du noch einen Augenblick?«

Ich schaue auf die Uhr. »Ja, ein bisschen habe ich noch.«

»Toll«, sie strahlt mich an. »Ich hab extra einen Erdbeerkuchen gebacken. Wie früher.«

Sie verschwindet in der Küche und ihre Stimme wird dumpfer. »Im Hofladen hatten sie schon die ersten Erdbeeren. Da dachte ich mir, das ist doch perfekt für unser Treffen heute.«

»Mhh«, stimme ich zu.

Der Erdbeerkuchen, den meine Mutter backt, ist wahnsinnig lecker und nichts schmeckt so sehr nach Sommer. Aber ebenso schmeckt nichts so sehr nach Kindheit und ich verstehe einfach nicht, warum sie mit allen Mitteln immer wieder alte Zeiten heraufbeschwören will.

Ich trage Teller und Gabeln auf den Balkon und sie kommt mit dem Kuchen hinterher.

Wir fangen schweigend an, unsere Stücke zu essen.

»Und in der Gärtnerei?«, fragt meine Mutter nach ein paar Minuten.

»Alles wie immer.« Ich schaufle noch ein Stück Kuchen auf meine Gabel.

»Wie läuft es mit dem Online-Shop?«

»Es geht ganz gut voran«, antworte ich wahrheitsgemäß. Dann überwinde ich mich. »Und bei dir?«

»In der Praxis läuft es wirklich toll.«

Meine Mutter hat erst vor kurzem eine Ausbildung zur Heilpraktikerin abgeschlossen. Davor hat sie in der Buchhaltung eines Automobilzulieferers gearbeitet. Ich wäre nie darauf gekommen, dass sie sich mit Themen wie alternativen Heilmethoden auseinandersetzen würde. Das kann zu der Liste mit Dingen gepackt werden, die ich nicht im Leben erwartet habe.

Sie sieht mich prüfend an und fragt: »Ist wirklich alles in Ordnung bei dir?«

Einen winzigen Moment überlege ich ihr von der Liste in Neeles Garten zu erzählen, doch verwerfe den Gedanken gleich wieder. »Alles gut«, sage ich stattdessen und versuche zu lächeln. »Nur viel zu tun.«

Nachdem ich mich verabschiedet und ihr einen schönen Urlaub gewünscht habe, laufe ich wieder durch das Treppenhaus zu meinem Fahrrad.

Besuche bei meiner Mutter lassen mich immer mit einem dumpfen Gefühl der Traurigkeit zurück und jedes Mal nehme ich mir vor, beim nächsten Mal umgänglicher zu sein.

Es ist einfach eine Tatsache, dass ich lieber bei Ben und seinen Eltern bin. Dort werden keine komischen Gefühle ausgelöst, es ist einfach alles normal. Und ein Gefühl von Normalität war mir das Wichtigste, als ich im Sommer nach dem Abi bei ihnen eingezogen bin.

Ben hatte sein BWL-Studium an der Ludwigs-Maximilian-Universität begonnen und nebenbei in der Gärtnerei gearbeitet. Für ihn war schon immer klar, dass er die Firma seiner Eltern übernehmen wird.

Ich habe im Gegensatz zu ihm im ersten Jahr nach dem Abi haltlos in den Tag hinein gelebt. Ben hat mich in dieser Zeit unterstützt und war für mich da. Er war es auch, der seine Eltern davon überzeugt hat, dass ich eine Ausbildung zur Mediengestalterin in der Gärtnerei beginnen konnte. Sabine und Robert waren großartig zu mir und haben mich in ihrer Familie aufgenommen.

Und auch wenn die Gärtnerei vorrangig Bens Projekt ist, geben sie mir das Gefühl, dass ich dazu gehöre.

Umso verräterischer fühlen sich meine Gedanken über die Liste an. Ich schiebe sie beiseite und trete in die Pedale.

Am Montagabend ist Ben wie jede Woche mit Alex beim Squash und ich freue mich auf ein ausgiebiges Telefonat mit Neele. Ich hole eine *Ben & Jerry's* Packung aus dem Eisfach und wähle ihre Nummer.

»Ich mache mir gerade einen Pimm's. Ich sage es dir, heute habe ich ihn echt verdient«, begrüßt mich Neele. Pimm's ist ihr Lieblingsgetränk. »Was für Beatrice und Eugenie gut ist, kann nur gut für mich sein«, sagt sie immer zufrieden. Der Likör wurde ursprünglich vor allem von der hohen Londoner Gesellschaft in Wimbledon getrunken.

Ich höre, wie sie klirrend Eiswürfel in ein Glas füllt. »Und du?«, ruft sie dabei in den Hörer.

»Ich vergnüge mich gerade mit zwei Typen. Einer davon heißt Ben«, sage ich genüsslich.

Sichtlich verwirrt fragt Neele: »Ben ist doch montags immer beim Squash? Und überhaupt, zwei …?«

Ich mache ein Bild von meiner Eispackung und schicke es ihr schnell per WhatsApp.

Im nächsten Moment höre ich ein *Ping* und dann Neeles Lachen. »Ach so, der *andere* berühmte Ben.«

»Wie war dein Date am Samstag?«, frage ich. »Ist er so cool, wie du dachtest?«

»Er ist toll«, seufzt Neele. »Und so hübsch.«

»Aber?«

»Künstlerseele«, sagt Neele mit wissendem Tonfall. »Er schreit quasi nach Drama. Na ja, ich halte das im Stil von Jane Fonda. Bis du den Richtigen gefunden hast, kannst du eine gute Zeit mit dem Falschen verbringen.«

Ich lache und überlege, ob ich Neele auf die Liste ansprechen soll. Seit wir sie ausgegraben haben, habe ich mit niemandem darüber geredet und habe das Gefühl bald durchzudrehen.

»Alles okay bei dir?«, fragt Neele, als ich weiterhin nichts sage.

»Ja, alles wunderbar«, sage ich hastig und merke selbst, wie lahm sich das anhört.

»Mikkel, was ist los?«, fragt Neele noch einmal.

»Ach, ich weiß auch nicht.« Ich lecke geräuschvoll den Löffel ab und überlege wie ich ihr am besten erkläre, was in meinem Inneren vor sich geht. »Die Liste. Sie geht mir einfach nicht mehr aus dem Kopf.«

»Shit«, sagt Neele nach einer kurzen Pause. »Ich wusste, wir hätten das lassen sollen. Buchstäblich in der Vergangenheit zu graben, bringt einfach nichts.« Sie hört sich zerknirscht an. »Es tut mir leid, dass ich dich damit so sehr an das Jahr erinnert habe.«

»Nein, das ist es gar nicht«, sage ich und tauche den Löffel wieder tief in die Eispackung. »Es geht nicht um das Jahr. Oder was war. Ich kann nicht aufhören darüber nachzudenken, was jetzt ist. Dass mein Leben so komplett anders ist, als ich es mir damals vorgestellt habe.«

»Oh«, sagt Neele, sichtlich überrascht. »Das macht dir zu schaffen? Ich dachte, dass du glücklich in München bist. Es hört sich immer so an, als wärst du zufrieden.«

»Bin ich ja auch.«

»Aber?«

»Aber ich frage mich …« Ich zögere und für einen Moment ist komplette Stille in der Leitung.

Neele drängt mich nicht den Satz zu beenden. Sie weiß, wie schnell ich zumachen kann, wenn ich nicht mehr sprechen will. Das mag ich so sehr an ihr. Sie kennt meine Macken und ist trotzdem meine beste Freundin.

Ich atme tief ein. »Ich frage mich, ob das alles war. Ben, München, die Gärtnerei. Nicht, dass ich es eintauschen will. Aber ich glaube, ich will nochmal etwas Neues erleben. Nur für mich. Hört sich das doof an?« Endlich habe ich ausgesprochen, was sich seit Tagen in meinem Kopf angestaut hat.

Ich höre förmlich, wie Neele in Gedanken ihre diplomatische Antwort bastelt. Einmal Anwältin, immer Anwältin.

»Darf ich ehrlich sein?«

Ich lache. »Warst du es jemals nicht?«

»Der Punkt geht an dich«, sagt sie amüsiert. »Das hört sich überhaupt nicht doof an, sondern nach einer grandiosen Idee. Du bist nach dem Abi daheim geblieben, während andere durch die Welt getourt sind. Ich fände es toll, wenn du nochmal etwas ganz Neues probierst. Jetzt ist doch der optimale Zeitpunkt dafür!«

Ihr Enthusiasmus tut mir gut und ich merke, wie ich mich entspanne.

»An was hattest du gedacht?«, fragt Neele.

»Ich würde so gerne mal ins Ausland. Wie du.«

»Hört sich super an.«

»Und ich möchte mich nochmal mit dem Thema Film beschäftigen«, fahre ich aufgeregt fort. »Ich wollte mich doch damals an der Filmhochschule bewerben!«

Das lästige Wort *bevor* klebt im Kontext dieses Satzes. Ich bin froh, dass ich ihn bei Neele und allen anderen Menschen um mich herum nie erklären muss.

»Ich erinnere mich gut. Du wärst bestimmt genommen worden.«

Ich lache. »Das ist sehr süß von dir, jetzt wo diese Behauptung nicht mehr überprüft werden kann.«

»Quatsch«, sagt Neele entrüstet, »das ist mein voller Ernst. Und was nicht ist, kann ja noch werden.«

Hat meine beste Freundin Recht? Kann ich doch noch einen Versuch wagen und meine Träume nachholen? Die Vorstellung lässt mein Herz klopfen. Ich bin so aufgeregt wie schon lange nicht mehr.

»Vielleicht klappt ja beides zusammen«, spinnt Neele weiter. »Du könntest im Ausland beim Film arbeiten.«

»Meinst du wirklich?«

»Natürlich Mika, das ist mein voller Ernst. Du bist dreißig, nicht hundert.«

Wir spinnen noch eine ganze Weile weiter an der Idee, bis meine Eispackung und der Pimm's Krug am anderen Ende der Leitung leer sind.

»Danke, Nelly«, sage ich mit vollem Bauch und leichterem Herzen.

»Na klar, dafür bin ich doch da. Und jetzt? Wie geht es weiter?«

»Hm. Ich muss als erstes mit Ben sprechen, schließlich zählt er in der Gärtnerei voll auf mich.«

»Stimmt«, pflichtet Neele mir bei. »Aber es ist Ben. Ihr werdet bestimmt eine Lösung finden.«

Am nächsten Tag gebe ich heimlich bei Google die Suchwörter »Praktikum«, »Ausland« und »Film« ein.

Es gibt reichlich Agenturen, die Praktika für die Zeit nach der Schule oder Work und Travel Jobs auf Farmen oder im Hotelgewerbe vermitteln. Etwas Passendes für eine Dreißigjährige, die bereits seit neun Jahren arbeitet und nun doch gerne in die Filmwelt eintauchen würde, ist nicht wirklich dabei. Diese Zielgruppe ist wohl nicht sehr groß.

Als Ben in unser Büro kommt, um die neuesten Layout-Entwürfe zu besprechen, schließe ich schnell das Browser-Fenster. Allerdings muss ich die Seite mit dem Schriftzug *Gestalte deine Zukunft* zu langsam zugemacht haben, denn er schaut mich kurz irritiert an, bevor ich direkt los plappere, um ihn davon abzulenken.

Beim Abendessen überlege ich, wie ich das Gespräch auf das Thema lenken soll und höre nur halb zu, was Ben mir von dem Treffen mit einem Lieferanten erzählt.

Schließlich schiebt er seinen halbvollen Teller weg und schaut mich besorgt an. »Irgendetwas ist doch mit dir, Mika.«

Ben kann ich einfach nichts vormachen, wir kennen uns in- und auswendig.

Ich hole tief Luft und erzähle ihm von der Liste in Neeles Garten. Und dass ich schmerzhaft daran erinnert wurde, dass ich eigentlich einen ganz anderen Plan hatte.

»Irgendwie würde ich im Moment am liebsten alles nachholen. Ins Ausland gehen. Und wenn es nur ein Praktikum ist.« Ich schaue nicht vom Tisch hoch, da ich Bens Blick nicht sehen will. »Ich weiß, dass es unfair ist, da du in der Gärtnerei auf mich zählst. Und es kindisch ist dem Ganzen so nachzuhängen. Aber irgendwie habe ich das Gefühl, ich habe etwas verpasst.«

Ich schaue nun doch hoch und sehe, wie Ben sich ein Lachen verkneift. Lacht er mich etwa aus?

»Also erstens: wie kann so eine sagenumwobene Liste elf Jahre bei Christiane im Garten liegen, ohne einem Vollmondritual zum Opfer zu fallen?«

Ich grinse und merke, wie eine große Last von mir abfällt. Sein Gesicht wird ernster.

»Und zweitens: es ist nicht kindisch. Nur nicht so einfach wie früher. Jetzt wo wir beide zusammen sind und uns das alles hier aufgebaut haben.« Er schaut mich verunsichert an. »Oder möchtest du etwa auch von mir weg?«

»Nein, natürlich nicht«, versichere ich ihm. »Mit dir hat das nichts zu tun.«

Er nickt. »Uns fällt uns bestimmt ein Kompromiss ein, wie du eine kurze Pause in der Gärtnerei einlegen kannst. Und wir dir deinen Wunsch irgendwie erfüllen können, aber du nicht allzu lange von mir fort bist.« Er streckt eine Hand nach mir aus. »Komm her.«

Ich nehme sie und setze mich auf seinen Schoß.

»Ich bin ehrlich gesagt erleichtert, dass es nichts Schlimmeres ist. Ich habe mir ganz schön Sorgen in der letzten Woche um dich gemacht.«

Ich lege meinen Kopf an seine Schulter. Ben hat Recht, zusammen fällt uns etwas ein. Er rückt meine Welt immer wieder zurecht.

Kapitel 4

Die nächsten Tage suche ich weiter nach Praktika im Ausland. Bezahlt ist so gut wie nichts davon, doch mit meinem Ersparten könnte ich es gut schaffen einige Monate zu überbrücken. Alleine die Vorstellung, eine Zeit in einem anderen Land zu leben, löst ein Kribbeln in mir aus. Wo könnte ich hin? Australien? USA? Doch die Auswahl ist leider spärlich, wenn man kein eingeschriebener Student ist.

Als Ben am Samstagmorgen in die Gärtnerei fährt, um mit seinem Vater die Zahlen des letzten Monats durchzugehen, sitze ich am Küchentisch und scrolle durch die gewohnten Seiten für Auslandsjobs. Nach meinem ersten Hoch bin ich mangels Angeboten schnell auf den Boden der Tatsachen geholt worden.

Ich setze mich kerzengerade hin, als mir eine Zeile ins Auge springt. *Unterstützung für deutschen Arthouse-Filmverleih in New York gesucht.*

New York? Film? Das hört sich an wie ein Sechser im Lotto. Ich klicke auf die Anzeige und überfliege die Beschreibung. Es werden explizit nicht nur Studenten gesucht und alles, was man braucht, ist *ein gutes Gespür für Film und Texte.* Noch im Schlafanzug fange ich an, das Bewerbungsschreiben zu tippen.

Als Ben abends nach Hause kommt, bin ich immer noch aufgekratzt.

»Was ist denn hier passiert?«, fragt er müde lächelnd und beäugt unsere Bettwäsche, die in der Abendsonne über dem Balkongeländer trocknet.

Ich habe meine überschüssige Energie genutzt und einen kompletten Frühjahrsputz durchgeführt. Den winzigen Keller habe ich ebenfalls nicht verschont und unsere Fahrräder stehen blitzblank im Hof.

Ben pfeift anerkennend. »Okay, wer bist du und was hast du mit Mika, Putzmuffel vom Allerfeinsten, gemacht?«

Ich boxe ihn sanft gegen den Arm. »Soo schlimm bin ich nun auch nicht.«

»Mika«, sagt er verschmitzt, »du hast eine unserer Palmen beim Schrottwichteln verschenkt, weil die Blätter laut dir zu große Staubfänger waren und du sie nicht selbst abputzen wolltest.«

Ich fühle mich nur ein bisschen schlecht, als ich an die Geschichte zurückdenke.

Ben fasst mich an den Hüften und gibt mir einen Kuss auf den Mund. »Also, womit erklären Sie mir diese Ausnahme, Mrs. Doubtfire?«

Ich erzähle ihm von der Anzeige und dass ich meine Bewerbung eingereicht habe.

»Wir haben doch noch nicht einmal gemeinsam besprochen, wie es mit dem Thema weitergehen soll«, sagt Ben und ich höre einen Anflug von Ärger in seiner Stimme.

»Ich weiß, aber ich musste einfach schnell sein. Und die Wahrscheinlichkeit ist hoch, dass sie sich nicht einmal zurückmelden«, beschwichtige ich ihn.

»New York also«, sagt Ben und schaut aus dem Fenster.

»Ja. Wäre das nicht wahnsinnig aufregend? So viele Filme und Serien wurden dort gedreht. Ich könnte alle Schauplätze besuchen.«

Doch Ben geht nicht darauf ein, sondern mustert stattdessen meinen Körper von oben bis unten. Da mir so warm war, habe ich in BH und kurzer Sporthose geputzt.

»Lass uns lieber mal darüber sprechen, ob wir dir so ein sexy Putzmädchen-Outfit mit weißer Schürze besorgen sollten«, grinst er.

»Untersteh dich«, rufe ich und laufe quietschend vor ihm her ins Schlafzimmer, wo wir trotz fehlender Bettlaken zwischen die Kissen sinken.

Am nächsten Morgen wache ich zufrieden auf, strecke mich ausgiebig und laufe in die Küche, um die Kaffeemaschine anzuschalten. Wir haben uns gestern nicht mal mehr die Mühe gemacht, das Bett zu beziehen, sondern sind nach dem Sex einfach eingeschlafen.

Ben schlummert immer noch selig. Die Woche muss extrem anstrengend gewesen sein. Oder nur der Abschluss gestern Abend, denke ich und muss in mich hinein kichern.

Ich schaue auf mein Handy und sehe eine große Eins am E-Mail Icon blinken. Hastig öffne ich die App. Eine Antwort aus New York! Und das nach nur einem Tag!

Hallo Mika,

vielen Dank für deine Bewerbung, die uns sehr gefallen hat. Hättest du Zeit dich am Sonntag

*20.05., um 17 Uhr deutscher Zeit mit unserem
jetzigen Praktikanten per Skype auszutauschen?
So erfährst du aus erster Hand, was deine Aufgaben hier wären.
Im nächsten Schritt würdest du ein weiteres Gespräch mit mir führen. Bitte gib mir kurz Bescheid.*

*Viele Grüße,
Diana Schmidt
Director of Marketing*

Ich stoße einen kurzen Freudenschrei aus.

»Was ist passiert?« Ben kommt durch den Flur ge-
rannt und versucht sich dabei seine Socken anzuziehen.

»Ich soll heute Abend mit dem jetzigen Praktikanten
in New York skypen!« Ich strahle ihn an.

»Ach so. Ich dachte, es wäre etwas schlimmes passiert.« Er lehnt sich an den Türrahmen. »Das geht ja
jetzt ganz schön schnell.«

»Ja toll, oder?« Ich will sofort meine Antwort tippen,
aber drehe mich dann doch noch einmal zu ihm um.
»Wenn etwas schlimmes passiert wäre, was hätten dir
die Socken gebracht?«, pruste ich und mustere seinen
nackten Körper.

Ben streckt mir die Zunge raus und wirft mir eine
Kusshand zu, bevor er tänzelnd aus der Küche geht.

Wir lassen den Sonntag an uns vorbeiziehen, gehen
an der Isar spazieren und trinken in einem Café in der
Sonne Latte macchiato.

»Hast du Lust heute den neuen Avengers Film anzuschauen?«, fragt Ben, nachdem wir bezahlt haben.

Ich schaue ihn überrascht an. Ich will den Film schon seit Wochen im Kino sehen, aber Ben war immer zu beschäftigt mit der Arbeit.

Er zeigt auf sein Handy. »Ich habe nachgeschaut, es läuft gleich eine Vorstellung im Filmmuseum.«

Das kleine Kino in der Nähe des Deutschen Museums hat rote Plüschsessel und eine winzige Leinwand. So wie ein richtiges Kino für mich sein muss.

»Aber um siebzehn Uhr ist doch mein Gespräch«, erinnere ich ihn.

»Ach stimmt«, brummt er. »Du ziehst das mit New York also wirklich in Betracht?«

»Ja«, sage ich, irritiert von seinem Ton. »Du meintest doch, dass wir eine Lösung finden?«

»Klar«, stimmt Ben mir zu und schaut dann nachdenklich in die Sonne. »Mir fällt schon etwas ein.«

Ich dränge ihn nicht weiter. Es wird nicht einfach, meinen Ausfall in der Gärtnerei zu regeln, und er macht sich bestimmt viele Gedanken deswegen.

Daheim nimmt Ben seine Turnschuhe, um joggen zu gehen und ich bin froh, dass ich alleine bin.

Ich stehe vor dem Kleiderschrank und probiere mehrere Outfits durch. Es ist zwar noch kein offizielles Bewerbungsgespräch, aber vielleicht wird der jetzige Mitarbeiter ja eine Empfehlung aussprechen.

Ich entscheide mich für eine unauffällige weiße Bluse. Dann kämme ich meine Haare, die ich meistens zu einem einfachen Zopf zusammen binde, und lasse sie mir offen über die Schultern fallen.

Auf die Minute genau wähle ich den Skype-Kontakt an, der mir geschickt wurde. Es läutet ein paar Mal, bevor die Kamera am anderen Ende angeht und ein Junge erscheint. Er sieht nicht älter als achtzehn aus und sitzt mit nacktem Oberkörper in seinem Bett.

Ich bin kurz irritiert, aber da es Sonntag ist und er trotzdem mit mir telefoniert, will ich auf keinen Fall falsche Vorurteile fällen.

»Hi«, sage ich aufgeregt, »ich bin Mika.«

»Hi«, erwidert er noch etwas schlaftrunken, »ich bin Daniel, aber hier nennen mich alle Dan.«

Ich warte darauf, dass er beginnt mir von der Stelle zu erzählen, aber er macht keine Anstalten loszulegen.

»Wie gefällt dir dein Praktikum?«, versuche ich das Gespräch in Gang zu bekommen.

»Es ist amazing.«

Es folgt wieder eine Pause und Dan grinst mich nur fröhlich an.

»Das hört sich gut an. Und wie ist es in New York zu leben?«

»The big apple is a big dream«, sagt Dan jetzt enthusiastischer. Er dreht seinen Laptop, sodass ich den Rest des Raums sehen kann. »Cool, oder?«

Sein Apartment kann nicht mehr als zehn Quadratmeter haben. Neben dem Bett steht ein winziger faltbarer Kleiderschrank. Auf der Küchenzeile muss er vom Bett aus Essen zubereiten können und wenn ich es richtig gesehen habe ist das Klo und die darüber gebaute Duscharmatur nur durch einen kleinen Plastikvorhang vom Rest des Raumes getrennt.

»Cool«, sage ich tonlos.

Ich verknote meine Hände unter dem Tisch fest ineinander, weil ich nicht weiß, was ich sonst mit ihnen machen soll.

»Kannst du mir ein bisschen von deinen Aufgaben erzählen?«

»Alright«, sagt er und grinst mich wieder breit an. »Ich mache halt great stuff. Alle Bilder, die nachher für einen Film verwendet werden, sortiere ich selbst. Das dauert schon mal so 'ne Woche. It takes time! Und manchmal bringe ich auch die Post weg. Das ist halt eine super wichtige Aufgabe. Und ich kann auch viel fürs Team leisten, wenn ich runter in die 89th Street laufe und Kaffee hole. Da freuen sich alle so krass.«

Okay. Wow.

Ich weiß, dass ich nicht mehr achtzehn bin, aber das zeigt mir nun doch zu extrem auf, wie unterschiedlich die Vorstellungen von einem tollen Arbeitsplatz sein können.

»Ja und neulich, da wurde ich zu einem Dinner in 'nen richtig noblen Schuppen mitgenommen, da hab ich echt alles gegessen was ich wollte. Weil das Prakitkum ist halt unbezahlt. Aber«, er klopft sich mit seiner Faust auf seine Brust, »ist halt voll für hier drinnen alles. Das nimmt mir keiner mehr weg.«

Jeder andere Mensch hätte gemerkt, dass meine aufgerissenen Augen nur noch mühevoll Lachtränen zurückhalten können. Aber Dan ist voll in Fahrt.

»Ich wollte was eigenständiges machen, ohne Hilfe. Damit ich beweisen kann, dass ich etwas leisten kann. Da hab ich meinem Dad gesagt, er soll mir Geld geben, damit ich hier leben kann.«

Ich suche den Bildschirm ab, um zu erkennen, ob sich noch jemand in dem winzigen Apartment, das bestimmt nach bewusstseinserweiternden Substanzen riecht, versteckt. Irgendwie erwarte ich, dass derjenige jede Sekunde hinter dem fleckigen Vorhang hervorspringt um »Test bestanden« zu rufen.

Aber nein, Dan meint es ernst und ich kann langsam nicht mehr verbergen, dass ich enttäuscht bin.

»Okay, danke dir.«

»Soll ich sagen, dass du den Job willst?«

Ich schaue mich in unserer Küche um, als ob dort die Worte geschrieben wären, die in solch einer Situation taktisch klug sind.

»Nein. Hört sich echt nach 'nem crazy guten Leben an, dass du da gerade führst. Aber ich suche etwas anderes.«

Dan nickt, streckt seine Hand zum Peace-Zeichen in die Kamera und schaltet ab.

Was für eine herbe Enttäuschung. Was habe ich mir auch dabei gedacht? Ich habe diese Liste direkt nach dem Abi verfasst, natürlich hätte ich damals auch jeden Job angenommen.

Ich ärgere mich über die Hoffnung, die in den letzten Tagen in mir aufgekommen ist.

»Und?«, fragt Ben erwartungsvoll, als er kurz darauf zurückkommt.

»Absoluter Reinfall«, murmle ich und reibe mir die Schläfen.

»Das tut mir leid, mein Schatz.« Er nimmt mich in den Arm. »Du weißt, ich unterstütze dich. Aber meistens klingen Dinge viel besser, als sie in Wahrheit sind. New York sieht im Film aufregend und spektakulär aus, aber ist wahrscheinlich nur laut und unbezahlbar. Unser Leben hier ist dagegen wirklich wunderschön.«

Ich lächle müde. Ein Leben wie im Film – dort hat die Realität keinen Platz. Aber ich will die Liste noch nicht aufgeben.

»Vielleicht wollte ich auch zu viel auf einmal«, überlege ich laut, während ich im Kühlschrank schaue, ob noch eine Weinflasche offen ist. »Ein Praktikum machen *und* gleichzeitig ins Ausland gehen. Vielleicht muss ich das Eine oder das Andere suchen.«

Ich entdecke eine Flasche Chardonnay hinter dem Ketchup und schenke mir einen großen Schluck ein.

Ben schaut mich lange an und sagt dann: »Also suchst du weiter?«

»Ja. Ich muss mich einfach noch mehr reinhängen, um etwas passendes zu finden.«

Er nickt nur und geht ins Bad.

Gedankenverloren starre ich in mein Weinglas. Ich will Ben nicht vor den Kopf stoßen. Aber seitdem ich die Liste in den Händen gehalten haben, ist mir klar geworden, dass ich bisher nichts für mich alleine erlebt habe. Es wird mir und uns guttun, wenn ich das ändere. Und mir zeigen, dass ich genau da hingehöre, wo ich bereits bin.

Kapitel 5

In der nächsten Woche ist so viel in der Gärtnerei zu tun, dass ich erst einmal abgelenkt bin.

Wir sind ein gutes Stück weiter gekommen und haben die erste Testversion des Online-Shops live genommen. Noch können keine Kunden dort einkaufen, aber es ist ein tolles Gefühl endlich zu sehen, wofür wir so lange gearbeitet haben.

Wir stoßen mit Sekt an und Ben wirft mir dabei geheimnisvolle Blicke zu.

»Was ist los?«, frage ich ihn, nachdem sich Toni und die anderen Kollegen wieder an ihre Rechner gesetzt haben.

»Komm schnell mit raus.« Ben zieht mich hinter sich her.

Wir gehen hinter das Gebäude, wo die großen Bäume und Sträucher gepflanzt werden.

»Ich habe etwas für dich.« Ben lächelt mich an.

»Was?«, frage ich neugierig.

»Du kennst doch Jonas, den Alex und ich öfter beim Squash treffen.«

Ich nicke.

»Ich habe ihm beim Bier nach dem Spiel von deinen Plänen erzählt.« Er macht eine dramatische Pause.

»Jetzt sag schon!«

»Wie es der Zufall will, führt sein Onkel eine Agentur in der Augustenstraße. Und sie suchen gerade dringend Unterstützung für den Bereich Content-Erstellung! Also alles, was mit Filmen zu tun hat. Würde das nicht perfekt passen?«

Ich schaue in Bens erwartungsvolles Gesicht und weiß nicht, was ich sagen soll. Obwohl das die beste Option ist, seitdem ich mit der Suche begonnen habe.

»Ich, ähm, puh …«, stammle ich.

Bens Mundwinkel gehen nach unten. »Ich dachte, das würde dich freuen. Ich habe sogar schon die Nummer des richtigen Ansprechpartners.«

Ich fühle mich sofort schlecht. Ben tut alles, um mir zu helfen, und ich reagiere so.

»Nein, natürlich freue ich mich! Ich hatte mir das mit dem Ausland nur so gewünscht.«

Ben seufzt. »Das verstehe ich. Aber du hast ja selbst gemerkt, dass es nicht so einfach ist. Hier würdest du bezahlt werden und für die Gärtnerei wäre die Erfahrung in so einer Agentur auch super.«

Er hat Recht. Es ist das Beste, was ich im Moment tun kann, um dem Thema Film noch einmal näher zu kommen. Ridley Scott, einer meiner Lieblingsregisseure, hat seine Karriere sogar mit Werbefilmen begonnen.

»Okay, ich rufe an«, sage ich und Ben drückt mich innig an sich.

Abends betrachte ich im Wohnzimmer unser vollgepacktes DVD-Regal über dem großen Fernseher und überlege, welchen Film ich mir ansehe.

Natürlich schaue ich auch Netflix, aber einige Filme muss ich einfach besitzen und aus dem Regal ziehen können. Die aneinandergereihten DVDs geben mir das Gefühl, jederzeit in eine andere Welt abtauchen zu können, wenn mir danach ist. Doch heute kann ich mich nicht so richtig entscheiden.

Nach dem Gespräch mit Ben habe ich direkt in der Agentur angerufen, die 48Grad heißt. Laut Internet muss sie wirklich renommiert sein und hat schon viele Preise für ihre Kreativität gewonnen.

Der eigentliche Praktikant für die Aufgaben ist wohl kurzfristig ausgefallen und nun suchen sie dringend Ersatz. Ich wurde direkt für nächste Woche zu einem Vorstellungsgespräch eingeladen.

Ben ist noch nicht daheim, ich konnte es ihm also noch nicht erzählen. Es häuft sich, dass er erst spät abends nach Hause kommt. Immer wieder steht dadurch das Thema Umzug im Raum. Ben will eigentlich schon lange nach Dachau ziehen. Ich verstehe seine Argumente, alleine aufgrund des Arbeitswegs macht es einfach Sinn. Aber ich liebe unsere Wohnung in Haidhausen, dem für mich schönsten Viertel Münchens. Das stuckverzierte alte Gebäude mit seinem imposanten Treppenhaus. Unseren winzigen Balkon, auf dem Ben – typisch Gärtner-Sohn – voller Stolz Tomaten und Erdbeeren züchtet und sich an jeder noch so winzigen Frucht erfreut. Ich liebe das Stimmengewirr und Gläser-Klirren, das im Sommer aus dem kleinen Biergarten aus der Nebenstraße herüber hallt und dass der alte Fußboden in jedem Zimmer eine andere Höhe hat. Dass an der Dachschräge über dem Sofa langsam dunkle Flecken zu erkennen sind, weil ich trotz Bens Warnungen doch immer wieder meine Füße beim Fernsehen dagegen stemme. Ich kann es mir einfach nicht vorstellen, umzuziehen.

Am Ende unserer Diskussionen über das Thema sagt Ben immer: »Später bist du bestimmt froh, wenn wir viel Platz und einen Garten haben.«

Ich frage nie nach, was dieses *später* beinhaltet, kann es mir aber denken. Später, wenn wir geheiratet haben. Später, wenn wir Kinder haben. Und dieser Gedanke bereitet mir trotz der langen Zeit, die wir schon zusammen sind, Unbehagen. Ich bin einfach noch nicht so weit.

Nicht, dass die letzten Jahre nicht schön waren. Wir haben uns vor allem der Gärtnerei gewidmet. Ich bin zwei Mal im Jahr nach London geflogen, um Neele zu besuchen, und wir haben jeden Sommer zwei Wochen auf einer schönen Mittelmeerinsel verbracht. Und Ben und mich verbindet noch so viel mehr, was ich mit niemand anderem teilen kann.

Vielleicht wäre das Praktikum genau das Richtige, damit ich etwas für mich erlebe, ohne unsere Beziehung durch eine längere Trennung zu gefährden. Danach werde ich mir vermutlich ebenso sicher über unsere Zukunft sein wie Ben.

Ich kuschle mich in das Sofakissen, drücke den roten Knopf auf der Fernbedienung und lasse mich für eine Weile aus der Realität entführen.

Ein paar Tage später stehe ich in der Empfangshalle eines schicken Bürogebäudes in der Maxvorstadt.

Am Empfang begrüßt mich eine nett aussehende Frau in meinem Alter. »Herzlich willkommen bei 48Grad. Du musst Mika sein, richtig?«

»Genau«. Ich lächle und gehe auf sie zu. Meine Schritte hallen dabei auf den spiegelglatt polierten Fliesen wider. Verunsichert mustere ich die Leute in

Anzug und Kostüm, die an mir vorbei zum Ausgang gehen.

Die Empfangsdame folgt meinem Blick und lächelt mich beschwichtigend an. »Keine Sorge, die sind aus dem dritten Stock.« Sie zieht die Augenbrauen verschwörerisch hoch und flüstert: »Finanzwesen.«

Ich lächle zurück und fühle mich gleich etwas wohler.

»So, du kannst jetzt nach oben gehen«, sagt sie zu mir und reicht mir eine weiße Plastikkarte. »Einfach die Karte hinten an das Drehkreuz halten und mit dem Aufzug in den zweiten Stock fahren. Olafs Büro ist gleich das erste rechts, wenn du aussteigst.«

Ich bedanke mich bei ihr und gehe nun doch nervöser, als ich dachte, zum Fahrstuhl.

Der Aufzug hält mit einem *Pling* im zweiten Stock und die Türen gleiten auf. Vor mir liegt ein langer heller Flur mit gläsernen Büros zu beiden Seiten. Ich trete an die erste Tür auf der rechten Seite und klopfe.

Am Schreibtisch sitzt ein dünner, hochgewachsener Mann Ende vierzig und winkt mich fröhlich herein.

Ich mache die Tür auf und gehe hinein.

»Hallo und hereinspaziert!«

»Hallo«, sage ich und laufe auf den Schreibtisch zu.

»Olaf Borenstein mein Name.« Er schüttelt mir kräftig die Hand. »Aber hier sind alle ganz lässig beim Du, also nenn mich einfach Olaf.«

»Hi Olaf, ich bin Mika.«

Dicke, schwarz umrandete Brille, schwarzer Rollkragenpullover, schwarze Hose. Olaf Borenstein will seinem Job in der Werbeagentur unbedingt gerecht werden.

»Soooo«, er verschränkt die Arme hinter dem Kopf beim Reden. »Mika.«

Er macht eine Pause.

»Mika, ich sags jetzt mal so ganz frei Schnauze raus. Ich steh ja auf Querschläger. Angepasstheit gibt es in unserer Welt genug. Man muss Ideen haben, sich ausprobieren, was wagen. Stringente Lebensläufe sind Vergangenheit, vor allem die neue Generation sieht da keinen Sinn mehr drin.«

Überrascht von seinem Wortschwall nicke ich nur.

»Du kommst zwar aus einer komplett anderen Branche, aber in einem erfolgreichen Business braucht man neue Impulse.« Er ballt energisch die Fäuste. »Und das von Menschen, die sich hochgearbeitet haben.«

Ich bin mir noch nicht sicher, ob er schon eine Antwort von mir erwartet.

»Natürlich musst du noch einiges lernen, aber ich bin mir sicher, du hast die richtige Einstellung um etwas zu erreichen.«

Ich nicke wieder.

»Wir brauchen jemanden für die Erstellung von Videoclips, denn wie du bestimmt weißt: Content ist das Wichtigste! Filmen, Social Media Erstellung, Drehbegleitung am Set, Background-Stories. Alles, was zusätzliche Geschichten erzählt.«

Drehbegleitung? Das Ganze hört sich richtig spannend an.

»Wie ich in deinem Lebenslauf gelesen habe, hast du Erfahrung mit Schnittprogrammen und Photoshop?«

Ich muss mit meinem ständigen Nicken aussehen wie ein Wackeldackel auf einem Mercedes-Armaturenbrett.

»Ja, viel Erfahrung«, füge ich hinzu.

Borenstein schaut mich prüfend an und sagt dann: »Bei uns hast du die Chance mitten im Geschehen dabei zu sein. Wir bieten unseren Kunden alles, was die moderne Vermarktung ausmacht: kreative Konzepte, Website-Erstellung, Marketing-Kampagnen online und offline. Du wärst alleine für den Video-Bereich zuständig und würdest das Team vollwertig unterstützen. Kaffee kochen gibt's hier nicht.«

Nach meinem Gespräch mit Dan ist diese Unterhaltung Balsam für meine Seele.

»Was ich dir anbieten kann, ist ein Praktikum für vier Monate, vergütet mit 1.300 Euro monatlich. Da kann ich leider keine Ausnahme machen, auch wenn du schon Berufserfahrung hast. Beweise dich in der Zeit hier und wir können drüber sprechen, was danach passiert.«

»Ernsthaft, einfach so?«, rutscht es mir heraus.

Peinlich, nicht ganz so professionell, wie ich auftreten wollte.

Borenstein lacht. »Absolut ernsthaft. Wir suchen Unterstützung – du suchst eine Chance, um in diesem Bereich unterzukommen, oder?«

Ich nicke wieder.

»Win-win nennt man das würde ich sagen. Manchmal muss man zur richtigen Zeit den richtigen Schritt machen.«

Olaf Borenstein kann, glaube ich, sehr anstrengend sein, aber irgendwie mag ich ihn. Und das hier fühlt sich nach den letzten Wochen nach genau der Chance an, auf die ich gewartet habe. Dieses Mal will ich sie ergreifen.

Ich lächle ihn an und sage: »Wann kann ich anfangen?«

Nachdem ich mit Olaf per Handschlag vereinbart habe, dass ich in zwei Wochen starten werde, gebe ich meine Plastikkarte wieder am Empfang ab.

Ich trete aus dem Gebäude auf die Straße und wähle aufgeregt Bens Nummer.

»Wie lief es?«, begrüßt er mich.

»Großartig! Ich soll wirklich für die komplette Videoproduktion verantwortlich sein. Er hat mir die Stelle direkt angeboten.«

»Und was hast du geantwortet?«

»Ich habe sofort zugesagt.« Bevor Ben etwas dazu sagen kann, fahre ich fort: »Ich weiß, wir haben es nicht besprochen, aber ich musste einfach ja sagen. Wer weiß, wann ich wieder die Chance bekomme in einem komplett anderen Bereich einzusteigen.«

»Ich habe dich schon lange nicht mehr so enthusiastisch erlebt.« Ich höre Ben durchs Telefon schmunzeln. »Da kann ich eh nicht Nein sagen.«

»Ich soll allerdings schon in zwei Wochen anfangen.«

»Okay. Dann müssen wir wohl schleunigst Ersatz für dich finden. Aber das bekomme ich hin.«

Eine tiefe Zuneigung für Ben überkommt mich. Es ist toll, dass er mir die Möglichkeit gibt, so schnell eine Pause in der Gärtnerei einzulegen.

»Danke, danke! Ich kann es nicht glauben. Ich werde für eine große Agentur filmen.«

Am liebsten würde ich den nächsten Menschen, der mir entgegenkommt, umarmen, aber reiße mich dann doch zusammen.

»Und nach den vier Monaten haben wir einen Video-Profi in der Gärtnerei. Mal schauen was wir daraus machen können«, sagt Ben.

Ich bin verwirrt. »Hatte ich dir schon gesagt, dass es vier Monate sein werden?«

Ben stockt. »Ich bin einfach davon ausgegangen. Das ist ja derzeit üblich. Ich hatte auch schon überlegt für vier Monate einen freien Mitarbeiter zu suchen, der dich ersetzt. Das ist ein guter Zeitraum.«

Doch ich höre schon nicht mehr richtig hin, da es in der Leitung klopft.

»Neele ruft an, ich muss ihr alles erzählen.«

»Mach das. Tschüss mein Schatz, bis später.«

»Bis später«, sage ich, lege auf und hole Neeles Anruf in die Leitung. »Rate, wer doch bald einen Punkt auf seiner Liste abhaken kann?«

Neele jauchzt ins Telefon. »Erzähl mir alles.«

Am Abend ist Toni bei mir und wir machen einen Mädelsabend. Wir haben uns Pizza bestellt und sitzen in Pyjamahosen auf der Couch. Toni hat sich *Ocean's Eleven* aus meiner Sammlung ausgesucht.

»George Clooney ist wie Pizza«, sagt sie mit vollem Mund.

Ich schaue sie fragend an.

Sie grinst und beißt ein weiteres Stück ab. »Passt einfach immer.«

Auf dem Bildschirm fragt George Clooney Julia Roberts gerade: »Bringt er dich zum Lachen?«

Gemeinsam sprechen wir lautlos ihre Antwort mit: »Er bringt mich nicht zum Weinen.«

»Wir müssen dringend neue Filme anschauen«, stellt Toni mit runzelnder Stirn fest.

»Ja. Und trotzdem werde ich alle meine Klassiker weiterhin ansehen.«

»Nerd.« Toni lacht und wirft ein Kissen nach mir. »Eigentlich solltest du Filmkritikerin oder so etwas sein.«

Ben und ich haben ausgemacht, dass wir alle Kollegen im Büro gemeinsam darüber informieren, dass ich vier Monate nicht da sein werde, aber ich will Toni nicht anlügen. Ich erzähle ihr von der Agentur und was ich vorhabe.

Sie sieht mich überrascht an. »So bald schon?«

»Ich weiß, dass es ganz schön schnell geht. Aber Ben wird so schnell wie möglich eine Unterstützung auf Zeit suchen. Und du wirst die Führung für den Online-Shop übernehmen.«

Ihre Augen funkeln. »Aha, du lockst mich also mit Macht! Da bist du bei mir an der richtigen Adresse.«

Sie grinst teuflisch und mir tut die Person, die bald unter ihrer Fuchtel steht fast schon ein bisschen leid.

»Im Ernst, Mika. Ich freue mich für dich. Wir schaffen das schon, bis du wieder kommst. Und niemand kann deinen Platz einnehmen, ist doch eh klar.«

»Wenn die Person sexy ist und du ihn gerne anschaust?«, frage ich.

»Dann kannst du in deiner Agentur bleiben«, sagt sie grinsend und knufft mich in die Seite.

Kapitel 6

An meinem ersten Tag in der Agentur klingelt mein Wecker erst um acht Uhr. Mit dem Rad werde ich keine fünfzehn Minuten durch die Stadt brauchen.

Ich ziehe mein Lieblings-T-Shirt an, auf das untereinander *Ross & Rachel & Joe & Phoebe & Monica & Chandler* gedruckt ist. Dann esse ich schnell mein Müsli, binde meine Haare zu einem Pferdeschwanz und beeile mich, loszukommen. Schließlich will ich trotz des kurzen Arbeitswegs nicht am Ende doch zu spät sein.

Der Himmel ist bedeckt, aber es ist kein Regen angesagt, daher hole ich mein Fahrrad aus dem Hinterhof und fahre los.

Ich bin nervöser, als ich gedacht hätte. Es ist das erste Mal, dass ich den Arbeitsplatz wechsle, seitdem ich nach der Schule in der Gärtnerei angefangen habe.

»Wie schön, dass du jetzt bei uns bist, Mika«, begrüßt mich die Frau am Empfang und ich bin froh, bereits ein bekanntes Gesicht zu sehen. »Ich bin Marie. Wenn du irgendetwas brauchst, bin ich hier unten für dich da.«

»Danke dir.«

»Du wirst gleich abgeholt.«

Nach ein paar Minuten kommt ein äußerst hübsches Mädchen mit spitzer Nase und blasser Haut auf mich zu. Ihre langen, glänzenden Haare schwingen beim Gehen perfekt von einer Seite zur anderen.

»Mira-Kathleen?«, fragt sie.

Ich komme nicht umhin, einen genervten Unterton in ihrer Stimme zu erkennen. Doch bestimmt täusche ich mich, weil ich so aufgeregt bin.

»Ja, das bin ich«, sage ich und lächle sie an.

Sie erwidert mein Lächeln nicht. »Ich bin Alice, die erste Praktikantin.« Sie reicht mir die Hand.

»Mira-Kathleen, aber alle nennen mich nur Mika.«

»Okay, Mika«, sie zieht meinen Namen in die Länge. »Ich zeige dir alles. Ich bin schon seit sechs Wochen hier und bereits voll eingearbeitet.«

Täusche ich mich, oder will sie ihr Revier markieren? Von solchen Leuten habe ich bisher nur gehört, aber es zum Glück nicht selbst erlebt. In der Gärtnerei sind wir eine große Familie, die zusammenhält. Klar gibt es immer mal wieder Reibungspunkte, aber Ego-Spielchen haben dort keinen Platz.

Gemeinsam fahren wir mit dem Aufzug in den zweiten Stock. Auf dem Weg in unser Büro zeigt Alice mir die Küche und die Meeting-Räume. Alles ist sehr hell und modern eingerichtet, immer wieder ist der Flur durch Nischen unterbrochen, in denen Sessel oder kleine Tische zum Arbeiten stehen. Ich nehme alles zur Kenntnis, doch es kommt kein richtiges Gespräch in Gang.

Auch Alice scheint die unangenehme Stille zu bemerken und sagt: »Also, ich kenne die Marke *George, Gina & Lucy* – aber wer sind die Namen auf deinem T-Shirt?«

»Das sind die Namen von *Friends*«, erkläre ich, doch ihr Gesicht zeigt immer noch Ahnungslosigkeit. »Die erfolgreichste Fernsehserie aller Zeiten?«

Alice schüttelt ihren Kopf. »Kenne ich nicht. Aber bei uns daheim gab es auch kein Fernsehen. Meine Eltern wollten, dass ich mich lieber mit sinnvollen Dingen beschäftige.«

Von nett zu verachtend in unter drei Sekunden – sie muss einen neuen Weltrekord aufgestellt haben. Langsam bin ich überzeugt davon, dass wir uns nicht sonderlich gut verstehen werden. Doch ich will mir nicht direkt am ersten Tag einen Feind machen, daher erwidere ich freundlich: »Ich kann dir gerne mal die erste Staffel auf DVD ausleihen.«

Sie schaut mich schockiert an. »Nein danke, für so etwas habe ich wirklich keine Zeit.«

Bevor ich etwas darauf erwidern kann, kommt uns Olaf auf dem Flur entgegen.

»Mika, wie schön, herzlich willkommen.« Er klatscht enthusiastisch in die Hände. »Am besten werfen wir dich gleich ins Getümmel. Wir haben jetzt unser wöchentliches Kick-Off-Meeting, in dem wir die Themen und Projekte für die kommende Woche besprechen. Dann kannst du direkt auch die anderen Kollegen kennenlernen.«

Ich lächle ihn an. »Hört sich super an.«

»Ach, und da ist ja auch schon ein wichtiger Ansprechpartner für dich«, sagt Borenstein und zeigt hinter mich. »Einer unserer Creative Director, kurz CD.«

Ich drehe mich um und sollte ich bisher nervös gewesen sein, zittern mir jetzt einfach nur noch die Knie.

Der Mann vor mir ist bestimmt über 1,90 Meter groß und zieht wahrscheinlich alleine damit die meisten Blicke in einem Raum auf sich. Doch was dazu auffällt, ist sein dichtes, dunkles Haar, das in krassem Gegensatz zu seinen leuchtend hellblauen Augen steht, die mich freundlich anlächeln.

»Hi, ich bin Leo.« Er streckt mir die Hand hin.

Gefühlt dauert es Minuten, bis mein Gehirn ein Signal an meine rechte Hand sendet und ich sie ihm ebenfalls reiche. »Mika«, kommt es zu leise und zu schüchtern aus meinem Mund.

Er grinst und sagt: »Cooles T-Shirt.«

Ich freue mich über sein Kompliment und will gerade etwas darauf antworten, als Alice ihn zuckersüß anlächelt und mir zuvorkommt. »Genau das habe ich eben auch zu ihr gesagt. Ist *Friends* nicht die coolste Serie aller Zeiten?«

Ich schaue so ungläubig, dass Leo denken muss, ich hätte nicht mehr alle Latten am Zaun. Vor Alice muss ich mich in Acht nehmen, das habe ich direkt kapiert.

Bevor ich etwas hinzufügen kann, unterbricht Borenstein das Gespräch. »Wie schön, dass ihr alle den gleichen Geschmack in Sachen Popkultur habt, Kids. Aber jetzt los an die Arbeit.«

Wir gehen in einen großen Konferenzraum, in dem bereits einige Leute sitzen. Als Borenstein mich vorstellt, grüßen sie mich freundlich und heißen mich willkommen.

Ich setze mich und mustere meine neuen Kollegen. Es ist eine bunt gemischte Gruppe und alle scheinen sehr nett und locker miteinander umzugehen.

Obwohl ich es nicht möchte, wandert mein Blick immer wieder zu Leo, der mit ernster Miene Borenstein zuhört. Er versucht es sich auf einem der kleinen orangenen Hocker bequem zu machen, die überall verteilt stehen, was ich mit meinen 1,72 Metern schon schwierig finde. Das Inventar ist sehr hip, aber nicht ganz so praktisch.

Ich versuche, ihn unauffällig zu mustern. Seine Haut ist gebräunt. An seinem Handgelenk trägt er mehrere Lederarmbänder und sein schwarzes T-Shirt spannt sich über seiner muskulösen Brust. Aber es sind seine blauen Augen, die mich in ihren Bann ziehen.

Leo fängt meinen Blick auf und ich schaue schnell weg. Mist, hoffentlich werde ich nicht rot.

Stattdessen sehe ich Alice an, die mir gegenüber sitzt. Auch ihr Blick streift durch den Raum und bleibt immer wieder kurz bei Leo hängen. Klar, er sieht verdammt gut aus, er wird bestimmt haufenweise Verehrerinnen haben.

Hör auf damit Mika, ermahne ich mich. Du bist hier, um etwas zu lernen, und nicht den erstbesten fremden Typen, der dir über den Weg läuft, anzuhimmeln.

Ich straffe meine Schultern und höre endlich Borenstein zu.

Den Rest des Tages zeigt Alice mir die Programme, mit denen in der Agentur gearbeitet wird. Ihr Ton wird dabei nicht freundlicher. Ich schaue sie über den Schreibtisch hinweg an und muss wehmütig an Toni denken. Hoffentlich war das Ganze keine doofe Idee.

Abends nehme ich meinen Rucksack und verabschiede mich von ihr. »Danke dir für deine Hilfe. Einen schönen Abend.«

Doch sie schaut nicht mal von ihrem Bildschirm hoch, sondern nickt nur kurz und arbeitet weiter.

Ich habe keine Ahnung, was sie für ein Problem mit mir hat, und versuche, nicht allzu enttäuscht zu sein. Zum Glück hat Ben mir noch einmal versichert, dass ich jederzeit in die Gärtnerei zurückkommen kann, wenn es mir hier nicht gefällt.

Ich steige in den Aufzug und drücke den Knopf für das Erdgeschoss, als sich plötzlich Leo mit hineindrängt.

»Nimmst du mich mit?«

»Klar«, sage ich und lächle ihn schüchtern an.

Wir fahren hinunter und ich überlege fieberhaft, was ich Sinnvolles zu ihm sagen kann. Es gibt nichts Schlimmeres als das offensichtliche Schweigen in einem Aufzug.

Doch da öffnen sich die Türen auch schon wieder und Leo sagt beim Rausgehen: »Bis morgen, Mika.«

»Bis morgen«, antworte ich hastig.

Ich gehe in den Hof, um mein Fahrrad zu holen, und muss mir eingestehen, dass ich morgen kaum erwarten kann.

Am Ende der Woche habe ich mich bereits an meinen neuen Fahrtweg gewöhnt. Jeden Morgen bleibe ich kurz bei Marie stehen, um mit ihr zu quatschen, und weiß bereits, dass der Bäcker um die Ecke den besten Kaffee in der Gegend macht.

Heute habe ich ein Meeting mit Borenstein und Alice, damit ich sehe, an welchem Projekt sie im Moment arbeiten.

»Los geht's«, ermuntert er Alice, die vor einem riesigen Bildschirm steht.

Die Tür neben mir geht auf und Leo schlüpft lautlos in den Raum. Ich wende meinen Blick stur Alice zu.

Sie zeigt uns ihre Ideen für ein Spielzeuggeschäft, das dringend einen Online-Auftritt benötigt, da es sonst mit dem Wettbewerb nicht mehr mithalten kann.

Ich muss neidlos anerkennen, dass sie wirklich gute Einfälle hat. Sie sind kreativ und modern. Allerdings hat sie außen vor gelassen, dass der Kunde ein mittelständisches Unternehmen ist.

Ich überlege. Würden wir uns in der Gärtnerei gleich auf Plattformen wie YouTube und TikTok wagen?

Als Alice fertig ist, nickt Borenstein anerkennend. »Sehr gut gemacht, Alice. Wir brauchen noch Feinschliff, aber fürs Erste sind das super Ideen.«

Er schaut mich an. »Mika, was sagst du dazu?«

Ich räuspere mich. »Ich finde es wirklich gut. Allerdings glaube ich, dass der Kunde froh ist, wenn er Stück für Stück an die Online-Welt herangeführt wird. Und man ihm zunächst bei grundlegenden Dingen wie der Website und einem Markenaufbau im Internet hilft. Ansonsten besteht die Gefahr, dass wir ihn überfordern und keinen Auftrag von ihm bekommen.«

Alice schaut mich wie vom Donner gerührt an.

Borenstein nickt und kaut dabei auf einem seiner Brillenhenkel. »Ich bin deiner Meinung. Wir sollten uns zunächst langsam vortasten und die einfachsten Sachen erklären. Und erst im zweiten Schritt Alices Ideen mit einbringen.«

Leo sagt nichts, aber mustert mich aufmerksam und ich merke, wie mir Blut in den Kopf schießt.

Als wir fertig sind und aufstehen, sehe ich, wie Alice genervt den Kopf schüttelt und direkt in die Pause abrauscht. Unser Verhältnis ist mit meiner Aktion eben wohl noch schlechter geworden.

Ich gehe zurück an meinen Schreibtisch und schaue auf mein Handy. Eine Nachricht von Toni.

Hab heute Nacht von Herrn Ricker aus der Buch-
haltung geträumt. Ich glaube es ist ein Zeichen.
Wenn ich ernsthaft darüber nachdenke, ist er der
einzige Mann, der mir wirklich zuhört!

Ich muss lachen und verschütte aus Versehen die halb-
volle Kaffeetasse in meiner Hand über mich und meinen Schreibtisch. Mist, das muss ich gleich abwaschen.
Doch vorher tippe ich noch schnell zurück.

Antonia! Du präsentierst ihm am Ende jeden Mo-
nats ein Update, er MUSS dir zuhören. Würde
dich der kleine Altersunterschied von über drei-
ßig Jahren nicht stören?

Ich wische die tropfende Computertastatur mit einem
Taschentuch ab, da klopft es an der gläsernen Tür und
Leo kommt herein.

Ich überlege, wie sexy auf einer Skala von eins bis
zehn ich wohl im Moment mit braunem Kaffee über
meinem weißen T-Shirt aussehe.

Leo schaut mich belustigt an. »Soll ich später wie-
derkommen?«

Minus fünf, die Antwort ist definitiv minus fünf.

»Nein, nein«, stottere ich. »Komm rein.«

»Ich suche Alice.«

Na klar. Ich setze eine, wie ich meine, professionelle
Miene auf und sage: »Ich glaube sie ist schon in der
Mittagspause. Soll ich ihr etwas ausrichten?«

»Ja, gerne. Kannst du ihr sagen, dass sie kurz zu mir
kommen soll, wenn sie Zeit hat?«

»Klar. Kein Problem.« Ich warte, aber er machte keine Anstalten wieder zu gehen. »Kann ich sonst noch etwas für dich tun?«, frage ich leicht nervös.

»Ich wollte dir nur sagen, dass ich es klasse fand, was du im Meeting gesagt hast. Es gibt nicht viele Leute, die sich das in ihrer ersten Woche trauen würden.«

Ich spüre, wie ich rot werde. »Danke dir. Aber ich glaube, ich habe mir damit nicht nur Freunde gemacht.«

»Aber es geht ja nicht nur darum sich Freunde zu machen, sondern jeden Tag in den Spiegel schauen zu können.«

Ich nicke.

Er dreht sich um und geht wieder hinaus.

Nach einigen Sekunden merke ich, dass ich immer noch mit braunem T-Shirt dasitze und vor mich hin lächle.

Ich schüttle den Kopf, als ob ich dadurch das Grinsen loswerden würde und wische an meinem T-Shirt herum, als es wieder klopft. Jonas, der Ben den Tipp mit der Agentur gegeben hat, steht im Türrahmen.

»Hi, Jonas«, sage ich erfreut. »Was machst du denn hier?«

»Hi, Mika. Ich bin mit meinem Onkel zum Mittagessen verabredet.«

Ich bin Jonas erst ein Mal auf einer Geburtstagsfeier von Alex begegnet. Aber ich kann mich noch gut an seine nette Art und die Hosenträger erinnern, die er als Markenzeichen trägt. Auch heute hat er ein Paar mit Star Wars-Figuren an.

»Wie gefällt es dir bis jetzt?«, fragt er mich und kommt hinein.

»Sehr gut. Ich hab mich noch gar nicht bei dir bedankt, dass du den Kontakt hergestellt hast.«

Er winkt ab. »Kein Problem.« Dann senkt er seine Stimme und zwinkert mir zu. »Sind auch alle nett zu dir? Du kannst es mir verraten. Ein Wort und derjenige bekommt es mit mir zu tun.«

Ich lache und flüstere zurück: »Keine Sorge, ich kann mich ganz gut selbst verteidigen. Aber es sind alle sehr nett.«

Alle bis auf Alice. Aber das erzähle ich Jonas auf keinen Fall. Wenn das bei Borenstein landet, denken noch alle, ich kann mich nicht selbst behaupten.

»Ich habe nach der Schule auch mal vier Wochen hier verbracht, weil ich nicht so richtig wusste, was ich werden will.« Jonas kratzt sich am Kopf und sagt dann heiter: »Es kam schnell heraus, dass ich vieles bin, aber nicht kreativ.«

Soweit ich weiß, arbeitet er inzwischen im Controlling einer großen Immobilienfirma.

Da streckt Borenstein seinen Kopf durch die Tür. »Hier bist du«, sagt er zu Jonas. »Können wir los? Der Tisch ist für dreizehn Uhr reserviert.«

Jonas nickt. »Ich wollte nur unbedingt Mika hallo sagen.«

Borenstein lächelt und zeigt mit dem Finger auf mich. »Sie ist wirklich gut.«

Ich winde mich innerlich und bin froh, dass Alice nicht hier ist. »Noch habe ich ja nichts Besonderes gemacht«, sage ich.

»Nur nicht so bescheiden. Du bringst genau den frischen Wind, den wir gebraucht haben. Das könnt ihr Ben auch ausrichten.«

Ich runzle die Stirn. Ich wusste nicht, dass Borenstein und Ben sich kennen.

Jonas schaut zwischen mir und Borenstein hin und her und will etwas sagen, doch Borenstein kommt ihm zuvor. »Das hatte ich ja noch gar nicht erwähnt, Ben hat mich und Jonas mal beim Squash auseinander genommen, stimmt's?«

Wir werden durch mein klingelndes Telefon unterbrochen.

»Mika, hier unten wartet eine Neele auf dich«, sagt Marie, als ich abhebe.

»Ich komme«, sage ich, lege auf und nehme schnell meine Jacke und meinen Rucksack. »Bis bald«, verabschiede ich mich und laufe den Flur hinunter.

Als ich aus dem Aufzug aussteige, steht Neele in der großen Empfangshalle und schaut sich mit anerkennendem Blick um. »Ich bin beeindruckt, wirklich schick hier.«

Es tut gut sie zu sehen und wir umarmen uns innig.

Dann schiebt Neele mich von sich weg und lacht. »Aber dein Outfit passt nicht wirklich dazu. Was ist denn da passiert?«

»Tonis Gedankengänge und Kaffee sind eine schlechte Kombination«, sage ich und ziehe meine Jacke an, damit man die Flecken nicht mehr sieht.

Neele runzelt nur die Stirn, aber fragt nicht weiter nach. Ich zeige ihr meine leeren Hände. »Dieses Mal gibt es kein Mitbringsel.«

»Bitte was?«, fragt sie gespielt entrüstet. »Für was besuche ich dich denn dann?«

Ich grinse. »Warte es ab.«

Sie hakt sich bei mir unter und wir gehen los.

»Wie war deine erste Woche?«

»Gut und anstrengend gleichzeitig. Aber es ist toll etwas ganz Neues zu erleben. Wenn wir abends nach Hause kommen, haben Ben und ich uns so viel zu erzählen.«

In der letzten Woche hat Ben tatsächlich jeden Abend pünktlich Feierabend gemacht und wir konnten zusammen essen.

»Und nächste Woche fängt bereits meine Vertretung in der Gärtnerei an. Ben hat einen freien Grafiker gefunden.«

»Super. Hatte Toni Mitspracherecht?«

»Wieso?«

»Wenn, wurde er bestimmt nach anderen Kriterien als seiner Qualifikation beurteilt.«

Ich lache und bleibe stehen. »Da sind wir.«

»Irre!«, jubelt Neele. »Den Laden gibt es immer noch?«

Wir stehen vor einem winzigen Kiosk, vor dem eine Menschenschlange steht. Hier haben wir früher nachts gegessen, wenn wir mit unseren gefälschten Ausweisen feiern waren.

»Das ist wirklich besser als jedes Mitbringsel. Ich habe schon ewig keine gute Currywurst mehr gegessen.« Neele sieht sich um und sagt dann: »Es gibt tatsächlich einige Sachen, die ich vermisse.«

Ich zucke mit den Schultern. »Aber überleg doch mal, was du dafür in London aufgebaut hast. Denk an die Liste und wie viele Punkte darauf du abgehakt hast.«

Neele scharrt mit ihrer Schuhspitze über den Gehweg. »Aber die Liste ist ja nicht alles was zählt.«

Ich lege ihr den Arm über die Schulter. »Aber sie ist mein neuer Leitfaden und du bist mein Vorbild. Ohne dich hätte ich mich nicht getraut.«

Wir sind an der Reihe und ich bestelle uns zwei Currywürste mit Pommes.

»Können wir denn heute Abend noch etwas mitbringen?«, frage ich. Christiane hat heute Geburtstag, deswegen ist Neele dieses Wochenende hier.

Sie schüttelt den Kopf. »Nein danke. Ich werde mich später an dreißig Grünkernbratlinge machen.«

Als sie meinen kritischen Gesichtsausdruck sieht, lacht sie. »Keine Sorge, es gibt auch noch etwas anderes zu essen.« Sie beißt in ihre Wurst und verdreht genussvoll die Augen. »Aber das hier ist das perfekte Kontrastprogramm, also hau lieber rein.«

Kapitel 7

Die nächsten Wochen vergehen wie im Flug. Jeden Tag lerne ich etwas Neues dazu und der Alltag ist ganz anders als in der Gärtnerei. Es wird gleichzeitig an so vielen Kampagnen gearbeitet, dass ich oft nicht hinterherkomme, wenn in Meetings mit Namen um sich geworfen wird.

Bisher habe ich noch nicht eigenständig gefilmt, aber Borenstein hat mir versichert, dass sich das bald ändern wird.

Als ich heute in der Agentur ankomme, herrscht große Aufregung und meine Kollegen eilen durch die Gänge.

Da ich nicht weiß, was los ist, gehe erst einmal wie gewohnt an meinen Schreibtisch.

Alice ist bereits da und hat den Telefonhörer in der Hand. »Elyas M'Barek ist hier?« Mit jedem Wort schraubt sich ihre Stimme ein wenig höher.

Aha, daher also der Wirbel.

Sie legt auf und vergisst in ihrer Aufregung, dass sie mich eigentlich weitestgehend ignoriert. »Wir sollen die Kampagne für den Anzugdesigner entwerfen, für den er das neue Werbegesicht ist.«

In Windeseile hat sich herum gesprochen, dass ein Promi im Konferenzraum sitzt, der praktischerweise voll verglast ist. Alice schaut noch einmal zufrieden in ihren Taschenspiegel und läuft dann auf den Flur.

Ich fahre in Ruhe meinen PC hoch. Nicht, dass ich nicht neugierig wäre. Es ist bestimmt aufregend, einem bekannten Schauspieler zu begegnen. Aber die Vorstellung, dass mich Menschen beäugen, die ich nicht kenne, finde ich schrecklich. Ich würde mich total unwohl dabei fühlen.

Stattdessen gehe ich in die leere Küche, die ansonsten um diese Zeit überfüllt ist. Ich nutze den Moment, um mir in Ruhe einen Kaffee aus der großen Industriemaschine zu lassen.

Plötzlich steht Leo neben mir. »Na, gar nicht auf Star-Suche?«

Ich schüttle den Kopf. »Nicht so meins.«

»Dann gibt es also doch noch jemanden, der das auch so sieht«, sagt er und nimmt sich einen Becher aus einem der Hochschränke.

Er zeigt auf die Muffins vor sich, die morgens immer vom Bäcker geliefert werden. »Möchtest du auch einen?«

Ich nicke.

»Einfach einen Strich hinter deinen Namen machen.« Er deutet auf die Namensliste, die an der Kühlschranktür hängt. »Trägst du mich auch ein?«

Ich gehe zum Kühlschrank und suche die Liste nach Leos Namen ab. Da entdecke ich ihn: Leo Speziali, direkt unter Mika Schulte.

»Was für ein schöner Name«, rutscht es mir laut heraus.

»Danke«, sagt Leo und reicht mir einen Muffin. »Ich bin in Italien aufgewachsen.«

Daher also die dunklen Haare. Ich mustere ihn neugierig. »Siehst du deine Familie oft?«

»Nicht so oft, wie ich es gerne würde. Sie wohnen in der Nähe von Florenz und das macht man nicht mal kurz an einem Wochenende.«

Ich würde ihn gerne noch so vieles fragen, aber möchte ihn auf keinen Fall nerven.

Leo muss Fragen allerdings gewohnt sein, denn er erklärt von sich aus: »Meine Mutter spricht deutsch und hat uns zweisprachig erzogen.«

»Wie toll«, sage ich neidisch. »Ich wünschte, ich würde auch eine weitere Sprache perfekt beherrschen. Du hast automatisch doppelt so viele Möglichkeiten, dein Leben zu leben.«

Leo legt seinen Kopf schief. »So habe ich das nie betrachtet«, sagt er nachdenklich. Er nimmt seinen Kaffee, nickt mir noch einmal zu und geht aus der Küche.

Im Team-Meeting am Nachmittag sprechen wir über die Projekte der nächsten Wochen.

»Das Shooting für die Frühjahrskampagne von Brandl für das nächste Jahr steht an«, liest Borenstein vor.

Brandl ist ein Münchner Modehaus, das schon seit vielen Jahren besteht. Wie ich gelernt habe, wird in der Modeindustrie mit großen Vorläufen gearbeitet.

»Wir machen eine Print-Kampagne, die auf allen Plakatwänden zu sehen sein wird«, fährt Borenstein fort. »Wir arbeiten mit dem Team vom letzten Mal, das hat super funktioniert. Leo übernimmt die Leitung, Tanja das Projektmanagement.«

Borenstein dreht sich zu mir.

»Mika, ich möchte dass du das Ganze on camera begleitest. Auch wenn eigentlich nur Print gebucht ist, könnten Videoclips für Social Media eine perfekte Ergänzung sein. Brandl ist ein sehr konservativer Kunde, aber wir werden ihn mit dem richtigen Zusatzmaterial davon überzeugen, zukünftig auch online zu investieren. Okay?«

»Ja, klar!« Ich versuche so gelassen wie möglich zu klingen. Aber insgeheim freue ich mich und bin wahnsinnig aufgeregt bei dem Gedanken, die nächste Zeit mit Leo zusammen zu arbeiten.

Ich sehe Alices feindseligen Blick und verkneife mir ein Grinsen. Wie in jedem guten Drehbuch braucht es anscheinend die fiese Gegenspielerin.

Leo lässt mich in den nächsten Tagen an allem teilhaben, was er für das Shooting vorbereitet.

»Wir bauen eine Festival-Kulisse nach.« Er zeigt mir mehrere Bilder auf einem sogenannten Mood-Board, das visualisiert, wie die Kampagne aussehen soll. Ich entdecke Bilder vom Coachella Festival in Kalifornien.

Leo deutet auf einige Modeaufnahmen. »Und Franklin wird die Fotos schießen.«

Sogar ich kenne Franklin. Er ist ein preisgekrönter Fotograf und ich bin schon ganz gespannt darauf ihn kennenzulernen.

Am Shooting-Tag selbst stehe ich bereits um acht Uhr am Eingang der Agentur.

Eine Stimme in meinem Kopf tadelt mich dafür, dass ich heute Morgen mehrere Outfits anprobiert habe. Was lächerlich ist, da meine Klamotten sich eh alle ähneln. Am Ende habe ich mich für meine Lieblings-Jeans und ein weißes Tanktop entschieden.

Warum sollte ich auch etwas Besonderes anziehen. Ich bin hier, um meine Arbeit zu machen, nicht um aufzufallen. Außerdem bin ich glücklich mit Ben. Nein, es ist einfach neu für mich in der Agenturwelt unterwegs zu sein, anstatt in die Gärtnerei zu fahren, in der Mode nun wirklich keine Rolle spielt. Das hat nicht mehr oder weniger zu bedeuten.

Zufrieden mit meiner Erklärung straffe ich die Schultern, als Leo in einem pechschwarzen MINI, dem eigenen Fahrzeug der Agentur, aus der Auffahrt biegt. Der Kofferraum ist voll mit unserem Equipment, das wir gestern Abend bereits eingeladen haben.

»Guten Morgen«, begrüßt er mich gut gelaunt, als ich die Beifahrertüre öffne.

»Guten Morgen«, sage ich und bin schon wieder nervös.

Die ersten Minuten sitzen wir schweigend nebeneinander und ich würde so gerne etwas Interessantes sagen.

Schließlich räuspert sich Leo. »Irgendwie weiß ich kaum etwas über dich, obwohl wir jetzt schon ein paar Wochen zusammenarbeiten.«

»Da gibt es gar nicht so viel zu wissen«, wiegle ich ab.

Leo schaut mich weiterhin erwartungsvoll an.

»Ich bin Mika, dreißig Jahre alt und mache ein Praktikum bei euch. Außer extremer Koffein-Abhängigkeit habe ich keine ernsthaften Probleme«, leiere ich herunter, als würde ich mich bei einer Therapiegruppe vorstellen.

Leo lacht. »Gut zu wissen«, sagt er. »Und was hast du bisher gemacht?«

»Ich bin eigentlich in einer Gärtnerei für das Marketing und Design zuständig.«

Wie soll ich Leo am besten erklären, warum ich in der Agentur bin? Es ist nicht gerade typisch, in meinem Alter ein Praktikum zu machen.

»Ich habe direkt nach der Schule dort angefangen. Daher dachte ich, es ist mal an der Zeit etwas Neues auszuprobieren.«

»Wolltest du schon immer in einer Gärtnerei arbeiten?«

Ich schüttle den Kopf. »Nein, wirklich nicht. Die meisten Pflanzen gehen kaputt, wenn ich sie nur anschaue. Ich habe es sogar geschafft, einen Kaktus eingehen zu lassen.«

Mika, plapper nicht so viel, ermahne ich mich.

Aber Leo grinst über meine Bemerkung. »Und was hat dich dann dorthin verschlagen?«

Diese Frage ist viel zu kompliziert und ich umgehe sie seit Jahren.

»Ach, ich hatte die Möglichkeit dort meine Ausbildung zu machen und als ich dann da war, sind mir die Leute schon zu sehr ans Herz gewachsen.« Das zumindest stimmt.

Ich erzähle Leo von Toni und dass Paul immer am letzten Freitag im Monat seinen berühmten Karottenkuchen für uns alle mitbringt. Dabei merke ich, wie sehr mir die Vertrautheit der Gärtnerei doch fehlt. Komisch, das hätte ich nach so kurzer Zeit nicht erwartet. Die Agentur ist einfach komplett anders.

Leo muss meine Gedanken erraten haben, denn er sagt: »Das hört sich richtig familiär an. Ganz anders als die Agenturwelt, oder?«

»Das stimmt.«

Er lässt nicht locker. »Was wolltest du denn früher eigentlich machen?«

Ich verziehe meinen Mund zu einer Grimasse. »Will nicht jeder im Teenager-Alter irgendetwas machen, was nachher keine Bedeutung mehr hat?«

Er überlegt kurz, bevor er antwortet. »Das ist die große Frage. Hat es nachher keine Bedeutung mehr? Oder ist es die Zeit, in der wir reinen Herzens Wünsche entwickeln, bevor uns das Leben erzählt, wir sollten aus rationalen Gründen etwas Anderes tun?«

Treffer und versenkt.

Er schafft es, mit seinen Worten genau das auszudrücken, was ich mich seit Wochen frage.

Ich schaue angestrengt aus dem Fenster. Wir fahren über den mittleren Ring in das Industriegebiet Richtung Norden.

Leo muss spüren, dass er einen Punkt bei mir getroffen hat und hakt nicht weiter nach.

»Regie«, sage ich schließlich, als wir schon auf den Parkplatz des Zenith-Geländes biegen. »Eigentlich wollte ich immer zum Film.«

Ich schaue geradeaus, um ihn nicht ansehen zu müssen.

Aber Leo lacht mich nicht aus, sondern sagt ermunternd: »Dann wollen wir mal zusehen, dass du noch mehr Erfahrung hinter der Kamera bekommst.«

Er parkt neben einem großen Lieferwagen ein und wir steigen aus.

Das Zenith ist eigentlich eine Veranstaltungshalle im Fabrikdesign für Konzerte, Messen und Partys. Das Außengelände ist heute jedoch nicht wiederzuerkennen. Es wurde grober Sand aufgeschüttet und überall stehen Palmen und Kakteen herum. Sogar ein Riesenrad in Miniaturform wurde aufgestellt. Eine Seifenblasen-Maschine lässt ununterbrochen neue schillernde Seifenblasen in die Luft gleiten und mehrere Models in den coolsten Outfits laufen umher. Ja, so stelle ich mir eindeutig ein Festival in der Wüste vor.

Wir steigen aus und ich bin fasziniert, wie viele Menschen an so einem Set herumwuseln. Stylisten, Make-Up-Artists, Lichttechniker – alle sind bereits am Werk und es herrscht ein reges Treiben.

Leo ist bereits weitergegangen und begrüßt einen grau gekleideten Mann mit langem Zopf. Das muss wohl der berühmte Franklin sein.

»Das ist unsere neue Praktikantin Mika«, stellt Leo mich vor, als ich mich zu ihnen stelle. »Sie wird heute für die Hintergrundberichterstattung zuständig sein und filmen.«

Ich reiche Franklin die Hand.

»Praktikantin, honey? Wie alt bist du denn?« Sein amerikanischer Akzent lässt nicht über den abschätzigen Tonfall hinwegtäuschen.

»Dreißig«, sage ich und merke, wie mir die Röte ins Gesicht schießt.

Leo klopft Franklin auf die Schulter und sagt: »Also ich finde es großartig, wenn Leute so mutig sind, etwas Neues zu wagen.«

Doch Franklin scheint schon nicht mehr zuzuhören und wendet sich an Tanja aus der Agentur, die mit

Headset und iPad bewaffnet für den Ablauf an diesem Tag zuständig ist.

Leo wirft mir einen entschuldigenden Blick zu, doch ich drehe mich schnell weg und mache mich daran, meine Kamera aufzubauen. Auf keinen Fall möchte ich, dass er sieht, wie sehr mich Franklins Worte getroffen haben.

Ich beginne Atmo-Aufnahmen zu filmen. Das sind Ton- und Bildaufnahmen im Standmodus, die die Atmosphäre einfangen. Mein Lehrer in der Berufsschule hat immer darauf bestanden und ich halte mich auch heute daran. Ich filme das komplette Gelände ab und fange die aufgeladene Stimmung ein.

Obwohl mich gerade einer der bekanntesten Mode-Fotografen vorgeführt hat, fühle ich mich toll. Ich habe eine Kamera in der Hand und bin bei einer Produktion dabei. Es ist zwar kein Film-Set, aber noch vor kurzem hätte ich mir das nicht vorstellen können.

Ich beobachte, wie Leo das Set prüfend abläuft. Als Creative Director ist er für die Gestaltung der Kampagne und die Umsetzung heute verantwortlich.

»Ist Herr Fischer gar nicht da?«, fragt Leo Tanja.

Herr Fischer ist unser Ansprechpartner bei Brandl und sollte heute ebenfalls dabei sein.

Tanja schüttelt den Kopf. »Er hat heute Morgen kurzfristig abgesagt, weil er krank ist. Und anscheinend gibt es so kurzfristig niemanden, der ihn hier vertreten kann.«

»Wir sind ja zum Glück routiniert, das schaffen wir auch ohne ihn«, sagt Leo und gibt das Startzeichen an alle, dass es nun losgeht.

Franklin wird mir mit jeder Minute unsympathischer, er kommandiert die Menschen um sich herum und ist extrem ungeduldig. Leo hingegen hat für jeden ein nettes Wort übrig, sodass trotz Franklins Ego-Trip gute Laune am Set herrscht.

Die Models sehen umwerfend in ihren Klamotten aus und tanzen über das Gelände. Eine von ihnen scheint ein Auge auf Leo geworfen zu haben, denn immer wenn er in der Nähe ist, lacht sie besonders laut und wirft ihre langen Haare zurück.

Das macht mir gar nichts aus, rede ich mir ein und versuche mich darauf zu konzentrieren, möglichst viel zu filmen.

»Nur noch zwei Outfit-Kombinationen«, zwinkert mir Tanja am Nachmittag in der Pause zu, »dann haben wir es geschafft.«

Kurze Zeit später beendet Franklin mit den Worten »It's a wrap« das Shooting und alle klatschen freudig.

Das Riesenrad wird direkt wieder auf einen Lastwagen verfrachtet. Tanja hat mir erzählt, dass es eine Leihgabe des Münchner Spielzeugmuseums ist und heute Abend wieder dort sein muss.

In dem Moment, als der LKW vom Parkplatz fährt, biegt ein auf Hochglanz polierter schwarzer Mercedes in die Einfahrt.

Eine ältere Dame in einem eleganten Kostüm steigt aus und schaut sich suchend um.

»Leo«, flötet sie erfreut und stöckelt auf ihren riesigen Absätzen zu ihm, »wie schön Sie wiederzusehen.«

Leo schaut überrascht auf und läuft auf sie zu. »Frau Brandl, was für eine Überraschung.«

Ich habe schon viel über die Geschäftsführerin von Brandl Moden gelesen. Nachdem ihr Mann in den achtziger Jahren plötzlich starb, übernahm sie den Betrieb und baute ihn zu einem erfolgreichen Mode-Label aus.

Frau Brandl gibt Leo einen Luftkuss auf beide Wangen.

»Wir hatten mit gar niemandem gerechnet, nachdem Herr Fischer abgesagt hatte.«

Frau Brandl winkt ab. »Ich wollte auch gar nicht lange bleiben, nur einmal kurz nach dem Rechten sehen. Aber jetzt arbeiten wir schon so lange zusammen, was soll da noch schief laufen, oder?«

Leo nickt und holt Franklin dazu.

»Das Shooting haben Sie tatsächlich schon verpasst, aber schauen Sie.«

Franklin zeigt ihr ein paar der Fotos von heute auf einem Laptop.

»Toll«, ruft Frau Brandl, »ganz toll. Genau so hatte ich mir das vorgestellt.«

Sie zwinkert Leo zu. »Ich sehe schon, Sie leisten wie immer großartige Arbeit. Und solange unser neuestes It-Piece, die Gürteltasche, gut in Szene gesetzt wurde, ist eh alles in bester Ordnung. Wer hätte das gedacht? Gürteltaschen sind wieder in! Dass ich das noch einmal erlebe. In der Mode hat eben alles ein Comeback. Dieses Ding wird unser großer Verkaufsschlager nächstes Jahr.«

Ihr Fahrer gibt ihr ein Zeichen, dass sie wieder fahren müssen und sie verabschiedet sich.

»Ich muss auch schon wieder weiter. Danke Ihnen allen und ich bin sehr gespannt auf die Ergebnisse.«

Sie rauscht wieder hinaus und ich sehe, wie Tanja neben mir in der letzten Minute förmlich die Farbe aus dem Gesicht gewichen ist.

Kapitel 8

Tanja läuft zu Leo und flüstert ihm etwas ins Ohr. Er schaut sie erschrocken an und sie diskutieren leise, aber heftig.

Leo winkt mich und Franklin dazu. »Könnt ihr bitte mitkommen?«

Zu viert gehen wir in einen Lagerraum, in dem heute Gläser und Geschirr aufbewahrt werden.

»Was ist denn los?«, frage ich besorgt.

»Die Gürteltasche, von der Frau Brandl gesprochen hat«, sagt Leo. »Wir haben sie nicht geshootet. Es muss ein Missverständnis gegeben haben.«

»Leo«, sagt Tanja verzweifelt, »es tut mir so leid, ich weiß wirklich nicht, wie das passieren konnte. Wenn nur Herr Fischer hier wäre.«

Franklin poltert los: »Das kann doch nicht wahr sein! Mit was für Amateuren arbeite ich hier zusammen?«

Leo sagt ruhig und bestimmt: »Franklin, hör auf. Das bringt uns nicht weiter. Egal, wessen Fehler es war, wir müssen jetzt versuchen das Ganze noch zu retten.«

Er atmet tief durch. »Die gute Nachricht ist, dass die Tasche hier ist.«

»Was ist denn daran eine gute Nachricht?«, ruft Franklin verärgert. »Die halbe Kulisse ist bereits abgebaut! Selbst wenn wir die Tasche haben – die Fotos werden nicht zum Rest passen. Ich habe keine einzige

Aufnahme der Kulisse in der Totalen. Warum auch? Ich bin Künstler, ich arbeite mit Nahaufnahmen.« Er wird immer lauter.»Das fällt doch sofort auf! Es ist die wichtigste Modestrecke für Brandl im nächsten Jahr und ich werde mich komplett blamieren. Dann ist mein Ruf dahin!«

Ich sehe förmlich, wie Leo der Versuchung widersteht, Franklin ebenfalls anzuschreien. Ich kann kaum glauben, wie gelassen er bleibt, bei dem, was auf dem Spiel steht. Wenn ich ihm doch nur helfen könnte.

Da fällt mir etwas ein.

»Ich habe heute Morgen alles ganz genau gefilmt. Wenn wir es schaffen das Riesenrad noch einmal zurück zu holen, können wir alles anhand des Videos rekonstruieren und die Tasche doch noch shooten.«

Ich hole meine Kamera hervor und spiele meine Aufnahme ab.

Leo schaut mich ungläubig an.»Mika, das ist genial!«

Er nickt Tanja zu, die sofort auf ihrem Handy versucht das Unternehmen zu erreichen, das für den Transport des Riesenrads verantwortlich ist.

Leo geht zur restlichen Crew, die schon dabei ist ihre Sachen einzupacken. Als er ihnen erzählt, was passiert ist, sind in Windeseile wieder alle am Werk.

Zehn Minuten später fährt der LKW mit dem Riesenrad wieder auf das Gelände und einige jubeln.

Zum Glück hat Tanja einen portablen Drucker dabei. Wir nehmen die Speicherkarte meiner Kamera und drucken die Frontalaufnahmen des Sets aus. Die Kulisse wird wieder eins zu eins aufgebaut und die Models gehen in Pose.

Eine Stunde später nickt Franklin zufrieden und allgemeine Erleichterung macht sich breit. Ich bin vollkommen erschöpft und gleichzeitig total aufgekratzt.

Als ich meine Sachen zusammenpacke und in den Kofferraum lade, sehe ich wie das Model, das bereits heute Morgen ständig in Leos Nähe war, etwas in sein Handy tippt. Mein Magen macht einen Satz, obwohl ich weiß, dass es mir egal sein muss.

Sie verabschieden sich und Leo kommt zum Auto.

»Kannst du bitte zurückfahren, Mika? Ich muss nebenher in Ruhe Borenstein anrufen, um ihm von heute zu berichten, bevor Franklin ihm seine Version erzählt.«

Ich stehe stocksteif da und weiß nicht, was ich sagen soll. Das ist zu viel.

Der ganze Tag hat all meine Kräfte gebraucht und jetzt auch noch das. Es wäre unter normalen Umständen schon eine riesige Aufgabe für mich, doch im Moment fühlt es sich einfach nur unmöglich an.

»Kannst du nicht über die Freisprechanlage mit ihm telefonieren?«, flehe ich und meine Stimme zittert.

Leo schaut mich verwirrt an. »Du hast doch einen Führerschein, oder?«

»Ja«, bestätige ich. »Aber …«. Wie soll ich ihm ansatzweise meine Gefühlslage erklären? Meine Gedanken suchen eine Ausrede, die von fehlender Brille bis Führerscheinentzug aufgrund von Trunkenheit am Steuer reicht.

Doch Leo macht bereits die Beifahrertür auf und sagt beim Einsteigen erschöpft: »Ich weiß, dass der Tag eine harte Nummer war. Und ich bin dir wirklich dankbar. Kannst du das bitte noch machen?«

Ich schließe zitternd meine Augen und versuche ruhig durchzuatmen.

Was war das für ein Geruch?
Ich konnte ihn nicht definieren. Irgendwie verbrannt. Und es war heiß, schrecklich heiß.
Ich konnte meine Augen nicht öffnen, nur ihre Stimmen hören. Es mussten mehrere Menschen sein, die mir immer wieder Fragen stellten.
Ich wollte unbedingt antworten, sagen, dass ich hier war, aber mein Mund konnte sich nicht bewegen. Ebenso wenig der Rest meines Körpers.
Eine noch nie dagewesene Panik breitete sich in mir aus, aber ich konnte ihr keinen Raum geben, wusste nicht wohin mit ihr.
Ich fing an zu schreien. Laute schrille Töne, immer wieder.
Hinterher erfuhr ich, dass sie nur in meinem Kopf erklungen waren, denn ich war nicht richtig bei Bewusstsein, als sie das Auto aufbrachen, um uns zu bergen.

Langsam mache ich meine Augen wieder auf. Das ist so lange her und tief in mir vergraben. Da ich keine Kraft für Erklärungen habe, steige ich in den Wagen.

Während Leo schon Borensteins Nummer wählt, versuche ich mich mit allem vertraut zu machen. Ich fuhrwerke am Navi herum, um Zeit zu gewinnen.

Ganz ruhig. Ich habe heute bewiesen, was ich kann. Das schaffe ich jetzt auch noch.

Neben mir erzählt Leo Borenstein vom heutigen Tag. Er lässt unseren Fehler dabei nicht aus und erklärt, wie wir zum Schluss das Shooting doch noch erfolgreich beendet haben. Ich bin stolz, als er dabei mehrmals meinen Namen erwähnt.

Langsam drehe ich den Schlüssel im Zündschloss herum. Rückwärtsgang einlegen. Ganz vorsichtig aufs Gaspedal.

Obwohl es elf Jahre her ist, finden meine Füße ihren Weg wie von selbst. Anscheinend verlernt man es doch nicht.

Ich atme noch einmal aus, setze zurück und fahre dann langsam vom Gelände. Das Navi gibt mir den Weg vor und ich konzentriere mich auf die Fahrbahn.

Während Leo immer noch den Worten von Borenstein lauscht, biege ich auf den mittleren Ring ab und werde schneller.

Ich habe komplett vergessen, wie es sich anfühlt, selbst ein Auto zu lenken und Herr der Geschwindigkeit zu sein. Ich beschleunige vorsichtig auf sechzig. Da es schon spät ist, sind zum Glück nicht allzu viele Autos unterwegs.

Ich merke, wie ich ganz langsam anfange, mich zu entspannen, und öffne das Fenster einen Spalt. Ein angenehmer Wind strömt herein. Die Sonne geht in der Ferne unter und taucht die Stadt vor uns in goldenes Licht.

Ein wunderbares, längst vergessenes Gefühl macht sich in mir breit und ich lächle. Nein, ich lächle nicht, ich grinse wie ein Honigkuchenpferd. Ich lehne meinen Kopf an die Kopfstütze und atme geräuschvoll aus.

Leo verabschiedet sich und legt auf.

»Was hat er gesagt?«, will ich wissen, ohne den Blick von der Fahrbahn zu nehmen.

»Typische Chef-Anteilnahme. Er war natürlich nicht begeistert, dass es passiert ist, aber hat uns gelobt, dass wir eine Lösung gefunden haben.« Er korrigiert sich. »Dass *du* eine Lösung gefunden hast.«

Ich sehe nach vorne, aber erkenne im Augenwinkel, dass Leo mich anschaut. »Mika, das war echt klasse heute. Danke nochmal. Ohne dich wären wir richtig doof dagestanden.«

Ich lächle. »Gern geschehen.« Und kann es mir dann nicht verkneifen hinzuzufügen: »Vielleicht schafft man sowas dann doch eher mit dreißig als mit zwanzig.«

Leo lacht laut auf. »Definitiv. Für solche Situationen braucht man Erfahrung.« Er reibt sich über das Gesicht. »Ich hoffe du hast Franklin nicht eine Sekunde ernst genommen. Ich weiß, ich darf das eigentlich nicht sagen, aber der Mann erzählt viel Schwachsinn.«

Ich kichere. »So darfst du doch nicht über deinen Fotografen reden«.

»Nein, ich weiß. Aber er hat nicht das Recht andere runter zu machen. Ich muss ihn leider bei Laune halten. Er ist nun mal der Beste in der Modefotografie.«

»Really the best«, mache ich Franklins übertriebenen amerikanischen Akzent nach.

»Ja, der gute Frank kann eben doch nicht über seine Herkunft hinwegtäuschen.«

»Frank?« Ich bin irritiert.

»Ja, Frank. Franklin ist sein Künstlername. Frank Lindemann aus einem Dorf im bayrischen Wald hat eines Tages beschlossen, dass die Welt glauben soll, dass er sein Leben lang zwischen Berlin und New York gependelt ist. Aber ich kenne ihn noch als Foto-Assistenten, der versucht, einen Einstieg in die Branche zu bekommen.«

Ich kann es kaum glauben.

»Lass dir nie von irgendjemandem erzählen, du wärst nicht gut genug für deine Ziele. Und vor allem nicht von Menschen, die mit sich selbst nicht im Reinen sind.«

Inzwischen habe ich mich an das Steuer in meinen Händen gewöhnt und biege auf die Schleißheimer Straße, um wieder in die Maxvorstadt zu gelangen.

Als wir vor dem Tor der Agentur anhalten sagt Leo: »Ich werde die Sachen ausladen und du gehst nach Hause.«

Ich will schon protestieren, aber er besteht darauf. »Keine Widerrede. Das ist das Mindeste, was ich tun kann.«

Ich schalte den Motor aus und ziehe die Handbremse an. Da ich wirklich völlig kaputt bin, nehme ich sein Angebot dankbar an.

Ich hole mein Fahrrad aus dem Innenhof und schiebe es an Leo vorbei, der schon damit beschäftigt ist, das Equipment auszuladen. »Bis morgen«, sage ich.

»Bis Morgen, Mika.«

Ich radle nach Hause, lasse mir den Wind durch die offenen Haare wehen und versuche dabei den Tag zu verarbeiten. Leo, Franklin, das Gefühl hinter der Kamera und vor allem hinter einem Steuer.

Daheim schließe ich die Wohnungstür auf und horche, ob Ben bereits da ist, doch es ist still.

Ich bin froh, noch etwas Zeit für mich alleine zu haben.

Ich ziehe meine verschwitzten Klamotten aus, drehe die Dusche auf und lasse mit einem wohligen Seufzen das erfrischende Wasser auf mich prasseln. Im Film wäre die Szene perfekt, um zu zeigen, dass die Protagonistin ihren Gedanken nachhängt.

Als ich aus der Dusche steige und mich abtrockne, höre ich, wie Ben die Haustür aufschließt. Noch vier Schritte und er ist im Bad.

Die Tür geht auf und er grinst mich entschuldigend an. »Tut mir leid, dass es so spät geworden ist.« Er kommt herein und gibt mir einen Kuss auf die Nase.

»Kein Problem.« Ich gähne. »Ich bin auch erst eben gekommen.«

»Tatsächlich?«, fragt er und fängt an sich auszuziehen. »Erzähl, wie war das Shooting?«

Ich wickle mich in mein Handtuch und setze mich auf den Badewannenrand.

Während er duscht, erzähle ich ihm alles von diesem aufregenden Tag.

Nur die Sache mit dem Auto lasse ich weg. Ich weiß nicht wieso, aber es fühlt sich ein bisschen wie Betrug an, dass ich ohne ihn gefahren bin.

»Großartig Mika. Überleg mal, all die Erfahrungen, die du danach in der Gärtnerei einbringen wirst«, kommt es hinterm Duschvorhang hervor. »Das wird toll.«

»Mhhmm«, murmle ich zustimmend.

Ich möchte nicht, dass er über die Gärtnerei spricht. Im Moment möchte ich einfach nur im Hier und Jetzt sein.

»Und das konntet ihr alles retten, weil du so großartig bist?«, hakt er noch einmal nach und steigt aus der Dusche.

Ich werfe ihm sein Handtuch zu. »Nicht nur wegen mir, aber ich habe dazu beigetragen.«

Er fängt das Handtuch nicht auf, sondern kommt nackt zu mir. »Sei nicht immer so bescheiden. Ich weiß, dass ich die tollste Freundin habe.«

Ich kichere und winde mich in seiner Umarmung. »Du bist komplett nass, ich war doch gerade trocken.«

»Ja und?«, sagt er unbeeindruckt und löst langsam mein Handtuch. »Was willst du dagegen machen?«

Später teilen wir uns in der Küche ein Pizzastück von gestern. Ich habe Bens T-Shirt an und lehne mich an die Küchenzeile.

Ben grinst zufrieden und zieht mich zu sich heran. »Ich liebe all das«, sagt er und vergräbt seine Nase in meinen Haaren.

»Was? Pizza und Orgasmen?«, frage ich kauend.

»Nein«, sagt er und lacht. »Also doch, das natürlich auch. Aber ich meine das Ganze zwischen uns. Geborgenheit.«

Ich gebe ihm einen Kuss.

Er hat Recht. Elf Jahre erschaffen eine Nähe, die unvergleichbar ist. Und die ich bestimmt nicht für eine doofe Schwärmerei in Gefahr bringen werde.

Kapitel 9

Am nächsten Tag lobt mich Borenstein vor allen Kollegen für meine gute Arbeit. Ich ignoriere dabei den hasserfüllten Blick von Alice. Dieses Erfolgserlebnis lasse ich mir von ihr nicht vermiesen.

»Klasse gemacht, Mika«, sagt Clara, die den Themenbereich Reise als CD leitet. »Beim nächsten meiner Projekte bist du dabei, ja?« Sie zwinkert mir fröhlich zu.

Ich nicke eifrig und bin wirklich stolz. Hier wertgeschätzt zu werden ist etwas ganz anderes, als in der Gärtnerei.

Den Tag über sichte ich das Material von gestern und beginne damit, kurze Videoclips zu schneiden.

Bevor ich abends gehe, sende ich Leo meinen bisherigen Arbeitsstand und fahre den Computer herunter. Seitdem ich gestern zum ersten Mal mehr Zeit mit ihm verbracht habe, spukt er mir noch mehr als vorher im Kopf herum.

Aber klar, beruhige ich mich, wer wäre nicht von der Aufmerksamkeit eines solchen Mannes geschmeichelt? Ich bin glücklich mit Ben und Leo hat Interesse an langbeinigen Models. Ich werde dieses Projekt professionell abschließen und dann versuchen, nicht mehr allzu viel Zeit mit ihm zu verbringen.

Vielleicht kann ich ja wirklich Clara bei einem ihrer nächsten Projekte unterstützen. Ich sollte Borenstein darauf ansprechen.

Heute mache ich früher als sonst Feierabend, da ich mit dem Rad bis nach Dachau fahre. Wir sind bei Bens Eltern zum Essen eingeladen. Doch vorher möchte ich unbedingt in der Gärtnerei vorbeischauen.

Es ist ein hochsommerlicher Tag und selbst jetzt hat es noch über dreißig Grad in der Innenstadt. Bis ich die Stunde auf dem Rad nach Dachau geschafft habe, werde ich komplett zerschmolzen sein.

Würde ich nach gestern in Zukunft solche Strecken doch wieder mit dem Auto fahren? Zum Schluss war es ganz einfach, den Wagen zu lenken. Mein Herz wird leicht, wenn ich an meine Hände am Steuer denke. Und an Leo, der keine Ahnung hat, was er mit seiner Bitte ausgelöst hat.

Schluss jetzt, Mika, ermahne ich mich und trete in die Pedale.

Wie erwartet komme ich komplett verschwitzt in der Gärtnerei an.

»Hat es in München schon gewittert?«, kommentiert Toni meine feuchten Haare.

»Haha, ich freue mich auch dich zu sehen.« Zur Strafe umarme ich sie trotz klatschnasser Klamotten.

Wir setzen uns auf die Stühle unter eine der beiden Felsenbirnen, die Ben vor einigen Jahren gepflanzt hat, damit wir mehr Schatten auf dem Hof haben.

Toni erzählt mir von ihrem gestrigen Date (»Heiß. Aber es könnte zwischen uns nur funktionieren, wenn er den Mund nicht aufmachen würde.«) und meiner Vertretung (»Zugeknöpft. Es könnte zwischen uns funktionieren, wenn er den Mund mal aufmachen würde.«).

Da kommt unser Kollege Paul aus dem Gebäude. »Wir vermissen dich hier, Mika«, sagt er im Vorbeigehen und wir klatschen wie immer ein.

Ich bin hin- und hergerissen. Ich vermisse die Gärtnerei auch, allerdings genieße ich die Arbeit in der Agentur. Ich entdecke dort eine ganz neue Seite an mir.

Als Ben fertig ist, verabschiede ich mich von Toni und wir gehen über die gekieste Hofeinfahrt zu seinem Auto. Er flucht, als er mein Fahrrad wie immer erst nach dem dritten Anlauf in den Kofferraum bekommt, beschwert sich aber nicht.

»Meine Eltern freuen sich schon so auf dich. Ich glaube, das ist das erste Mal, dass ihr euch einige Wochen lang nicht gesehen habt.«

Er hat Recht. Seitdem ich vor zehn Jahren hier angefangen habe, sind wir uns so gut wie täglich bei der Arbeit begegnet.

Sabine öffnet uns die Türe und umarmt mich herzlich. »Kommt rein, kommt rein, das Essen ist schon fertig.«

Wir setzen uns auf die mit Sträuchern eingefasste Terrasse und lassen uns den Fisch schmecken, den Robert zubereitet hat. Er fragt mich über die Agentur aus und scheint davon angetan zu sein, wie viel ich lerne. Ich freue mich über sein Interesse und dass Ben mir währenddessen bekräftigend über den Rücken streichelt.

Nach dem Essen habe ich endlich Zeit, mich im Bad kurz frisch zu machen. Ich wechsle mein T-Shirt und spritze mir etwas Wasser ins Gesicht.

Als ich wieder nach draußen gehen will, höre ich Sabine mit gedämpfter Stimme sagen:»Ich weiß nicht, Ben. Filmen für ein Mode-Shooting? Und das alles für kaum Geld? Ich kann mir kaum vorstellen, wie sich das für die Gärtnerei bezahlt machen soll.«

Ben argumentiert dagegen:»Es tut Mika gut.«

»Ja, das sehe ich. Und das freut mich auch für sie. Aber trotzdem. Sie ist nicht mehr die Jüngste. Sie hat eigentlich keine Zeit mehr für solche Eskapaden.«

Ben stöhnt.»Mama, bitte. Nicht schon wieder dieses Thema.«

»Wir würden uns doch nur so sehr freuen, wenn ihr endlich einen Schritt weiter planen würdet. Wir haben euch doch die letzten Jahre immer unterstützt. Und alles in der Gärtnerei so aufgebaut, dass es für euch beide passt.«

Sie spricht es zwar nicht aus, aber ich habe das Gefühl, dass sie mich für undankbar hält.

»Einen Schritt nach dem anderen, Mama. Es wird alles genauso kommen, wie du es dir wünschst«, beruhigt Ben sie.

Nach einem kurzen Moment gehe ich auf die Terrasse und tue so, als hätte ich nichts gehört.

Dann versuche ich möglichst fröhlich zu sagen:»Was haltet ihr davon, wenn wir im neuen Online Shop nicht nur die Produkte vorstellen, sondern auch kurze Do-It-Yourself-Videos einbauen?« Diese Idee geht mir schon seit ein paar Tagen durch den Kopf.

Die drei schauen mich überrascht an.

»Zum Beispiel wie man richtig einpflanzt oder wie ein neues Beet gesetzt wird«, erkläre ich.

»Das ist eine großartige Idee«, sagt Ben begeistert. »Wir könnten versuchen, der Shop zu werden, in dem man sich informiert, wenn man Tipps über Pflanzen braucht.«

Robert nickt zustimmend und auch Sabine sieht angetan aus.

Ben kramt in seiner Tasche nach seinem Laptop. »Mir fällt da gleich so vieles ein. Wir könnten unterschiedliche Kategorien dafür aufbauen.« Er tippt direkt los. »Und jetzt, wo du in der Agentur übst, wirst du nachher die perfekten Videos dafür drehen.«

Ich nicke, auch wenn ich das Wort *üben* nicht ganz passend finde, für das, was ich gerade tue.

»Ich wusste doch, dass sich das Ganze nachher für uns bezahlt macht«, sagt Ben triumphierend.

Ich sehe, wie er Sabine einen zufriedenen Blick zuwirft und sie kaum merklich nickt.

Ich bin froh, dass ich ihnen zeigen kann, dass das Praktikum nicht nur eine Spinnerei ist. Sie sind meine Familie und ich will sie auf keinen Fall enttäuschen.

»Seid froh, dass ihr vergeben seid. Online-Dating ist wirklich grauenhaft.«

Toni, Jana und ich sitzen einige Tage später mit einem Picknick am Ufer der Isar, während Ben und Alex immer wieder johlend in die Strömung springen.

»Was war dieses Mal?«, fragt Jana gespannt.

»Er hat wirklich so geredet.« Toni räuspert sich. »Komm her, Kleines«, sagt sie in übertriebenem Tonfall. »Ist das lecker? Fein, komm auf deinen Platz.« Ihre Stimme wird wieder normal. »An so eine Hunde-Herrchen-Beziehung habe ich echt nicht gedacht, als er in seinem Profil Doggy-Style als Vorliebe angekreuzt hat.«

Jana und ich schütteln uns vor Lachen und ich frage lieber nicht nach, bei welcher Dating-Website man diese Auswahlmöglichkeit hat.

»Wie läuft denn dein Praktikum?«, fragt mich Jana und öffnet sich ein weiteres Radler.

»Es ist toll. Ich lerne viel und es macht mir wirklich Spaß.«

Ich erzähle ihnen vom Fashion-Shooting und von Franklin. Und lasse natürlich auch Alice nicht aus.

»Ätze-Alice«, sagt Toni und zieht die Nase kraus.

Ben und Alex kommen über die Wiese gelaufen und schütteln ihre nassen Haare über uns aus. Wir jauchzen und quieken, auch wenn das kühle Nass einfach nur angenehm bei diesen Temperaturen ist.

»Und wie lange bleibst du in der Agentur?«, fragt Jana, nachdem Alex sie aus einem langen Kuss entlassen hat.

»Bis Ende Oktober«, antwortet Ben an meiner Stelle. »Danach kommt sie zurück und haut uns alle mit ihrem neuen Wissen um. Das wird richtig gut!«

Er setzt sich neben mich und legt lächelnd einen Arm um meine Schulter.

Ich lächle schwach zurück. Warum fühlt es sich so falsch an, jetzt schon über das Ende des Praktikums zu reden?

Ben klatscht in die Hände und holt mich aus meinen Gedanken. »Noch bei Ballabeni`s vorbei, wie immer?«

Die anderen stimmen ihm zu und packen zusammen, um einen Abstecher zu unserer Lieblingseisdiele zu machen.

Ich nehme meine Schuhe und sage leise: »Wie immer.«

Ein paar Tage später telefoniere ich mit Neele, während ich im Schatten auf einer Bank vor der Agentur Pause mache.

»Was ist eigentlich aus dem Musiker geworden?«, frage ich sie und beiße von meinem Sandwich ab.

»Ach der. Wir haben uns noch einmal getroffen, aber es hat wie erwartet nicht wirklich gepasst.«

»Und was war mit dem Plan, Spaß mit dem Falschen zu haben, bevor der Richtige auftaucht?«

»Ja, dazu wollte ich dir noch etwas erzählen. Ich komme am Wochenende wieder nach München.«

»Echt?«, frage ich erstaunt. »So häufig wie in letzter Zeit warst du die ganzen letzten Jahre ja nicht hier.«

Da fällt mir ein, dass ich sie noch dringend etwas fragen wollte. »Wann hast du eigentlich gewusst, dass du dein Leben in London verbringen willst?«

Neele atmet hörbar am anderen Ende der Leitung aus. »Puh. Irgendwie habe ich mir als Teenager in den Kopf gesetzt, dass es London sein muss. Vielleicht haben die unendlichen Wiederholungen von Notting Hill, zu denen du mich gezwungen hast, dazu beigetragen.«

Ich lächle.

»Aber hör mal, Mika -«

Ich unterbreche sie. »Und war es dann genau so, wie du es dir vorgestellt hast?«

»Ja, schon. Als ich das erste Mal in einem roten Doppeldeckerbus zur Uni gefahren bin, da wusste ich, dass ich mich schwer verliebt hatte. Und dann ist irgendwie eins zum anderen gekommen und ich habe direkt den Job hier angeboten bekommen.«

Ich seufze. »Ich frage mich, was gewesen wäre, wenn ich auch so viel Mut gehabt hätte wie du.«

Neele schweigt und ich habe das Gefühl, sie in eine doofe Lage gebracht zu haben.

»Ich bin nicht neidisch, Nelly«, versichere ich ihr. »Nur nachdenklich.«

In diesem Moment kommt Alice um die Ecke. Ich möchte nicht, dass sie etwas von meinem Telefonat mitbekommt und sage schnell: »Ich muss Schluss machen. Wir besprechen nochmal, wann wir uns am Wochenende treffen, okay?«

Neele verabschiedet sich und ich lege auf.

»Bist du fertig mit deiner Pause?«, fragt Alice und verschränkt die Arme vor der Brust, als sie vor mir steht.

Ich wische meine Hände an meiner Hose ab und nicke.

»Olaf hat dich vorhin gesucht. Ich soll dir ausrichten, dass du in sein Büro kommen sollst.«

Alice beobachtet misstrauisch, wie ich auf diese Nachricht reagiere.

Doch ich sage nur leichthin: »Danke dir« und gehe wieder zurück ins Büro. Natürlich habe ich es Alice nicht gezeigt, aber ich überlege fieberhaft, was Borenstein von mir will.

Ich gehe im Kopf meine Aufgaben aus der letzten Woche durch, aber mir fällt nichts ein, warum ich mir Sorgen machen müsste.

Auf dem Flur laufe ich ihm direkt in die Arme. »Mika, dich habe ich gesucht.«

Ich nicke. »Alice hat es mir ausgerichtet. Was gibt es denn?«

»Wir haben ein neues Projekt«, erklärt er. »Ich tue einer guten Bekannten aus dem Studium einen Gefallen, denn es ist so gut wie kein Budget dafür vorhanden. Sie wohnt in San Elio, einem winzigen Ort in der Toskana. Ich habe ihr versprochen, dass wir beim Städte-Marketing, das quasi nicht existiert, unter die Arme greifen. Wirtschaftlich rentiert es sich kaum. Aber da wir im Reisebereich dringend eine neue Referenz zum Vorzeigen brauchen, habe ich zugesagt.«

Das klingt spannend.

»Sie müssen dringen mehr Touristen anlocken und wir bringen jetzt mal richtig Schwung in die Bude.« Er lacht über seinen eigenen Ausdruck und seine schneeweißen Zähne blitzen auf. »Das Budget ist extrem knapp. Es reicht gerade so für einen Creative Director und einen Assistenten. Wir planen eine Social Media Kampagne. Wenig Investition für eine hoffentlich hohe Reichweite. Der Plan ist, in den nächsten zwei Wochen ein Konzept zu erarbeiten und dann eine Woche vor Ort zu verbringen.«

Er holt Luft nach seinem Wortschwall in Borenstein-üblicher Manier. »Und hier kommst du ins Spiel. Der CD will unbedingt dich als Assistentin dabei haben. Was sagst du?« Er schaut mich erwartungsvoll an.

Wow, Clara hat es ja neulich schon angedeutet, aber ich kann kaum glauben, dass sie explizit nach mir gefragt hat, um sie zu unterstützen. Ich freue mich und denke gleichzeitig daran, was Ben wohl sagen wird, wenn ich eine Woche verreise.

Doch ich wollte unbedingt im Ausland arbeiten. Und auch wenn es nur kurz sein wird, hier ist meine Chance einen weiteren Punkt auf meiner Liste nachzuholen.

»Mika?« Borenstein sieht mich immer noch fragend an.

Ich lächle. »Ja, natürlich bin ich dabei, vielen Dank!«

»Sehr schön.« Er hebt beide Daumen hoch. »Ich habe mir fast gedacht, dass du dir das nicht entgehen lässt.«

Er will bereits gehen, aber dreht sich dann noch einmal zu mir um. »Ach ja, gibst du Leo selbst Bescheid, dass du dabei bist und redest mit Tanja wegen eines Poolfahrzeugs und der Buchung der Unterkünfte?«

Oh. Shit.

Mein Herz fängt an zu rasen.

»Wieso... also... wieso denn Leo?«, stammle ich. »Clara leitet doch den Reisebereich?«

»Ja, aber in diesem Fall ist es ein Heimspiel für Leo. Eure Ansprechpartnerin kann zwar ganz gut Deutsch, aber wir müssen, Gott bewahre, mit so einem kleinen Budget nicht auch noch zusätzlich einen Dolmetscher für den Rest buchen.« Damit lässt er mich stehen.

Diesen Schlamassel habe ich wohl selbst heraufbeschworen, als ich die Kiste ausgegraben und nach einem Abenteuer gefragt habe.

Kapitel 10

Abends auf dem Heimweg drehen sich meine Gedanken nur um das Gespräch mit Borenstein. Leo hat nach mir gefragt. Ich soll eine Woche mit ihm nach Italien. Aufregung macht sich in mir breit und gleichzeitig habe ich ein schlechtes Gewissen. Ich wollte ihm doch aus dem Weg gehen, damit meine lächerliche Schwärmerei nicht auch noch weiter befeuert wird. Aber es wäre blödsinnig, mir dieses Projekt entgehen zu lassen.

Nein, ich werde einfach nur meine Arbeit machen und merken, dass Leo ein toller Kollege aber auf gar keinen Fall mehr ist.

»Riecht das lecker.« Ich gebe Ben, der auf dem Balkon schon den Grill angeschmissen hat, einen Kuss.

»Mit Tomaten aus eigenem Anbau«, sagt er stolz und zeigt auf den Tisch. »Wie war dein Tag?«

»Sehr gut.« Ich mopse mir eine Tomate aus der Salatschüssel. »Wir haben ein Projekt für eine Stadt in Italien und sie wollen unbedingt, dass ich dabei bin.«

Ich sage Ben nicht, dass *sie* eigentlich ein ganz bestimmter *er* ist.

»Hört sich super an.« Ben wendet das Fleisch auf dem Grill.

»Und ich werde eine Woche in die Toskana fahren, um vor Ort zu arbeiten.«

Ben schaut hoch. »Eine Woche?«, fragt er erstaunt. »Das ist aber lange für einen Firmentrip.«

»Nicht wirklich«, verteidige ich mich, »wir sollen zu zweit ja auch eine Menge leisten. Und alleine die Fahrt dauert ja schon lange. Fliegen ist leider nicht im Budget drin.«

»Zu zweit?« Ben schaut mich misstrauisch an.

Mein Herz fängt an zu klopfen. »Ja, mein Kollege, der die Kampagne leitet und ich.«

»Kann das nicht jemand anderes außer dir übernehmen?«, fragt Ben.

Ich fange an, mich zu ärgern. Wieso soll ich nicht eine Woche wegfahren?

»Ich will es aber machen. Ich wurde darum gebeten, weil ich in den letzten Wochen gute Arbeit geleistet habe«, sage ich aufgebracht.

Ben kommt zu mir und streicht mir eine Haarsträhne hinters Ohr. »Entschuldige, so war das natürlich nicht gemeint. Natürlich reißen sich alle um dich.«

Ich lächle besänftigt und er schlingt seine Arme um mich. »Es ist nur… es ist nicht mehr lange Sommer und wir haben doch überlegt, noch ein Wochenende wegzufahren.«

Ich erwähne nicht, dass er fast jedes der letzten Wochenenden in der Gärtnerei verbracht hat. Ich will nicht streiten und die Reise damit zu etwas Größerem machen, als sie ist.

Er schaut mich mit seinem typischen Ben-Blick an, der mich immer an einen gutmütigen Golden Retriever erinnert. Er weiß genau, dass ich dann nicht lange böse sein kann.

»Das können wir doch danach machen«, sage ich und streichle mit meiner Hand über seine Wange.

»Ich werde dich einfach vermissen, wenn du weg bist«, sagt er.

Ich nicke. »Ich dich doch auch.«

Ich verstehe Ben ja. Unser Leben wird durch meine Veränderung ganz schön durcheinander gewirbelt.

Als am Sonntag ein Sommergewitter mit Blitzen und Donner über die Stadt hereinbricht, setze ich mich mit meinem Laptop auf die Couch und google den Ort, an den Leo und ich fahren werden. *San Elio* hört sich wunderbar verträumt an. Ich finde nur einen kurzen Wikipedia-Text und einige Fotos, die private Nutzer gemacht haben. Der Ort liegt wohl wunderschön in die toskanischen Hügel eingebettet.

Ich versuche mich darauf zu fokussieren, was der Arbeitsinhalt dieser Reise ist und mache mir erste Notizen. Borenstein soll sehen, dass er genau die richtige Person ausgewählt hat. Und Leo natürlich auch.

Nachdem ich den Laptop wieder zugeklappt habe, gehe ich zu Ben, der am Küchentisch über Zahlen brütet.

»Na«, sage ich und schlinge meine Arme von hinten um ihn.

»Na«, sagt er.

Die letzten Tage waren etwas angespannt zwischen uns. Ich sehe, dass Ben versucht mich zu unterstützen, aber viel für die Gärtnerei alleine schultern muss.

Ich will ihm zeigen, dass ich weiterhin die Mika bin, die er kennt und braucht.

»Was hältst du davon, wenn wir uns an die ersten Entwürfe machen, wie wir die Videos in den Online-Shop einbauen?«

Ben schaut mich freudestrahlend an. »Ernsthaft?«

Ich weiß, es ist Blödsinn, aber je mehr Zeit ich mit der Agentur verbringe, desto schlechter fühle ich mich Ben gegenüber. Du meinst, je mehr Zeit du mit großen gut aussehenden Männern in der Agentur verbringst, wispert eine fiese Stimme in mir.

Ich bringe sie mit einem »Ruhe« und der Aussicht, Ben glücklich zu machen, zum Schweigen.

Wir skizzieren den restlichen Sonntag Entwürfe für die Videos und Rubriken. Am Abend sagt Ben zufrieden: »Wir sind einfach ein super Team.«

Ich bin so mit unseren Plänen und der bevorstehenden Reise beschäftigt, dass mir erst beim Einschlafen einfällt, dass Neele das erste Mal ein Wochenende daheim war, ohne dass wir uns gesehen haben. Ich muss mich wirklich dringend deswegen nächste Woche bei ihr melden.

»Dann lasst uns mal anfangen.«

Borenstein reibt sich eifrig die Hände. Wir sitzen in größerer Runde in der Agentur zusammen, um uns ein erstes Konzept für San Elio zu überlegen.

Alice ist ebenfalls dabei. War es zwischen uns zuvor schon schwierig, ist jetzt Eiszeit angesagt. Sie ist anscheinend sauer, dass sie nicht ausgewählt wurde mitzufahren.

Ich bin nicht stolz darauf, aber ich verspüre ein bisschen Schadenfreude. Sie hat mir von der ersten Minute an klargemacht, dass sie mich nicht mag, obwohl ich ihr nie etwas getan habe.

»Das Briefing, das ich von meiner Bekannten aus San Elio bekommen habe, ist leider kaum zu gebrauchen. Ich habe ihr gesagt, dass wir an das Ganze moderner rangehen müssen.«

Er steht auf und schreibt mit leuchtend gelbem Textmarker *Influencer* auf das große Board an der Wand.

»Das hier ist das Schlüsselwort. Die Kids heutzutage folgen ihnen überall hin.«

»Das würde bestimmt super abgehen«, stimmt Alice ihm zu. »Habt ihr auch von dieser Hütte in der Schweiz gelesen, die ein Influencer so berühmt gemacht hat, dass man sie vor lauter Andrang eine Weile schliessen musste?«

Leo verzieht das Gesicht. »Das hört sich ja schrecklich an. Das hat mit Tourismus aber nicht mehr viel zu tun.«

»Alice hat Recht«, sagt Borenstein bestimmend. »Wir werden den Ort so hip machen, dass jeder Jugendliche denkt, er muss unbedingt dorthin reisen. Sieht es dort vielleicht nach Game Of Thrones oder Twilight aus? Dann könnten wir damit werben.«

»Ich handhabe es ja gerne anders bei solchen Projekten. Erst vor Ort sein und dann schauen, was das Material für eine Geschichte erzählt«, gibt Leo zu bedenken.

»Ja, Leo, ich weiß«, sagt Borenstein ungeduldig, »aber wenn ihr erst dort anfangt und dann entscheidet, welchem Konzept ihr nachgeht, müssten wir wahrscheinlich ein zweites Mal anreisen. Und das ist im Budget einfach nicht drin. Ich muss an die Wirtschaftlichkeit denken, sonst verdienen wir rein gar nichts mit diesem Projekt.«

Leo nickt, doch ich sehe an seinem Gesichtsausdruck, dass er nicht zufrieden mit dieser Antwort ist.

In den nächsten beiden Wochen erarbeiten wir trotzdem ein Konzept, das genau für das reisewütige Publikum auf Instagram gemacht ist. Ich bin aufgeregt und kann die Reise nach Italien kaum erwarten.

»Auf die Braut«, ruft Neele.

»Auf die Braut«, johlen wir im Chor und prosten uns zu.

Es ist Samstagmorgen und wir feiern heute zu siebt Janas Junggesellinnen-Abschied.

Wir sitzen in der Regionalbahn und fallen natürlich zwischen all den Touristen in ihren Wanderausrüstungen auf. Jana hat einen Blumenkranz auf dem Kopf und ist ganz aufgekratzt. Neele, Toni und ich sowie Janas kleine Schwester Joline und zwei ihrer Arbeitskolleginnen tragen weiße T-Shirts, auf denen in großen Buchstaben *Team Bride* prangt.

Wir werden einen Tag im Spa eines Wellness-Hotels am Tegernsee verbringen und am Abend aufgebrezelt zurück nach München fahren, um weiter zu feiern.

»Neele«, sagt Toni, für elf Uhr morgens schon bedrohlich schwankend, »wer war 'n der süße Typ, mit dem ich dich gestern ins Bahnwärter habe gehen sehen?«

Neele schaut sie erschrocken an und bekommt rote Flecken am Hals. Das tut sie nur, wenn ihr etwas unangenehm ist.

Das Bahnwärter Thiel ist mit seinen ausrangierten U-Bahn-Wägen der derzeit coolste Club in München und die beste Adresse für einen Freitagabend.

Ich runzle die Stirn. »Gestern Abend? Ich dachte du wärst zu spät angekommen, um noch etwas zu unternehmen?«, frage ich sie leichthin und gieße mir noch etwas zu Trinken in einen der stilvollen Pappbecher ein.

Neele winkt ab. »Ach, da war überhaupt nichts. Ich bin wirklich erst spät gelandet. Aber Tobi wollte sich unbedingt bei mir für die Tipps zur Scheidung bedanken und mir einen Drink spendieren.«

»Ach so. Das ist nur Tetanus-Tobi aus der Schule«, erkläre ich Toni. »Neele wird auf jeden Fall mit einem heißen Londoner Upperclass John zusammenkommen und weiterhin das beste Leben dort haben.«

»Aha«, sagt Toni und nickt wissend. Sie wendet sich Neele zu. »Was schwebt dir so vor? Typ Benedict Cumberbatch?«

Neele prustet nur und die roten Flecken an ihrem Hals sind gar nicht mehr zu zählen.

Ich habe sie nicht angerufen, wie ich es mir vorgenommen habe. Ich muss wirklich endlich wieder Zeit mit ihr alleine verbringen, wenn ich aus Italien zurück bin.

Kurze Zeit später kommen wir am Tegernsee an und checken im Day Spa ein. Mit unseren weißen Bademänteln und den zugehörigen Puschen sehen wir alles andere als wild aus, aber der Teil folgt ja noch.

Jana bekommt ein Rundum-Verwöhn-Paket mit Massage und Styling. Wir anderen liegen solange verstreut auf der Terrasse, genießen den Ausblick auf den See und die Berge und lassen uns die Sonne auf den Bauch scheinen. Es ist Ende August und der Sommer gibt noch einmal alles.

»Allein hierfür lohnt es sich zu heiraten«, seufzt Toni.

»Ich dachte du willst dich auf keinen Fall für immer binden«, schmunzle ich und gebe ihr einen Stups mit meinem Fuß, da ich in meiner Faulheit nicht zu mehr in der Lage bin. Die Sonne macht träge und der stetige

Alkohol seit heute Vormittag steigt mir ganz schön zu Kopf.

»Hochzeit feiern und für immer gebunden sein sind ja zum Glück zweierlei Paar Stiefel«, flötet Toni und prostet uns mit ihrem Sektglas zu.

»Lass das nicht Jana hören«, sagt Joline. »Sie glaubt ganz fest daran, dass sie und Alex für immer zusammen bleiben werden.«

»Das ist auch genau richtig so«, mischt sich Neele ein. »Wenn man schon vorab ans Scheitern glaubt, kann es ja nichts werden.«

Toni hebt die Krempe ihres riesigen Huts an, der sie wie ein Starlet aus den goldenen Filmzeiten aussehen lässt. »Ich bin Realistin, Ladies.«

»Mika, was sagst du dazu?«, fragt Joline mich. »Du und Ben seid doch fast genauso lang zusammen wie meine Schwester und Alex.«

Die anderen schauen mich ebenso erwartungsvoll an. Ich weiß nicht, was ich sagen soll. Ben und ich sind seit einer Ewigkeit zusammen. Ich kann mir ein Leben ohne ihn nicht vorstellen. Aber das Wort *immer* verursacht trotzdem ein komisches Gefühl in meinem Bauch.

Ich deute auf Jana, die in diesem Moment mit aufwendigem Make-up, perfekt gestylten Haaren und strahlendem Lächeln die Treppe in den Garten herunterkommt. »Wenn Alex bei dem Anblick nicht an *immer* denkt, dann weiß ich auch nicht mehr weiter.«

Alle drehen sich zu Jana um und geraten in Verzückung, sodass ich für diesen Moment gerettet bin.

Nachdem wir uns alle in Schale geschmissen haben, fahren wir wieder nach München zurück und essen in einem angesagten Restaurant in Schwabing zu Abend.

»Ein Trinkspiel«, ruft Toni uns begeistert zu. »Man muss dann trinken, wenn man der Aussage nicht zustimmt.« Sie räuspert sich. »Zum Beispiel: ich habe noch nie Sex in einem Kaufhaus gehabt.«

Alle schauen sich ratlos an.

»Nur ich?« Toni zuckt die Achseln, nimmt einen großen Schluck aus ihrem Rotweinglas und fährt fort: »Ich habe noch nie mit drei Typen gleichzeitig –«

»Schluss damit«, unterbricht Jana sie lachend. »Ich will auch etwas trinken können, auch wenn ich schon seit der Schulzeit mit dem gleichen Mann zusammen bin.«

Zwei Stunden später laufen wir durch die warme Münchner Nachtluft und ich hake mich bei Jana ein. Ich bin eigentlich jetzt schon total k.o. und kann mir nur schwer vorstellen, noch weiter zu feiern.

Joline bleibt vor einer Treppe stehen, die in den Keller eines unscheinbaren Gebäudes führt. »Da sind wir«, sagt sie stolz.

Hm, wir wollten doch Party machen.

»Bist du dir sicher?«, fragt Neele und zieht eine Augenbraue hoch.

Joline deutet auf das Plakat, das unten am Eingang hängt.

90er Party steht in großen neonfarbenen Lettern darauf und wir fangen an zu johlen. Schlagartig bin ich wieder wach.

Wir holen uns alle einen Stempel in Form eines Tamagotchis am Eingang ab und gehen nach drinnen, wo die Tanzfläche schon voll ist.

»Alles war so viel einfacher, als Nick Carter an der Wand meine Probleme mit seinem Grinsen wettgemacht hat«, stellt Toni fest. Ihre Aussprache ist dabei nicht mehr ganz perfekt.

Die nächsten Stunden tanzen und singen wir und liegen uns zu den Spice Girls in den Armen.

»Der Typ da hinten schaut dich die ganze Zeit an, Neele«, versucht Jana zu flüstern, indem sie über die Musik hinweg schreit.

Natürlich drehen wir uns alle bereits um, als sie gerade noch »nicht hinschauen« hinzufügt.

Ein hübscher Kerl mit Man Bun und Drei-Tage-Bart lächelt uns zu und hebt sein Glas. Wir prosten kreischend zurück.

»Komm schon, Neele, geh zu ihm rüber«, versucht Toni sie zu überreden.

»Nein«, sagt Neele und wehrt sich gegen unsere Versuche, ihr einen kleinen Schubs in seine Richtung zu geben. »Er ist überhaupt nicht mein Typ.«

»Stimmt«, sagt Toni ironisch, »sexy und hübsch sind schon mal ganz schlechte Punkte an einem Mann.«

Neele zieht eine Grimasse. »Du kannst ihn gerne haben, wenn du möchtest.«

»Es muss ein englischer Jack oder John sein, weißt du doch«, erkläre ich Toni noch einmal mit schwerer Zunge.

»Ah, stimmt ja.« Toni schlägt sich mit der Hand auf die Stirn und wir tanzen weiter, bis wir vor Müdigkeit kaum mehr stehen können.

Kapitel 11

Es ist Montagmorgen, nun ja, eher gefühlt mitten in der Nacht, und ich stehe mit meinem kleinen Reisekoffer in der Morgendämmerung vor der Agentur.

Die Sonne geht langsam auf und taucht die Straße in goldenes Licht. Okay, ich muss es zugeben, vielleicht lohnt es sich doch ab und an früh aufzustehen.

Mitten in die Stille dröhnt ein röhrendes Geräusch und wenige Augenblicke später hält ein alter, mintgrün lackierter VW Camper vor mir.

Am Steuer sitzt Leo und grinst mich fröhlich an.

Als er aussteigt, lache ich und frage: »Wow, was ist das denn?«

»Das«, antwortet er stolz, »ist unser Reisebegleiter für die nächsten Tage, wenn du einverstanden bist.«

Ich gehe um den Bus herum und spähe hinein. Er ist hinten komplett ausgebaut. Boden und Wände sind mit hellem Holz vertäfelt. Ein breites, gemütliches Bett nimmt den meisten Raum ein. Daneben befindet sich eine kleine Küchenzeile mit Gasherd und Spüle sowie einige Einbauschränke.

»Ist der toll«, sage ich begeistert. »Hast du den selbst ausgebaut?«

»Zusammen mit einem Freund. Der ist handwerklich weitaus geschickter als ich.«

Leo zeigt auf die Motorhaube. »Der Keilriemen macht mir Sorgen und mein Bruder ist Mechaniker. Es wäre nur ein kleiner Umweg, wenn wir auf dem Rückweg bei meiner Familie vorbei fahren, damit er ihn sich anschaut. Wäre das okay für dich?« Er fügt schnell hinzu: »Keine Angst, wir schlafen natürlich in den gebuchten Hotels, die habe ich Tanja nicht stornieren lassen.«

Der Gedanke ist mir noch gar nicht gekommen. Natürlich werden wir in getrennten Zimmern in Hotels schlafen und nicht gemeinsam auf einer Matratze!

Ich mustere den Camper skeptisch. So schön er ist, er sieht aus, als hätte er seine besten Jahre schon hinter sich.

Leo fängt meinen Blick auf und lacht. »Mach dir keine Sorgen, ich verspreche dir, er ist ansonsten top in Schuss. Vielleicht dauert es etwas länger als mit dem Firmenwagen, aber wir kommen sicher ans Ziel.«

Er hört sich überzeugend an. Und diese Arbeitsreise entwickelt sich gerade zu einem richtigen Roadtrip.

Ich öffne mit Schwung die Beifahrertür und klettere hinein.

»Na dann, los geht's!«

Leo lächelt, steigt auf der anderen Seite ein und startet den Motor.

So toll der Camper schon von außen aussieht, noch besser ist das Gefühl, darin zu sitzen.

Wir fahren aus der Stadt auf die Autobahn und schon jetzt zeigt das Thermometer am Armaturenbrett achtzehn Grad an. Die Lüftung läuft auf Hochtouren.

Leo hat Recht, obwohl der Camper alt ist, ist innen alles sehr modern. »Musik?«, fragt er.

Ich nicke.

Er steckt sein Handy an und wir wippen im Takt zum Rhythmus.

Ein wunderbares Gefühl macht sich in mir breit. Bereits jetzt ist diese Reise ganz anders als geplant und ich will die Woche einfach nur genießen.

Nach einigen Kilometern auf der Autobahn Richtung Süden kann man bereits die Alpen am Horizont erkennen.

»Bist du oft in dem hier unterwegs?«, frage ich Leo und drehe meinen Hals, um den Innenraum noch einmal näher zu inspizieren.

»Um besondere Fotos zu schießen, muss man zu einer Zeit unterwegs sein, in der die Welt schon schläft. Oder noch nicht wach ist. Da ist es geschickt, mit dem Camper einfach irgendwo stehen bleiben zu können.«

Ich wusste nicht, dass Leo sich auch privat mit Fotografie beschäftigt. In der Agentur hat er sich damit nicht gerühmt.

»Fotografierst du viel?«, frage ich interessiert.

Leo nickt. »Ich habe eine Ausbildung zum Fotograf gemacht.«

Daher also sein gutes Auge für Bilder.

»Aber jetzt ist es nur noch dein Hobby?«

»Ja. Von der Fotografie alleine ist es fast unmöglich zu leben. Dazu musst du richtig gut sein.«

Er nimmt mit der freien Hand seine Sonnenbrille aus der Mittelkonsole und setzt sie sich auf.

»In der Agentur kann ich kreativ sein und habe ein festes Einkommen. Aber am liebsten fotografiere ich. Borenstein weiß das, daher hat er mir dieses Projekt auch anvertraut.«

Ich bin wirklich gespannt auf Leos Bilder.

»Das wird eine ganz schöne Nummer zu zweit diese Woche«, gebe ich zu bedenken.

Leo sieht kurz zu mir herüber, bevor er seinen Blick wieder auf die Straße richtet. »Ich habe Borenstein gesagt, dass ich das nur durchziehe, wenn du mir an die Seite gestellt wirst.«

Mein Herz fängt wie wild an zu klopfen. Dass Leo nach mir gefragt hat, hat Borenstein mir gesagt. Aber dass er mich als Bedingung genannt hat? Will er doch gerne Zeit mit mir verbringen?

»Ich arbeite einfach gerne mit Profis zusammen«, sagt Leo in dem Moment, »und du hast gezeigt, dass man sich hundertprozentig auf dich verlassen kann.«

Autsch, das war eindeutig. Leo sieht in mir die professionelle Kollegin und keine junge Praktikantin, die noch keine Berufserfahrung mitbringt.

»Jetzt schau nicht so überrascht«, sagt Leo und interpretiert meinen Gesichtsausdruck völlig falsch. »Du bist wirklich gut, Mika. Irgendwie hab ich das Gefühl, du bist dir darüber nicht im Klaren.«

Ich freue mich über das Kompliment, aber wechsle lieber schnell das Thema und wir fachsimpeln die nächste Stunde über das neue Grafikprogramm in der Agentur.

Als wir durch Südtirol fahren, schaue ich aus dem Fenster und genieße einfach nur den Ausblick. Die Autobahn schlängelt sich durch das Tal vor uns und immer wieder ragen alte Steinkirchen aus den grün bewaldeten Hängen.

»Wie gerne würde ich hier in den Bergen mal Urlaub machen«, sage ich.

»Du bist noch nie in Südtirol gewesen, obwohl du aus München kommst?« In Leos Stimme schwingt Ungläubigkeit.

»Ich bin immer direkt bis an den Gardasee gefahren«, verteidige ich mich.

Ich sage nicht, dass Ben immer darauf bestanden hat ohne Pause durchzufahren, um so einem möglichen Stau zu entgehen. »Na dann«, sagt Leo vergnügt, »lass uns das machen.«

»Wie? Jetzt?«

»Warum nicht? Wenn wir diese Woche schon mit einer Arbeitsreise verbringen, können wir sie doch wenigstens nach unseren Wünschen gestalten.«

Ich überlege. Wir wollten heute nur noch bis zu unserer Pension kurz vor Florenz fahren. Gute Turnschuhe habe ich auch dabei.

Leo sieht mir vergnügt beim Nachdenken zu.

Er hat Recht, was spricht dagegen?

»Ja.« Ich grinse. »Lass uns das machen.«

Leo fährt kurzerhand von der Autobahn ab und folgt der Beschilderung *Ritten*. Der Camper dröhnt und ächzt, als er sich die kleine gewundene Straße den Berg nach oben schiebt.

Ich konzentriere mich darauf nach vorne zu schauen, da mir langsam schlecht wird von all den Kurven. Hoffentlich lohnt sich das Ganze.

»Ist das schön«, sage ich leise zu mir selbst.

Wir sind seit einer Stunde unterwegs und wandern zwischen Tannenwäldern und Blumenwiesen den Berg hinauf.

Immer wieder muss ich kurz anhalten, um die Aussicht über das Tal zu genießen. Ich kann nicht glauben, dass ich all die Jahre nicht gewusst habe, was ich verpasse, als ich einfach daran vorbei gefahren bin. Was habe ich noch alles versäumt?

Ich reiße mich aus meinen Gedanken und schaue zu Leo, der ein gutes Stück weiter oben pfeifend spaziert.

Wir beide an diesem Ort zusammen. Das habe ich nicht erwartet.

Er dreht sich vergnügt zu mir um und ruft: »Auf geht's! Oben gibt es die besten Schlutzkrapfen von ganz Südtirol.«

Mein Magen knurrt passenderweise in diesem Moment und ich laufe los.

Es wird schon langsam Abend, als wir weiterfahren.

Wir haben auf der Hütte am Gipfel gesessen und ich habe für mich beschlossen, dass Schlutzkrapfen, gefüllte Nudeltaschen, mein neues Lieblingsgericht sind.

Mit dem Blick auf die umliegenden Berge, Leo an meiner Seite und dem riesigen Loch in meinem Magen hatten sie es jedoch auch leicht bei meiner Bewertung.

Ich bin hundemüde und gähne laut. Auf keinen Fall will ich neben Leo einschlafen und womöglich mit offenem Mund neben ihm sitzen.

Stattdessen frage ich ihn: »Woher hast du den Camper eigentlich?«

»Mein Onkel hat ihn mir geschenkt, als ich nach Deutschland bin. Er hat schon tausende von Kilometern auf dem Buckel. Aber ich habe die schönsten Orte damit gesehen.«

Ich stelle mir vor, wie Leo die Welt damit entdeckt. Er ist so anders als Ben.

Ich weiß, wie unfair es ist, die beiden miteinander zu vergleichen. Ich kenne Ben durch all die gemeinsamen

Jahre auswendig, während an Leo alles aufregend und neu ist. Mein Herz fühlt sich an, als würde es ständig von einer Seite auf die andere geschubst werden.

Ich denke an die Liste und meinen Wunsch, mit einem Camper durch Neuseeland zu fahren. Und dass ich jetzt gerade ganz ungeplant in einem unterwegs bin. Leo hat mich, ohne es zu wissen, mit der Arbeitsreise nach Italien im Camper gleich zwei meiner Wünsche von damals nähergebracht.

Daheim will ich Ben vorschlagen, die Reise nach Neuseeland endlich gemeinsam zu machen. Das würde uns bestimmt guttun.

»Da vorne muss es sein.« Leo zeigt auf ein einsames Haus am Ende des Weges.

Durch die Wanderung sind wir spät dran und ich freue mich nur noch auf ein gemütliches Hotelbett.

Leo hält und stoppt den Motor.

»Bist du dir sicher, dass es das ist?«, frage ich und versuche, meine Stimme nicht ganz so jämmerlich klingen zu lassen, wie mir beim Anblick des heruntergekommenen Gebäudes vor uns zu Mute ist.

Es sieht aus wie aus einem schlechten Horrorfilm und meine Fantasie ist zu lebhaft, um sich hier keinen Mord à la *Identität* auszumalen.

»Ja, laut Navi muss es das sein.« Leos Stimme klingt bemüht fröhlich, aber sein Gesichtsausdruck spricht Bände.

»Komm«, fordert er mich auf, »vielleicht ist es innen ja gar nicht so schlimm.«

Wir nehmen unser Gepäck und gehen zum Eingang. Die Blumenbeete davor sind über und über mit Moos bewachsen. Der Putz von der Wand neben dem Eingang blättert ab und mehrere Fensterläden hängen schief in ihren Angeln. Hier hat sich jemand redlich Mühe gegeben, das Gebäude verfallen zu lassen.

Leo öffnet die Tür. »Salve.«

Hinter der Theke aus dunklem Holz sitzt eine ältere Dame. Sie steht auf und stützt sich dabei auf ihren Gehstock.

Sofort schäme ich mich für meine Gedanken. Vielleicht hat sie niemanden, der ihr hilft und muss sich ganz alleine um Haus und Garten kümmern.

Ich versuche mich unauffällig umzuschauen, während Leo auf Italienisch mit ihr spricht. Der Empfang ist kärglich eingerichtet und Heiligenbildchen säumen den dunklen Flur. Ich spähe zur rechten Seite in den Frühstücksraum. Auf drei alten Metalltischen liegt jeweils eine wohl ehemals weiße Spitzendecke.

»Bitte sehr.« Leo reicht mir einen alten großen Metallschlüssel, der mich an den eingefallenen Schuppen in Neeles Garten erinnert.

Ich folge Leo den Flur hinunter. Er bleibt am Ende stehen und zeigt auf die beiden letzten Türen.

»Links bin ich, rechts bist du.«

Ich nicke und sage immer noch nichts.

»Okay ...« Leo steht etwas unbeholfen da und steckt dann den Schlüssel in die Tür zu seinem Zimmer. »Bis morgen.«

»Bis morgen«, sage ich mit dünner Stimme.

Ich schließe die Türe auf und ein modriger Geruch schlägt mir entgegen.

Ich schlucke und gehe langsam in den Raum. Ein kleines Bett aus dunklem Metall steht auf der einen Seite. Die Matratze darauf ist mit Flecken übersät. Auf der anderen Seite führt eine Tür in ein winziges Bad und an der Wand prangen große Schimmelflecken. Zu allem Überfluss riecht es nach kaltem Rauch von einem der vorherigen Gäste.

Keine Panik, Mika. Du hast Schlimmeres als das hier erlebt und später wird das bestimmt eine witzige Anekdote sein.

Ich gehe zur Terrassentüre und öffne erst die schweren Türen und dann die Außenläden, um frische Luft hereinzulassen.

Ich trete auf die Trasse und atme tief ein. Es ist zu dunkel, als dass ich den Garten vor mir erkennen kann.

Im Zimmer nebenan werden ebenfalls die Fensterläden aufgemacht und ich sehe die Umrisse von Leo.

Schwer atmend tritt er hinaus. »Mika?«

»Ja?«

»Ich glaube da ist eben eine Ratte aus meinem Bad gelaufen.«

»Was?«, frage ich entgeistert.

»Ich habe sie nur vorbeihuschen sehen, aber das hat gereicht«, sagt Leo mit angeekelter Stimme.

Für einen kurzen Augenblick schweigen wir und man hört nur das gleichmäßige Zirpen der Grillen.

Bis etwas neben uns raschelt und wir beide mit einem entsetzten Schrei hochschrecken.

Nach einem kurzen Moment fangen wir an zu lachen.

»Okay«, kommt es neben mir aus der Dunkelheit. »Ich fahre lieber die ganze Nacht durch, bevor ich in diesem Horror-Haus schlafen muss.«

Ein Stein fällt mir vom Herzen. »Geht mir genauso.« Ich runzle die Stirn. »Aber du kannst nicht die ganze Nacht über wach bleiben. Du musst morgen ausgeruht sein.«

Fieberhaft überlege ich, wo wir hinkönnten. Auf dem Weg hierher waren gerade mal zwei weitere Pensionen zu sehen und beide waren laut der Schilder davor komplett belegt.

»Wir haben immer noch den Camper«, gibt Leo zu bedenken.

Ich schaue in den kargen Raum und kann mir im Moment nichts Schöneres vorstellen, als in dem gemütlichen Camper unter die blau-weiße Bettdecke zu schlüpfen.

Aber ich kann nicht mit Leo in einem Bett schlafen. Ich kann und möchte nicht.

Leo scheint meine Gedanken gelesen zu haben und sagt: »Du kriegst das Bett, ich nehme das Zelt.«

»Ein Zelt hast du auch noch dabei?«, frage ich verwundert.

»Klar, man weiß ja nie was so passiert.«

Damit trifft er den Nagel auf den Kopf.

»Der Camper ist voll ausgestattet mit Handtüchern und allem, was wir sonst noch so brauchen.«

»Das hört sich wirklich gut an«, sage ich und nicke erleichtert.

»Dann los!«

Ich gehe schnell nach drinnen, nehme meinen Koffer und laufe zu Leo auf den Flur.

Die Hotelbesitzerin schaut uns verwundert an, als wir unsere Schlüssel auf die Theke legen.

Leo bezahlt und ich verstehe, dass er ihr etwas von einem Notfall erzählt.

Dann drängt er mich nach draußen.

»Brrr.« Ich schüttle mich, als wir wieder vor dem Camper stehen.

»Ich muss ein ernstes Wort mit Tanja reden«, witzelt Leo. »Ich dachte, sie kann uns gut leiden.«

Er startet den Motor und wendet den Wagen. Genau in diesem Moment flackert der Schriftzug des Hotels auf und wird dann schwarz, als ob uns bestätigt wird, dass wir dringend von hier weg sollen.

Ich kann nicht anders als laut zu lachen.

Leo prustet ebenfalls, legt den Gang ein und fährt so schnell es geht los.

»Werden wir uns auf einen Rastplatz stellen?«, frage ich, als ich mich wieder beruhigt habe.

»Nein, Wildcampen ist in Italien verboten. Aber ich habe vorhin einen Campingplatz etwa eine Viertelstunde von hier gesehen.«

Ich bin erleichtert. Im Gebüsch pinkeln zu gehen, während Leo auf mich wartet, wäre zu viel für mich gewesen.

Wir fahren den Weg zurück, auf dem wir hergekommen sind.

Als wir am Campingplatz ankommen, steigt Leo aus und ist nach einem kurzen Moment schon wieder da.

»Es ist keiner mehr am Empfang, aber laut Schild können wir uns einen freien Platz suchen und morgen zahlen.«

Wohnwagen, Camper und Zelte stehen in Reih und Glied und wir fahren in Schrittgeschwindigkeit über den fast vollbesetzten Platz.

Leo parkt an einer freien Stelle ein und schaut zufrieden aus dem Fenster. »Das fühlt sich doch gleich schon viel besser an.«

Er steigt aus und macht sich mit einer Taschenlampe daran, das Zelt zusammenzubauen, das im Schrank unter dem Bett verstaut war.

»Ist das wirklich okay?«, frage ich und lasse meinen Blick über das kleine Zelt und den Schlafsack im Gras gleiten.

»Klar«, sagt Leo, »das macht mir wirklich nichts aus.«

»Okay. Gute Nacht.«

Mit einem kräftigen Schwung schließe ich die Seitentüre des Campers. Ich löse die Vorhänge aus den Schlaufen, die sie beim Fahren zurückhalten, und ziehe sie zu. Dann schlüpfe ich in meinen Schlafanzug und mache das Licht aus. Ich kuschle ich mich unter die Decke, die herrlich nach frischem Waschmittel duftet, und schlafe sofort ein.

Kapitel 12

Im Traum höre ich einen Vogel ganz nah an meinem Kopf singen und schlage die Augen auf. Es ist bereits hell und ich habe die komplette Nacht durchgeschlafen.

Ich hebe den Vorhang vor dem Fenster ein wenig an. Der Vogel aus dem Traum sitzt fröhlich auf dem Seitenspiegel des Campers und begrüßt den neuen Tag.

Ich recke mich einmal zufrieden und ziehe dann ein Top und eine Short an. Gar nicht so einfach, ohne dabei entweder die halbe Küchenzeile abzuräumen oder meinen Kopf an der Decke anzuschlagen.

Ich schiebe leise die Türe auf und horche. Aus dem Inneren von Leos Zelt ist noch nichts zu hören. Mit meinen Kosmetikbeutel im Arm schlüpfe ich aus dem Camper. Das Gras ist noch feucht vom Tau der letzten Nacht und kitzelt an meinen Füßen, die in Flip-Flops stecken.

Der halbe Campingplatz ist trotz der frühen Uhrzeit schon auf den Beinen und im Waschhäuschen herrscht reges Treiben. Beim Zähneputzen stehe ich zwischen einer älteren Dame im Nachthemd und einer Gruppe französischer Teenies, die sich gegenseitig schminken.

Ich muss grinsen. Daheim wäre mir so viel Trubel am Morgen zu viel, aber jetzt gerade passt es zu meiner Stimmung.

Ich schaue prüfend in den Spiegel. Normalerweise mache ich mir jeden Tag einen Pferdeschwanz, was mir nun schrecklich langweilig vorkommt. Kurzerhand binde ich mir einen halben Dutt und lasse den Rest meiner langen Locken einfach über die Schultern fallen.

»Guten Morgen. Wie war die erste Camping-Nacht?«, fragt Leo, als ich wieder zum Stellplatz zurückkomme. Er sieht mit seinem Tanktop, Shorts und Cap aus, als wäre er auf dem Weg zum Strand.

»Super«, antworte ich, während ich das Bett mache. »Ich habe seit Langem nicht mehr so gut geschlafen.«

Auf einem kleinen Klapptisch stehen Obst, Müsli und Kaffee bereit.

»Wo hast du das denn alles her?«, frage ich erfreut.

Leo deutet auf den kleinen Kühlschrank im Camper. »Wenn ich losfahre ist der immer voll.«

Ich nehme glücklich den duftenden Kaffee in die Hand.

»Du hast mir echt den Morgen gerettet. Ich habe dir ja schon erzählt, dass ich Kaffee-süchtig bin.«

Leo lächelt. »Dann bist du hier ja im richtigen Land.«

Wir frühstücken, während sich die warme Sonne über die hohen Bäume um uns herum schiebt. Es ist keine Wolke am Himmel zu sehen.

Ich kann mir im Moment nur schwer vorstellen, dass wir zum Arbeiten hier sind. Alles mit Leo fühlt sich jetzt schon so vertraut an. Und das macht mir ein schlechtes Gewissen. Wie kann ich mich bei einem Mann, den ich erst seit kurzem kenne, bereits so wohl fühlen?

Leo kratzt sich über seine Bartstoppeln, die ihn irgendwie noch attraktiver machen.

»Ich spüle ab«, sage ich laut, um meine Gedanken zu unterbrechen. Ich nehme das Geschirr und mache mich ans Werk, während Leo das Zelt abbaut und alles verstaut.

Wir zahlen am Eingang für die letzte Nacht und fahren los. Bis San Elio ist es noch ein gutes Stück und ich bin ganz gespannt, wie es in Wirklichkeit dort aussieht.

Nach einer Weile sind die Dächer einer großen Stadt zu sehen. Das muss Florenz sein.

Leo zeigt nach draußen. »Warst du schon einmal in Florenz?«

Ich schüttle den Kopf.

»Dann machen wir auf dem Rückweg halt. Und wenn es nur für das beste Focaccia der Welt dort ist. Vor dem Laden stehen die Leute jeden Mittag Schlange.«

»Das wäre großartig«. Ich freue mich darauf. Und gleichzeitig will ich nicht daran denken, dass wir in ein paar Tagen schon wieder nach Hause fahren.

Je weiter wir Richtung Süden fahren, desto grüner wird die Landschaft. Sanfte Hügel mit Zypressen weisen uns den Beginn der Toskana. Das Licht ist hier so anders als daheim. Als würde es die Landschaft in einen warmen Filter tauchen.

Leo folgt der Beschilderung *Volterra/San Elio*. Wir fahren über eine Kuppe und auf dem Hügel vor uns erstreckt sich das Dorf, das wie auf einer Postkarte aussieht.

Eine Stadtmauer umschließt die Häuser, die sich entlang des Hügels bis nach oben schrauben. An der höchsten Stelle steht eine große Kirche und der gewaltige Kirchturm überragt die umliegenden blassroten Dächer.

Ich muss unweigerlich grinsen. Hier zu arbeiten ist ein echtes Highlight.

Leo parkt den Camper auf dem Parkplatz vor dem Stadttor und wir laufen die steilen Straßen nach oben.

»Du weißt, wo wir hin müssen?«, frage ich Leo und schnaufe dabei ein bisschen.

»Immer dem Kirchturm nach.« Leo zeigt noch oben. »Das Rathaus ist meistens nicht weit davon entfernt.«

Er hat Recht. Als wir oben auf dem Platz vor der wunderschönen Kirche aus Marmor ankommen, steht direkt gegenüber ein Gebäude mit imposanten Säulen vor dem Eingang.

»Municipio«, lese ich laut vor.

Leo nickt bestätigend. »Rathaus.«

Wir gehen durch die großen Flügeltüren und Leo fragt nach unserer Ansprechpartnerin Elisa. Sie hat Borenstein den Auftrag gegeben und wir haben bereits viele E-Mails mit ihr hin- und hergeschrieben.

Da kommt uns auch schon eine Frau mit braunem Bob in einem knallpinken Kleid entgegen.

»Benvenuti, herzlich Willkommen ihr beiden.« Sie lächelt erfreut, als sie uns die Hand reicht. »Es ist so schön, dass ihr hier seid.«

»Ciao Elisa, ich bin Leo. Zusammen mit Mika bin ich wie bereits geschrieben für das Projekt verantwortlich.«

»Ich bin jetzt schon überwältigt, wie schön es hier ist«, sage ich zu Elisa und sie lächelt noch breiter.

Zusammen gehen wir die imposanten Gänge mit hohen Stuckwänden entlang in ihr Büro.

»Kaffee?«, fragt sie uns, als wir uns setzen.

Ich nicke eifrig.

»Wie kommt es, dass ihr genau jetzt Marketing für die Stadt machen möchtet?«, will Leo wissen.

Elisa seufzt.

»Eigentlich hätten wir damit schon viel früher anfangen sollen. Aber es gab hier ziemlichen Gegenwind. Viele wollen auf keinen Fall die Touristenströme in den Ort bringen, die zum Beispiel San Gimignano hat.«

Sie gießt konzentriert drei Tassen Kaffee ein und setzt sich dann hinter ihren Schreibtisch.

»Es bringt viel Geld, aber für die Bewohner dort ist es nicht mehr so angenehm zu leben wie früher. Sie können in den Sommermonaten kaum aus der Haustür gehen, so voll ist es.«

Sie reibt sich ihre Schläfen.

»Doch die wirtschaftliche Situation bei uns wird ehrlicherweise immer schlechter. Es kommen zwar Touristen hier vorbei, aber nicht genügend. Inzwischen sind die meisten überzeugt, dass wir dringend mehr Besucher brauchen um überleben zu können. Bedenken haben immer noch einige. Aber die Rechnungen müssen bezahlt werden, oder?« Sie lächelt schwach. »Ich liebe diesen Ort. Meine ganze Familie und die meines Mannes lebt seit vielen Generationen hier. Ich möchte einfach, dass es allen gut geht. Auch wenn ich dafür das… wie sagt man?« Sie sucht nach den richtigen Worten. »Das schwarze Schaf sein muss.«

Ihr Blick wird traurig, doch dann setzt sie sich aufrecht hin. »Olaf und ich haben damals in meinem Auslandsjahr zwei Semester zusammen in Köln studiert. Als ich ihn um Hilfe gebeten habe, weil wir keine großen Summen ausgeben können, hat er mir geschrieben, dass er euch schickt.«

Dann fragt sie hoffnungsvoll: »Er meinte auch, dass ihr bereits eine tolle Idee habt?«

Einige Sekunden verstreichen, bevor Leo antwortet. »Haben wir. Aber wäre es ok, wenn wir uns erst einmal genau umschauen? Und uns einen Eindruck vom Ort verschaffen, ob wir überhaupt in die richtige Richtung gedacht haben?«

Ich werfe ihm einen irritierten Blick zu. Eigentlich wäre jetzt der Moment, in dem wir Elisa unsere Präsentation zeigen, die wir vorbereitet haben.

Doch ich kann mir denken, was er vor hat. Obwohl Borenstein ausdrücklich angeordnet hat, es nicht zu tun.

Leo hatte Recht. Es ist ein riesiger Unterschied, ob man diese Dinge plant oder doch erst vor Ort sieht. Mit jedem von Elisas Worten ist mir bewusster geworden, dass dies nicht einfach nur ein Auftrag ist, den wir abarbeiten. Nein, ich fühle mich jetzt schon verpflichtet, das Beste für sie und die Bewohner von San Elio herauszuholen.

»Natürlich.« Elisa steht auf. »Kommt, ich führe euch herum.«

Zusammen gehen wir durch die engen Gassen, in denen sich Gemüse- und Obstläden an Restaurants und Cafés reihen. Elisa führt uns zu einem kleinen Weinlokal, vor dem ein großer weißer Schirm über drei Holztischen aufgespannt ist.

Ein dünner Mann mit Vollbart tritt zu uns heraus und begrüßt uns: »Salve.«

»Ciao«, antwortet Leo und spricht einige Sätze auf Italienisch mit ihm. Er heißt Lorenzo und ist der Besitzer des Lokals, das höre ich heraus, obwohl ich kein

Italienisch spreche. Er lacht über etwas, das Leo zu ihm sagt und klopft ihm freundlich auf die Schulter.

Ich muss daran denken, was Borenstein zu mir gesagt hat. Für Leo ist das hier wirklich ein Heimspiel.

Wir setzen uns und Lorenzo bringt uns drei Gläser Wein. Ich bin keine Expertin, aber selbst ich schmecke, dass dieser hier besonders ist.

Ich schwenke mein Glas und überlege. Dann frage ich Leo: »Kannst du Lorenzo fragen, ob er seinen Wein selbst herstellt?«

Doch Lorenzo hat meine Frage wohl verstanden und antwortet in einem Mix aus Italienisch und Deutsch, dass er und sein Vater hier anbauen.

»Quasi ein Familienbetrieb?«, frage ich.

Lorenzo nickt eifrig. »Sì, sì, con la mia famiglia.«

Er verschwindet nach drinnen und bringt kurz darauf jedem von uns einen kleinen Teller Pasta. Was für ein Arbeitstag!

»Wenn er die Pasta auch noch selbst macht, bin ich einfach nur noch eingeschüchtert«, sage ich mit vollem Mund. Die Nudeln schmecken wirklich lecker.

Elisa schüttelt den Kopf. »Nein, die sind nicht von ihm. Die sind von Lina, einer Dame hier aus dem Dorf. Sie stellt sie nach einem uralten Rezept selbst her.«

Lorenzo gesellt sich zu uns. »Esattamente, so ist es. Ich will euch zeigen, was gute Pasta ist.« Er zwinkert mir zu.

Da kommt mir eine Idee. »Elisa, denkst du Lina wäre damit einverstanden, wenn wir sie fotografieren, wie sie die Nudeln zubereitet?«

Elisa schaut ein wenig überrascht, aber sagt: »Ich denke schon. Ich frage sie gerne.«

Auch Leo hebt fragend eine Augenbraue, aber hakt nicht weiter nach. Ich werde ihm später erklären, was ich mir überlegt habe.

Kapitel 13

Nach dem Essen bedanken wir uns bei Lorenzo und Elisa verabschiedet sich von uns, da sie zurück ins Rathaus muss.

Leo und ich gehen weiter und Borensteins Worte klingen mir im Ohr:»Ich will was mit Hashtags, was cooles, was die Instagram-Generation in dieses Kaff bringt und die ganze Welt meint, es wäre der neue Hotspot.«

Ich setze mich auf die Mauer am Straßenrand. Der Stein an meinen Schenkeln ist ganz warm von der Sonne.

»Leo«, sage ich zögerlich, »das Konzept, das wir daheim erarbeitet haben ...«

»... fühlt sich komplett falsch an«, beendet er meinen Satz.»Ja«, sage ich, erleichtert, dass er genauso fühlt.»Wie sollen wir mit einer grellen Influencer-Kampagne zeigen, wie viel Herz und Seele in diesem Dorf steckt?«

Wir würden Elisa, Lorenzo und die restlichen Bewohner einem Schaulaufen aus Selfie-Sticks überdrehter Touristen aussetzen, denen es nur darum geht ein perfektes Foto für Instagram zu schießen.

Leo seufzt und fährt sich mit den Händen durch seine dunklen Haare. Das macht er immer, wenn er nachdenkt, ist mir in den letzten Tagen aufgefallen.

»Wieso sollten wir San Elio zu etwas machen, das es gar nicht ist?«, frage ich ihn. »Sondern zeigen stattdessen, worauf die Menschen hier stolz sind? Sie sollen sich nicht verbiegen müssen.«

Leo schaut mich gespannt an. »Was geht in deinem Kopf vor sich?«

»Warum machen wir nicht Lorenzo und Lina zu den wirklichen Influencern? Sie können zeigen, was die Touristen hier erwartet. Natürlich nur, wenn sie Lust darauf haben.«

Leo überlegt kurz und nickt dann. »Ja, das ist richtig gut.«

Ich fahre aufgeregt fort: »Wir können ihre Traditionen mit der modernen Welt verknüpfen.«

»Ich finde die Idee großartig«, sagt Leo. »Aber wenn wir das durchziehen wollen, Mika, müssen wir verdammt schnell und verdammt gut sein. Wir haben eh schon viel zu wenig Zeit.«

Ich weiß, dass es gewagt ist. Aber ich glaube daran, dass es richtig ist und Leo und ich das zusammen schaffen können. Zuversichtlich sage ich: »Das kriegen wir hin.«

Leos anfängliches Lächeln wird zu einem breiten Grinsen. »Okay, wir machen es.« Dann verdüstert sich seine Miene. »Ich habe allerdings nichts das beste Objektiv für Porträts dabei. Und auch ein Ringlicht für die Beleuchtung wäre wichtig. Mist, ich hätte einfach alles einpacken sollen.«

Diese Bilder müssen wirklich gut werden, damit wir hinterher keine Probleme bekommen.

»Wo könnten wir all das auf die Schnelle her bekommen?«, frage ich.

»Ein Fotografie-Geschäft gibt es bestimmt in einer der größeren Städten wie Cecina. Aber die Sachen sind extrem teuer und ich kann das Budget nicht überziehen. Wir werden jetzt schon gerade so bei Null herauskommen.«

Wie kommen wir nur an weiteres Geld? Wir sind jetzt schon low-budget unterwegs. Tanja hat die billigsten verfügbaren Hotels gebucht, wie man gestern gesehen hat.

Die Hotels, das ist es!

Aufgeregt sage ich: »Wenn wir die kommenden Nächte in den Hotels stornieren, haben wir bestimmt weitere vierhundert Euro, die wir verwenden können.«

Leo schaut mich erst begeistert an, doch runzelt dann die Stirn. »Aber ist es okay für dich weiterhin im Camper zu schlafen?«

»Vollkommen. Es ist wirklich gemütlich. Die Frage ist eher, ob du weiter in diesem kleinen Zelt klar kommst?«

»Das macht mir wirklich nichts aus.«

Ich ziehe sofort mein Handy aus dem Rucksack, wähle die Nummer von Tanja und laufe dabei vor Aufregung auf und ab.

»Hier ist Mika«, sage ich, als sie abhebt und komme ohne Umschweife auf den Punkt. »Tanja, können die gebuchten Hotels noch storniert werden?«

Sie lacht. »Ich bin doch keine Anfängerin Mika. Bei solchen Projekten buche ich alles flexibel, weil sich am Ende immer irgendetwas verschiebt.«

Perfekt. Ich recke meinen Daumen in die Höhe und Leo jubelt lautlos.

Tanja fragt: »Ist denn alles okay bei euch?«

»Alles super«, antworte ich wahrheitsgemäß. »Ich erkläre es dir, wenn wir zurück sind. Wie viel Geld sparen wir dadurch im Budget?«

»Aha, daher weht der Wind. Moment«, sagt sie und ich höre sie in ihren PC tippen. »Vierhundertachtzig Euro. Man merkt, dass noch Hauptsaison ist. Ich habe wirklich keine gehobenen Hotels gebucht und trotzdem ist es so teuer.«

Ich verabschiede mich schnell und laufe zurück zu Leo.

»Knappe fünfhundert Euro«, berichte ich aufgeregt.

»Abzüglich der Stellplatzgebühren natürlich. Aber damit sollten wir alles kaufen können, was wir noch brauchen, oder?«

»Auf jeden Fall. Super gemacht, Mika.« Leo hebt seine Hand und ich schlage ein. Diese Berührung reicht, dass mir ein Kribbeln durch den ganzen Körper fährt.

Verlegen streiche ich eine Haarsträhne nach hinten, aber Leo bemerkt zum Glück nicht, wie er mich aus der Fassung bringt. Er schultert seine Fototasche und wir gehen weiter die Gassen entlang.

»Hast du Lust?«, fragt Leo und zeigt auf eine Eisdiele.

»Ich bin zwar eigentlich satt, aber dazu sage ich nie nein.«

»Das ist die richtige Einstellung.«

Wir kaufen uns jeder ein Eis und schlendern weiter. Die Schaufenster der nächsten beiden Geschäfte sind leer, nur einige ausgeblichene Pappschilder hängen noch im Schaufenster. Die Vorstellung, dass Läden, die vielleicht über Generationen hinweg gehalten wurden, schließen mussten, macht mich traurig.

Wir biegen um die Ecke und laufen eine schmale Gasse entlang, die über steile Treppenstufen nach oben verläuft. Auf dem Kopfsteinpflaster vor den Haustüren stehen große Blumenkübel aus Terrakotta und von den schmiedeeisernen Balkonen sind Wäscheleinen gespannt.

Leo holt seine Kamera hervor und macht Bilder von dieser perfekten Szenerie.

Ich gehe weiter, denn aus einem der Häuser ertönt fröhliche italienische Musik. Über der Tür steht auf einem Schild »Da Paola«. Im Schaufenster ist ein wunderschönes Kleid aus leuchtend rotem Stoff ausgestellt. Es ist wadenlang, bis auf einen Schlitz, der weit am linken Bein nach oben geht.

Ich wundere mich, dass es mich so sehr in seinen Bann zieht. Normalerweise trage ich unauffällige Kleidung. Neele hat schon zigmal versucht, mich auf dem Camden Market wenigstens zu knalligen Accessoires zu überreden. Doch das letzte auffällige Outfit, an das ich mich erinnern kann, wurde vor elf Jahren auf dem Foto in der Metallkiste festgehalten.

Eigentlich gefallen mir meine Klamotten, aber auf einmal fühle ich mich schrecklich farblos und würde das Kleid gerne anprobieren.

Leo fragt hinter mir: »Möchtest du hinein gehen?«

Ich zögere. Ich würde gerne in den Laden gehen, aber ich möchte nicht, dass Leo mitkommt.

Zum Glück deutet er mein Schweigen richtig und fordert mich auf: »Los, gib mir dein Eis, dann kannst du rein.«

Ich reiche ihm meine Waffel und er schlendert ein paar Schritte weiter.

Die Innenwände des Ladens sind beige gestrichen und an weißen dünnen Ständern hängen einzelne Kleidungsstücke. An der Wand sitzt eine Frau konzentriert an ihrer Nähmaschine.

Ich räuspere mich.

Sie schaut hoch und begrüßt mich: »Benvenuti!« Erwartungsvoll lächelt sie mich an.

Kurz bereue ich es, dass Leo nicht mit hineingekommen ist. Doch ich schaffe das selbst. Ich zeige auf das Kleid im Schaufenster.

Sie geht zur Puppe, streift es ihr ab und gibt es mir vorsichtig. Ich schaue mich suchend um und sie deutet auf einen improvisierten Vorhang an der Wand.

Ich ziehe ihn hinter mir zu, schlüpfe schnell aus meinen Klamotten und streife vorsichtig das Kleid über meine Hüften. Zaghaft ziehe ich den Vorhang wieder ein Stück auf. Die Schneiderin wartet schon lächelnd auf mich und zeigt auf einen großen Spiegel, der neben dem Tisch mit der Nähmaschine steht.

Ich gehe einen Schritt darauf zu und betrachte mich ehrfürchtig im Spiegel. Das Kleid passt perfekt. Ich erkenne mich kaum wieder, aber ich mag, was ich sehe. Die Farbe erscheint mir nicht zu grell, wie es normalerweise der Fall wäre. Es umspielt meine Beine und betont meine Figur. Ich ziehe selten weit ausgeschnittene Sachen an, doch in diesem Kleid komme ich mir wunderschön und sexy vor. Ich fasse an die goldenen Perlen, die am Dekolleté aufgestickt sind und muss lächeln.

»Bellissima«, sagt die Schneiderin und schlägt ihre Hände zusammen. Das verstehe sogar ich und muss grinsen.

Als ich mich umdrehe, um wieder hinter den Vorhang zu gehen, fällt mein Blick durch das Fenster nach draußen. Leo steht davor und schaut mich durchdringend an. Für einen kurzen Moment scheint es so, als ob nur wir beide hier sind. Täusche ich mich oder sehe ich Verlangen in seinem Blick?

Da wendet er sich ab und ich ziehe den Vorhang zu, um mich wieder umzuziehen. Dann zahle ich und die Schneiderin bedankt sich überschwänglich bei mir.

Draußen hat Leo nur noch den winzigen Rest einer Eiswaffel in der Hand und zuckt lachend mit den Schultern. »Ich musste es leider aufessen, es wäre ansonsten komplett geschmolzen.« Nichts an ihm deutet darauf hin, dass gerade etwas zwischen uns gewesen sein könnte.

Hör auf damit Mika, ermahne ich mich. Du verrennst dich in etwas und das schon, seitdem ihr losgefahren seid.

»Los, ich schulde dir ein neues Eis«, sagt Leo und wir laufen die Stadtmauer entlang zurück.

Vor dem Rathaus kommt uns Elisa entgegen und winkt uns freudig zu. »Ich habe mit Lina gesprochen. Sie ist gerne bereit, dass ihr sie morgen beim Kochen fotografiert.«

Perfekt. Schritt eins unseres Plans geht auf.

Kapitel 14

Nachdem wir das fehlende Foto-Equipment gekauft und im Supermarkt Verpflegung für die nächsten Tage geholt haben, fahren wir am Abend in Richtung Küste.

»Wenn wir schon frei entscheiden können, wo wir übernachten, dann doch lieber am Meer«, war Leos Argument und ich habe ihm begeistert zugestimmt.

Er weiß anscheinend ganz genau, wohin er fahren möchte, denn er steuert den Camper entschlossen ans Ziel. *Vada* sagt das Ortsschild vor uns und kurze Zeit später taucht das tiefblaue Meer auf.

»Der Campingplatz hat vorne direkten Strandzugang«, sagt Leo, als wir bezahlt haben und den sandigen Weg entlang fahren.

»Mist«, sage ich mit Blick auf die vielen Wohnwägen und Zelte, »es ist kaum mehr etwas frei.«

»Da!« Leo zeigt triumphierend nach vorne.

Am Ende der allerletzten Reihe vorne am Strand ist tatsächlich noch ein Stellplatz zu sehen.

»Und auch noch mit Meerblick«, freue ich mich.

Leo parkt ein und wir steigen aus. Rechts von uns steht ein modernes Wohnmobil und links erstreckt sich ein Wald aus Pinien. Der Strand liegt direkt vor uns und das Wasser glitzert in der Abendsonne.

»Was hältst du davon eine Runde zu schwimmen, bevor wir anfangen zu kochen?«, fragt Leo betont lässig.

Daheim sitzen wir zusammen in Meeting-Räumen. Diese Woche ist komplett anders und wir kommen uns näher, als ich das je geplant habe. Doch ich möchte nur allzu gerne die Hitze des Tages im Meer abwaschen.

»Gerne«, sage ich und versuche dabei ebenso unbekümmert zu klingen.

Ein paar Minuten später stehe ich in einer der kleinen Umkleidekabinen, die mit einer Holzbank und einem Spiegel ausgestattet ist.

Zum Glück habe ich mich daheim doch noch dafür entschieden, einen Bikini einzupacken. Ich habe gehofft, dass es in einem der Hotels einen Pool geben wird, um ein paar Bahnen zu schwimmen. Dass wir jetzt sogar im Meer baden werden, ist natürlich tausend Mal besser.

Ich betrachte das kleine Stück Stoff in meinen Händen und werde plötzlich unruhig. Ich mache mir selten Gedanken um meinen Körper. Er ist weder zu klein noch zu groß und durch das tägliche Radfahren bin ich fit. Ich bin einfach verdammt froh, dass er funktioniert und ich überhaupt laufen und schwimmen *kann*.

Die lange Narbe, die über meinen rechten Innenschenkel verläuft, zeige ich allerdings selten. Ich ziehe, wenn überhaupt, Röcke und kurze Hosen an, die bis zum Knie reichen.

Doch es ist nicht nur die Narbe. Dass Leo mich gleich so sehen wird, macht mich nervös. Ich kann es nicht mehr leugnen, ich will ihm wirklich gefallen. Ich weiß, dass das nicht sein darf, aber ich komme einfach nicht dagegen an. Es sind nur Gedanken, beruhige ich mich. Ich habe nichts Falsches getan und habe es auch nicht vor.

Als ich wieder am Stellplatz ankomme, ist Leo nicht da. Er muss schon vorausgegangen sein.

Ich laufe über den Sand, der noch ganz warm ist, ans Wasser vor. Es herrscht immer noch reges Treiben zwischen all den Sonnenschirmen und Liegen am Strand. Aber auch hier entdecke ich ihn nicht.

Ich lege mein Handtuch ab und laufe ins Wasser, das herrlich erfrischend ist. Ich tauche einmal unter, halte kurz die Luft an und tauche wieder auf. Leo ist immer noch nirgends zu sehen.

Plötzlich ertönt ein greller Pfiff. Ich schwimme auf der Stelle und drehe meinen Kopf umher.

Wieder ein Pfiff. Er kommt eindeutig aus dem Wasser, nicht vom Strand.

Da sehe ich ihn. Etwa fünfzig Meter rechts von mir ragen drei große Felsen aus dem Wasser. Sie müssen bestimmt fünf Meter hoch sein. Und auf dem Mittleren steht Leo in schwarzer Badehose und winkt mir freudig zu. Er wird doch nicht …?

Doch Leo nimmt Anlauf und springt mit einem perfekten Kopfsprung ins kristallklare Wasser.

Ich halte den Atem an, bis er wieder auftaucht und das Wasser aus seinen Haaren schüttelt.

Innerhalb weniger Minuten ist er zu mir geschwommen.

»Du bist ein Draufgänger«, stelle ich fest.

»Wenn du das denkst, ist mein Ego für heute befriedigt«, schmunzelt Leo.

»Wie bist du überhaupt da hinauf gekommen?« Er muss verdammt gut klettern können.

Leo freut sich sichtlich über meine Verwunderung. Er schwimmt ganz nahe an mich heran und sagt verschwörerisch: »Verrate es niemandem, aber an dem Strand war ich schon als Kind. Ich weiß genau, wo eine Leiter hinter dem Felsen herraufführt und wo es ungefährlich ist hineinzuspringen.«

Ich lache und spritze ein wenig Wasser in seine Richtung. »Aha! Und ich dachte schon du hast Todessehnsucht! Stürzt dich da einfach so runter.«

Er grinst. »Ich muss dich enttäuschen, so gefährlich bin ich dann doch nicht.«

Ich wende meinen Blick ab und lege meinen Kopf ins Wasser. Die Wellen schwappen um meine Ohren und ich blinzle in die tief stehende Sonne. Es ist verrückt, dass ich hier am Meer bin. Mit Leo.

Als ich meinen Kopf wieder anhebe, sehe ich, wie er sich ebenfalls an der Wasseroberfläche treiben lässt. Er hat die Augen geschlossen. Seine Haut wirkt im Wasser noch braungebrannter.

Langsam fahre ich mit meinem Blick seinen Körper hinunter, den ich bisher absichtlich nicht genauer angeschaut habe. Nervös betrachte ich seine breite Brust und die Adern, die sich über seine Arme bis zu seinen großen Händen ziehen.

Ich merke, wie mir heiß wird, obwohl das Wasser merklich abkühlt und kann meinen Blick kaum von ihm abwenden.

Da macht Leo seine Augen auf und hebt seinen Kopf. Einen kurzen Moment schauen wir uns einfach nur an.

Dann sagen wir fast gleichzeitig: »Ganz schön kalt.«

Lachend fangen wir an, in Richtung Strand zu schwimmen.

Ich warte bis Leo aus dem Wasser steigt und laufe hinter ihm her zu meinem Handtuch, das noch an derselben Stelle im Sand liegt.

Ich schlinge es mir um meine Schulter und bekomme nur ein »Warum ist das plötzlich so kalt?« heraus.

Leos Blick streift über meinen Körper und bleibt kaum merklich an meinem Schenkel hängen. Seine blauen Augen weiten sich einen kurzen Moment, aber sollte er etwas dazu fragen wollen, lässt er es sich nicht anmerken. Stattdessen läuft er mit schnellem Schritt voraus und ruft über seine Schulter: »Los, wer als letztes aus der Dusche kommt, muss heute abspülen!«

Nachdem wir geduscht haben, machen wir uns ans Kochen. Ich habe schon fast vergessen, wie hungrig ich bin, doch jetzt rumort mein Magen laut und deutlich.

»Okay, ich beeile mich«, sagt Leo lachend.

Er steht vor der Küchenzeile, die vor ihm noch winziger wirkt und setzt einen Topf mit Wasser auf die Gasflamme.

Ich bin gerade dabei, Gemüse zu schneiden, da klingelt mein Handy und Bens Name und sein Foto erscheinen auf dem Display.

Ich habe ihm gestern Abend nur eine kurze Nachricht geschrieben. Und auch ehrlicherweise seitdem nicht an ihn gedacht. Ich muss auf jeden Fall rangehen.

Ich nehme mein Handy und laufe ein Stückchen den Strand runter.

»Hi«, sage ich, als ich abnehme.

»Hi mein Schatz, wie geht es dir?«

Ich erkenne das monotone Zischen von Wassersprinklern im Hintergrund. Ben muss also noch in der Gärtnerei sein.

»Super!« Ich möchte ihm von San Elio erzählen und dass wir die komplette Kampagne umgeworfen haben, da es sich nicht richtig angefühlt hat. Ich würde ihm gerne beschreiben, wie es hier ist, aber möchte gleichzeitig so wenig wie möglich von meinen Erlebnissen mit Leo erzählen. Schon jetzt fühle ich mich schrecklich deswegen. Ich sollte keine Geheimnisse vor Ben haben. Habe ich ja auch nicht, sage ich mir, ich will nur nicht so sehr ins Detail gehen.

Daher entscheide ich mich für die Kurzvariante. »Es ist toll hier. Wir stellen die Kampagne noch einmal um, aber dadurch wird sie noch besser als geplant.«

Ben antwortet erst nach einem kurzen Moment und wirkt dabei abgelenkt. »Und wann kommst du wieder heim? Vielleicht doch schon am Samstag?«

Es nervt mich, dass dies das einzige Thema ist, das ihn zu interessieren scheint.

»Ich weiß es noch nicht. Das hängt davon ab, wie gut wir in den nächsten beiden Tagen vorankommen.«

»Ich freu mich doch einfach schon so, wenn ich dich wieder bei mir habe.«

Ben meint es doch nur gut.

»Ich freue mich auch«, sage ich daher, auch wenn ich im Moment noch nicht an die Rückkehr denken möchte. Jetzt gerade bin ich hier und das möchte ich mit jeder Faser genießen.

»Dann gib dir ganz viel Mühe, dass ihr schnell fertig seid, ja? Ich muss leider aufhören, die Lieferung für morgen ist eben gekommen.«

»Okay«, sage ich tonlos, »bis bald.«

»Ich liebe dich, bis bald«.

Ich schaue auf mein Handy. Der Anruf hat mich in die Realität zurückgeholt. Und ich bin mir nicht sicher, ob ich das möchte.

Ich gehe zum Camper zurück, wo Leo bereits ein lecker duftendes Risotto in der Pfanne anbrät. An die Außenseiter des Campers hat er eine Lichterkette aufgehängt, die in der Dämmerung funkelt.

Wir decken den Tisch und fangen an zu essen.

Der beleuchtete Camper und der rosa Sonnenuntergang über dem Meer sehen wunderschön aus, aber meine Gedanken wandern immer wieder zu Ben.

Leo merkt, dass sich meine Stimmung verändert hat.

»War das dein Freund?«, fragt er, während er eine große Portion Risotto auf seinen Löffel häuft.

Ich nicke. Am liebsten würde ich nein sagen können, aber Ben ist mein Freund und das wird auch so bleiben. Doch ich will nicht, dass Leo mich anders ansieht, als er es vorhin im Wasser getan hat. Es ist egoistisch von mir, aber so sehen meine Gefühle im Moment aus.

»Ist es okay für ihn, dass du hier bist?«

Ich würde gerne sagen, dass Ben mich voll unterstützt, doch das Telefonat eben hat mich mit einem anderen Gefühl zurückgelassen. Aber Leo soll auf keinen Fall etwas Falsches von ihm denken. Deswegen sage ich: »Ben unterstützt mich so gut er kann. Wegen ihm bin ich überhaupt erst in der Agentur gelandet.«

»Tatsächlich?«

»Ich wollte noch einmal etwas Neues ausprobieren. Eigentlich wollte ich dafür unbedingt ins Ausland, aber Ben hatte einen Kontakt zur Agentur. Und so ist es auch viel geschickter, anstatt lange voneinander getrennt zu sein.«

Ich merke, dass ich Leo eben direkt in die Karten gespielt habe. Hätte ich doch nur nichts gesagt. Jetzt denkt er sicher, ich bin die totale Niete.

Aber was denke ich eigentlich? Wäre ich tatsächlich ins Ausland gegangen? Oder war das nur so dahin gesagt und jetzt bin ich froh, es Ben in die Schuhe schieben zu können?

Leo fragt: »Warum wolltest du denn ins Ausland?«

Ich habe außer Ben und Neele niemandem davon erzählt, dass ein vergilbtes Stück Papier für die neue Kursausrichtung in meinem Leben verantwortlich ist und die Gedanken meines Teenager-Ichs all das hier rechtfertigen.

Aber Leo schaut mich ehrlich interessiert an und ich habe das Gefühl, dass ich ihm vertrauen kann. Ich erzähle ihm von der Liste in Neeles Garten und dass ich bis dreißig die Punkte darauf erlebt haben wollte.

»Wow«, sagt er, als ich fertig bin, »ich wünschte ich hätte so etwas damals auch gemacht. Es ist doch großartig von seinem jüngeren Ich an seine Träume erinnert zu werden.«

Ich bin erleichtert, dass er mich nicht für verrückt erklärt, sondern die Liste als etwas Positives ansieht.

»Irgendwie schon. Am Anfang habe ich es als Teenager-Gerede abgetan, aber im Moment habe ich das Gefühl ich bin das erste Mal seit Jahren wieder meinem wahren Ich auf der Spur«. Ich lache verlegen und vergrabe meinen Kopf in den Händen. »Oh Gott, das hört sich schlimm an.«

»Überhaupt nicht«, beruhigt mich Leo. »Erzählst du mir, was sonst noch auf der Liste steht, oder willst du das lieber für dich behalten?«

Es interessiert ihn wohl wirklich und mir fällt auf, dass Ben mich nie gefragt hat, was die weiteren Punkte auf der Liste sind.

»Einen Teil davon kann ich dir erzählen. Ich wollte eine Fullmoon Party in Thailand erlebt haben. Und einmal am Strand geschlafen haben, um von dort der Sonne beim Aufgehen zuzuschauen. Ich wollte durch Neuseeland gereist sein. Es gibt noch ein paar weitere Punkte, aber die gehen nur mich und Orlando Bloom etwas an.«

Leo lacht. »Okay, das ist fair. Aber im Ernst Mika, es ist nie zu spät. Das sind doch alles Wünsche, die du dir noch erfüllen kannst.«

»Meinst du wirklich?«

»Na klar!«

Eine Zeit lang schauen wir gemeinsam den Wellen beim Schwappen zu.

Dann dreht sich Leo zu mir. »Hättest du Lust einen neuen Wunsch für die Zukunft aufzuschreiben?«

»Wie meinst du das?«

»Es ist doch toll, wie du gerade von deinen Träumen daran erinnert wirst dein Leben zu leben. Lass uns das gleiche für die Zukunft machen. Wir müssen ja keine genaue Zahl nennen, bis wann er erfüllt sein muss.« Er grinst schief. »Ich nehme die Zahl, die mit V anfängt nicht in den Mund, dafür bin ich zu nah an ihr dran.«

Ich mustere ihn. »Wie alt bist du?«

»Fünfunddreißig.«

Hm, noch eine Liste? Ich bin gerade ganz gut damit beschäftigt die erste zu verarbeiten und abzuhaken.

Aber Leo hat Recht. Ohne die Liste und die Punkte darauf hätte ich nicht den Schritt gewagt in der Agentur anzufangen und mich neu auszuprobieren. Ein Wunsch für die Zukunft kann nur helfen.

Ich nicke. »Okay.«

Leo holt einen Block und zwei Stifte und deutet auf die leere Weinflasche auf dem kleinen Campingtisch.

»Wir können sie in die Flasche packen und mit unserer Adresse ins Meer werfen. Vielleicht schickt sie tatsächlich jemand in der Zukunft an uns zurück.«

Ich nehme mir einen Stift und überlege. Was will ich für die Zukunft? In den letzten Jahren habe ich mich nicht mit ihr beschäftigt und keine großen Pläne gemacht. Ich sehe nichts klar vor mir. Liegt es an mir? Habe ich verlernt zu träumen?

Ich sehe, wie Leo seinen Stift ansetzt und etwas schreibt. Es fällt mir schwer, klar zu denken.

Dann schreibe ich kurzerhand: »Ich will mich selbst gefunden haben und wissen was ich im Leben will.«

Man soll ja klein anfangen.

Leo faltet seinen Zettel zusammen und steckt ihn in die leere Flasche. Ich schreibe noch meine Adresse auf und tue es ihm gleich. Dann drücke ich den Korken fest in die Öffnung.

Zusammen laufen wir ans Wasser vor.

»Bereit?«

»Bereit.«

Leo holt aus und schleudert die Flasche mit einem kräftigen Schwung ins Wasser. Wir stehen nebeneinander und schauen ihr hinterher aufs Meer.

Wie wird mein Leben wohl aussehen, wenn dieser Zettel irgendwann an mich zurückgesendet wird?

»Ich habe mir gewünscht, dass dieser schreckliche Hipster-Trend mit den Schnurrbärten bald wieder vorbei ist«, sagt Leo gespielt ernst in die Stille und ich muss lachen.

»Nett von dir, dass du deinen Wunsch für die Allgemeinheit einsetzt.«

Wir schlendern zum Camper zurück und machen uns an den Abwasch. Leo hilft mir großzügig, obwohl ich natürlich beim Duschen länger gebraucht habe als er.

Als wir fertig sind, setzen wir uns wieder in den Sand und besprechen, was wir morgen alles für unser neues Konzept schaffen wollen.

Einige Meter neben uns errichtet eine Gruppe Jugendlicher ein Lagerfeuer. Ein schmächtiger Junge beginnt auf seiner Gitarre zu spielen und singt mit geschlossenen Augen:

»Nun sagt man auch die Liebe ist wie der Vogel.
Versuch sie einzusperren
und sie kommt nie mehr geflogen.
Doch gibst Du ihr Freiheit
kommt sie immer zurück.
Und auf den Flügeln der Zeit
schwingt sie empor ins Licht.«

Ich kenne das Lied von Max Herre, aber heute achte ich das erste Mal auf den Text und er trifft mich mitten ins Herz. Ich fühle mich frei hier auf dieser Reise. Es ist, als ob ich zum ersten Mal die Mika sein kann, die ich schon so lange vergessen habe.

Ich merke, dass Leo mich beobachtet.

»Was denkst du wo unsere Wünsche inzwischen sind?«, frage ich ihn und deute aufs Wasser.

Er räuspert sich. »Meine Mutter hat mir als Kind, wenn wir an den Strand gefahren sind, immer Folgendes erzählt...« Er hört auf zu sprechen und kratzt sich verlegen am Kopf.

»Was? Ich will es wissen.«

Er zeigt auf das Meer. »Siehst du den silbernen Streifen am Horizont?«

Ich nicke.

»Genau da wo die Sterne das Meer berühren, werden neue Träume geboren. Aber dafür musst du das Ufer verlassen und kräftig schwimmen.«

»Das ist wunderschön«, sage ich ergriffen.

Ich muss lächeln, wenn ich an Leo als kleinen Junge denke, der von seiner Zukunft träumt.

»Wenn es nur so einfach wäre«, seufze ich.

»Einfach ist es nicht«, gibt Leo zu, »aber man sollte es zumindest probieren.«

»Ja. Aber das Leben ist nun mal nicht wie in einem Film. Es gibt nicht immer das perfekte Happy End«, verteidige ich mich.

»Glaubst du das wirklich?«

Ich zucke mit den Schultern, obwohl ich wirklich kein Happy End erwarte. Eine ruhige Geschichte ohne schlimme Wendepunkte reicht mir schon.

Nach einem kurzen Moment sagt Leo: »Und wenn es nur bedeutet, dass der Film noch im Gange ist? Und du dich gerade erst im zweiten Akt befindest?«

Der zweite Akt? Filmtechnisch würde das bedeuten, dass der große Wendepunkt erst noch kommen würde.

Ich habe in den letzten Jahren damit gelebt, dass alles genauso bleibt, wie es ist. Erst durch die letzten Monate und die Liste hat sich mein Leben verändert. Aber ist es mein Wendepunkt?

»Vielleicht«, sage ich unsicher.

Ich merke, wie ich anfange zu frösteln und nach diesem langen Tag ins Bett möchte.

Ich stehe auf. »Ich gehe schlafen.«

Leo nickt, steckt seine Hände in die Taschen seines übergroßen Hoodies und bleibt sitzen. »Ich genieße noch ein bisschen die Aussicht. Gute Nacht.«

»Gute Nacht, Leo«, antworte ich und schließe die Türe des Campers hinter mir.

Kapitel 15

Nur ein paar Stunden später werde ich unsanft von einem penetranten Geräusch aus dem Schlaf gerissen.

Was ist das?

Ich taste wild um mich und finde einen alten Wecker, der in schrillen Tönen vor sich hin rasselt. Wie kommt der hier rein? Und wie viel Uhr ist es überhaupt?

Ich mache ihn aus und nehme mein Handy in die Hand. 5:40 Uhr! Was zur Hölle ist hier los?

Da entdecke ich einen kleinen Zettel neben dem Wecker. Ich richte das Licht meines Handys auf ihn. In krakeliger Schrift steht darauf:

Am Strand hast du schon geschlafen, jetzt fehlt nur noch der Sonnenaufgang dazu. Viel Spaß beim Abhaken eines weiteren Punktes.

Ich schlage mir vor Freude die Hand vor den Mund und verzeihe Leo sofort, dass er den Wecker zu mir gelegt hat und mich um diese Uhrzeit aus dem Bett holt.

Schnell ziehe ich meine Klamotten von gestern über und schiebe die Tür auf. Außer ein paar kreischenden Möwen ist es komplett still. Der ganze Campingplatz schläft noch.

»Leo«, raune ich. Aber als ich in sein Zelt spähe, ist er nicht da.

Ich nehme mein Handtuch von der improvisierten Wäscheleine und laufe ein paar Meter nach vorne, um den Sonnenaufgang aus der ersten Reihe mitzubekommen.

Erst am Wasser vorne fällt mir ein, dass ich meine Kamera im Camper vergessen habe.

Egal Mika, genieß einfach die Realität, sage ich mir. Jetzt, hier, nur du und das Meer.

Ehrfürchtig betrachte ich den Horizont. Langsam weicht das Grau der Morgendämmerung. Der Himmel färbt sich erst rosa, dann tiefrot und schließlich gelb. Die Sonne steigt hinter den Hügeln der Toskana auf und lässt das Meer glitzern. Ich kann nicht aufhören zu grinsen.

Nach ein paar Minuten höre ich Schritte hinter mir und drehe mich um. Leo steht mit einer Brötchentüte und zwei Bechern vor mir.

»Leo«, flüstere ich, »danke!«

Er lächelt mich an und mein Herz schlägt mal wieder einen Salto.

»Gern geschehen«.

Er setzt sich neben mich und hält mir die Tüte hin. Ich ziehe ein Croissant heraus und nehme einen der Becher mit dampfendem Kaffee.

»Warum bist du nicht hier geblieben?«, frage ich. »Es war wunderschön!«

Leo beißt ein Stück von seinem Croissant ab. »Es ist deine Liste. Da dachte ich, du sollst den Moment auch für dich genießen. Außerdem musste der Frühstücksservice ja organisiert werden.«

Ich lächle mit vollen Backen und bin überglücklich.

Ich bin noch immer ganz beseelt von diesem Morgen, als wir den Camper zusammenpacken und wieder nach San Elio fahren. Leo hat seine Sonnenbrille auf der Nase und summt zur Musik aus dem Radio.

Ich schaue immer wieder zu ihm, nur kurz, damit er nicht merkt, dass ich ihn beobachte.

Was er heute Morgen für mich getan hat, war eine kleine Geste, aber ein riesiges Erlebnis für mich. Dass er meine Liste und die Punkte darauf so ernst nimmt, bedeutet mir wahnsinnig viel.

Wir parken wieder vor dem Stadttor und schultern unser Equipment. Wie schon zum Sonnenaufgang ist auch jetzt keine Wolke am Himmel zu finden und wir schwitzen ganz schön, als wir Kameraausrüstung, Stative und Fototaschen die steilen Gassen hinauftragen. Wir laufen in den hinteren Teil der Stadt, in dem kaum Geschäfte oder Restaurants zu finden sind, sondern die Straßen aus Wohnhäusern bestehen.

»Hier müsste es sein.« Leo bleibt vor einer grünen Tür stehen, an der ein großer Türklopfer aus Eisen befestigt ist. Er klopft zwei Mal gegen das schwere Holz und im Inneren sind Schritte zu hören.

Ich lächle Leo nervös zu. Es ist genau das, was ich immer tun wollte – die Geschichten von Menschen erzählen. Leo fängt meinen Blick auf und zwinkert mir aufmunternd zu.

Eine winzige ältere Dame öffnet uns die Tür. Ihre grauen Haare hat sie zu einem eleganten Knoten zurückgebunden. Ihre Falten verraten, dass sie schon über achtzig sein muss, doch ihre wachen Augen mustern uns mit einer jugendlichen Neugierde.

»Buongiorno Signora Rizzo«, sagt Leo freundlich.

»Lina«, antwortet sie bestimmt und winkt uns herein.

Dunkle Eichenmöbel säumen den engen Flur, den wir hinter ihr her laufen. Er führt an zwei kleinen Zimmern vorbei in eine wunderschöne alte Landhausküche, die im Gegensatz zum Rest der Wohnung sehr groß ist. In der Mitte steht ein Küchenblock und daneben ein langer Tisch mit acht Stühlen. Das Sonnenlicht strömt durch die offenen Terrassentüren.

Während wir aufbauen unterhält sich Leo mit Lina und ich merke, wie sie dadurch entspannt. Sie hat den Teig bereits vorbereitet und fängt auf Leos Startzeichen an ihn zu kneten. Ihre Hände sind klein, aber gleichzeitig muskulös. Man sieht, dass sie ihr Leben lang mit ihnen gearbeitet hat.

Während sie die Nudeln fast andächtig zubereitet, spricht sie mit Leo auf Italienisch. Und obwohl ich kaum ein Wort verstehe, fühle ich mich einfach wohl.

Nach zwei Stunden überprüfen wir die Bilder auf dem Laptop. Leo hat die Stimmung perfekt eingefangen und die Granitplatte der Küche entpuppt sich als toller Untergrund für die Nahaufnahmen der Pasta.

Leo runzelt trotzdem die Stirn und überlegt.

»Was?«, frage ich.

»Irgendwie … irgendwie fehlt noch etwas.« Er lässt den Blick durch den Raum schweifen, schaut wieder auf die Fotos und sieht dann mich an. »Würdest du dich zu Lina stellen, damit wir eine zweite Person im Bild haben, die von ihr lernt?«

Ich zögere kurz, weil ich absolut kein Fan davon bin vor der Kamera zu stehen. Aber diese Bilder müssen gut werden. Wenn Leo glaubt, dass es so besser aussehen wird, mache ich es gerne.

»Okay«, sage ich und zupfe mein T-Shirt zurecht, sodass ich einigermaßen fototauglich aussehe. Dann stelle ich mich neben Lina und schaue zu, wie sie ein weiteres Stück des Teigs ausrollt. Ich versuche ihre Bewegungen so gut es geht zu imitieren. Bei ihr sieht es mühelos aus, doch irgendwie schaffe ich es nicht, den Teig genauso lockerleicht zu formen.

Lina sieht, dass ich kämpfe und stellt sich hinter mich. Sie nimmt meine Hände in ihre und ich zucke zusammen. Schweigend kneten wir den Teig und ich merke, wie mich diese Berührungen in eine andere Zeit zurückversetzen.

»Mika, iss keinen rohen Teig«, sagte meine Mutter und meinte es nur halb so streng wie sie tat. »Ich hab dir schon so oft gesagt, wie ungesund das ist.«

Ich kicherte und sprang in der Küche umher. Meine Mutter und ich waren dabei den Geburtstagskuchen für Papa vorzubereiten. Er würde wie jedes Jahr nach Hause kommen und so tun, als hätte er mit keiner Faser geahnt, was ihn erwarten würde.

Meine Mutter band meine Haare zu einem Pferdeschwanz und gab mir einen Kuss auf den Kopf. »Legen wir los?«

Ich nickte und sie nahm meine Hände in ihre. Zusammen rollten wir den Teig aus und legten ihn in eine Form.

»Jetzt Quark, Zucker und Eigelb«, sagte ich, denn ich kannte das Rezept des Käsekuchens auswendig.

Nachdem wir die Masse zusammengefügt hatten, schob meine Mutter die Backform in den Ofen und ich schaute durch das Glas in der Ofentür, wie der Teig aufging.

Ich würde später zu Neele und Christiane rüberlaufend und ihnen zwei Stücke des gold-gelben Kuchens vorbei bringen.

Wir waren gerade dabei eine Girlande über den Esstisch zu spannen, als wir den Schlüssel in der Tür hörten.

»Papa«, rief ich und lief in den Flur, »du bist viel zu früh, wir sind doch noch gar nicht fertig.«

Mein Vater hob mich hoch und wirbelte mich einmal herum.

»Steigt hier etwa eine Überraschungsparty? Ich habe es einfach keine Sekunde mehr ohne meine beiden Mädchen ausgehalten.«

Ich fange an zu schwitzen und habe das Gefühl keine Luft mehr zu bekommen. Als ob es zu eng in der Küche wird. Ich muss raus, einfach nur raus.

»Entschuldigung«, murmle ich und stolpere aus der Terrassentüre nach draußen, um zu atmen.

»Mika?«, fragt Leo mit besorgter Stimme hinter mir. »Ist alles okay?«

»Ja, ja, alles in Ordnung«, sage ich schwer atmend und lächle beschwichtigend. »Mir war nur so heiß da drin, da hat mein Kreislauf kurz versagt.«

»Warte, ich hole dir ein Wasser.«

»Bitte, mach dir keine Umstände«, rufe ich ihm hinterher, aber einen Moment später ist er schon mit einem großen Glas wieder da.

»Danke«, sage ich, nehme es und trinke es auf einen Zug aus.

»Bleib besser erstmal hier draußen.« Leo klingt besorgt. »Ich mache noch ein paar Bilder und dann sind wir eh fertig.«

»Okay«, sage ich dankbar und er geht wieder hinein.

Die Erinnerung kam mit solche einer Wucht, dass mir richtig komisch geworden ist. Das passiert immer öfter, obwohl ich sie bisher erfolgreich verdrängen konnte.

Ich bleibe noch ein paar Minuten auf den roten Terrakotta-Fliesen sitzen und gehe dann wieder hinein.

Leo sagt nichts mehr zu dem Vorfall eben, sondern hebt nur einen Daumen. »Geschafft.«

»Mangiate!«, sagt Lina bestimmt und zeigt auf den Tisch. Ich drehe mich zu Leo.

»Ich glaube wir würden sie wirklich kränken, wenn wir nun nicht aufessen«, witzelt er.

Ich lächle Lina an und sage: »Sì, grazie!«

Die frische Pasta sieht nicht nur gut aus, sie schmeckt ebenso grandios. Noch besser als gestern bei Lorenzo.

»Ich weiß nicht, ob ich danach je wieder etwas anderes essen kann«, sage ich noch halb kauend.

Lina schaut Leo fragend an und er übersetzt für mich. Daraufhin zeigt sie auf uns beide und spricht einige schnelle Sätze, bevor sie anfängt, die Küche aufzuräumen.

Leo lacht schallend.

»Was hat sie gesagt?«, frage ich neugierig und wickle schon die nächste Portion Nudeln auf meine Gabel.

»Dass wir ab jetzt am Besten jeden Tag herkommen. Wir wären viel zu dünn und bräuchten dringend etwas Fleisch auf den Rippen. Kein Wunder, dass dir vorhin schlecht war.«

Ich grinse. »Da sag ich nicht nein.«

»Glaub mir, das sagt jede italienische Nonna, egal wie viel Fleisch du schon auf den Rippen hast.«

Er leckt genüsslich seinen Löffel ab. »Es ist quasi ihre Lebensaufgabe.«

Kapitel 16

Frisch gestärkt machen wir uns auf den Weg zu Lorenzo, der auf unser Bitten hin gestern noch zugestimmt hat ein Teil unserer Kampagne zu werden. Zwei Testimonials sind allerdings nicht genug, wir brauchen auf jeden Fall noch eine weitere Person. Darum müssen wir uns später dringend kümmern.

Leo fotografiert Lorenzo und seine Familie etwas außerhalb der Stadt in den Hängen ihres Weinbergs und später in seinem Lokal.

Ich filme ihn, wie er uns erzählt, dass schon sein Urgroßvater hier Wein angebaut hat und wie die Ernte abläuft. Wir wollen daraus kurze Videos schneiden und können die Zitate von ihm und den anderen perfekt für die Website nutzen.

Ich bin gleichzeitig Assistentin, Visagistin, Beleuchterin und Kamera-Frau in einem und es macht mir riesigen Spaß.

Leo und ich müssen kaum miteinander sprechen. Wir kommunizieren nur durch kurze Gesten und haben dieselbe Vorstellung von der Umsetzung.

Als wir am Abend erschöpft aber zufrieden zusammenpacken klingelt Leos Handy. Er nimmt ab und ich höre ihn nach kurzer Zeit sagen: »Das sind tolle Neuigkeiten! Vielen Dank.« Er legt auf und berichtet mir erfreut: »Wir haben doch noch ein Testimonial für San Elio.«

»Super! Wer ist es?«

»Ich habe Elisa gebeten, die Schneiderin, bei der du gestern warst, zu fragen und sie hat eben zugesagt. Sie heißt Paola, wie ihr Laden.«

»Das ist ja perfekt. Essen, Wein, Mode – es ist von allem etwas dabei.«

Ich glaube diese Kampagne wird richtig gut und hoffe Borenstein ist nachher genauso begeistert wie wir.

Wir haben heute Morgen gleich für eine weitere Nacht am Campingplatz bezahlt und fahren wieder zurück auf unseren Stellplatz ans Meer.

Nachdem wir gegessen haben, setzen wir uns auf unsere Handtücher an den Strand.

Morgen Abend werden wir zu Leos Familie fahren, damit der Camper repariert werden kann. Nachdem ich nun einige Tage in ihm verbracht habe, verstehe ich, warum Leo alles dafür tut, dass er gut in Schuss bleibt. Außerdem bin ich total gespannt Leos Familie kennenzulernen und zu sehen, wo er groß geworden ist.

»Mika, heute in der Küche…«, sagt Leo zögerlich.

Ich täusche wahnsinniges Interesse an einer Muschel im Sand vor.

»Entschuldige, das geht mich nichts an.«

Nach einer kurzen Pause fügt er hinzu: »Aber manchmal tut es ja gut, rauszulassen, was einem auf der Seele liegt.«

Ich bin hin und her gerissen. Irgendwie möchte ich es Leo tatsächlich erzählen, doch gleichzeitig habe ich

Angst davor, eine Tür aufzumachen, die sich nicht mehr schließen lässt. Aber die letzten Wochen haben alles auf den Kopf gestellt. Mich auf den Kopf gestellt. Vielleicht ist jetzt genau der richtige Zeitpunkt.

Ich räuspere mich. »Der Moment mit Lina hat mich an meine Kindheit erinnert. Als ...« Ich lasse Sand durch meine Hände rinnen, um sie zu beschäftigen. »Als ich noch ein gutes Verhältnis zu meiner Mutter hatte. Ich habe ganz vergessen, wie schön es war, als wir immer gemeinsam gebacken haben. Ich hatte das Gefühl tief vergraben. Und als Lina meine Hände in ihre genommen hat, ist alles wieder hochgekommen.«

»Das tut mir ehrlich leid.« Leo fragt nicht, warum unser Verhältnis so schlecht ist, was ich ihm hoch anrechne.

Wir schauen beide wieder aufs Meer.

Dann sagt er: »Ich habe nochmal darüber nachgedacht, was du gestern Abend gesagt hast. Und versuche bei den Film-Metaphern zu bleiben.«

Ich schaue ihn erwartungsvoll an.

»Ich will dir nicht zu nahe treten. Aber als ich dich kennengelernt habe, hatte ich das Gefühl du schaust vom Seitenrand deiner Geschichte zu, ohne wirklich Teil davon zu sein. Und seitdem wir hier sind, ist es, als wärst du plötzlich mittendrin. Du bist nicht mehr nur Zuschauerin, sondern die Regisseurin deiner eigenen Story.«

Ich fühle mich ertappt. Wieder bringt Leo genau auf den Punkt, worüber ich versucht habe mir in den letzten Monaten klar zu werden.

Ich sehe, dass er mit sich ringt. Als ob er abwägt, ob er noch etwas hinzufügen soll.

Dann sagt er mit sanfter Stimme: »Ich habe das Gefühl, dass du denkst du hättest das große Glück nicht verdient.«

Es ist, als ob er in diesem Moment direkt in mich hineinsieht. Mein Schutzpanzer scheint sich aufzulösen.

»Habe ich auch nicht«, sage ich tonlos.

Das letzte Mal, als ich das Glück mit beiden Händen eingefordert habe, ist das Schlimmste passiert.

Es war am Tag, nachdem wir unsere Abi-Zeugnisse erhalten hatten. Die Schule war vorbei und mein großer Rucksack für die bevorstehende Reise stand schon vor meinem Kleiderschrank, bereit gepackt zu werden.

Mit Ben hatte ich mich in den letzten Wochen fast jeden Tag getroffen. Wir konnten über alles reden und vor allem viel knutschen. Nur meinen bevorstehenden Abschied klammerten wir aus. Ich hatte Ben gesagt, dass ich mich in dieser Zeit an niemanden binden wollte. Ich wollte frei sein. Er hatte extrem bestürzt darauf reagiert und mich versucht zu überzeugen, dass wir eine Fernbeziehung schaffen könnten. Sein Drängen erdrückte mich. Ich mochte ihn wirklich, aber wir kannten uns jetzt gerade mal einen Monat. Diese Reise plante ich seit über einem Jahr.

Ben war ausgemustert worden und würde in München bleiben, um BWL zu studieren. Ich sagte mir, dass wenn wir füreinander bestimmt waren, wir nach der Reise genau da weiter machen würden, wo wir aufgehört hatten.

Ich war immer noch leicht verkatert und schlecht drauf an diesem Morgen. Ben hatte gestern wieder mit mir darüber sprechen wollen, wann genau ich von meiner Reise zurückkommen würde. Und mich gefragt, ob er mich eine Zeit besuchen kommen könnte, um mit mir zusammen zu reisen.

Er verstand es nicht, dass ich diese Erfahrung für mich allein machen wollte.

Ich saß wütend auf meinem Bett und schmollte. Eben hatte ich einen lautstarken Streit mit meiner Mutter gehabt. Er hatte damit geendet, dass sie einfach kopfschüttelnd gegangen und zur Arbeit gefahren war.

»Mika-Schatz?« Mein Vater klopfte an meine Tür und öffnete sie vorsichtig. »Was war denn da los?«, fragte er und setzte sich rittlings auf meinen Schreibtischstuhl.

»Ach, es ist wegen Mama«, maulte ich. »Sie wollte mir ihr Auto nicht geben, um an den Walchensee zu fahren. Dabei hätte sie doch mit dem Fahrrad zur Arbeit fahren können!«

»Was willst du denn unten am Walchensee?«, fragte mein Vater verwundert.

»Sie haben in den Nachrichten gebracht, dass dort eine riesige Wikinger-Filmkulisse aufgebaut wird. Im Sommer sollen die Dreharbeiten starten!«, berichtete ich ihm aufgeregt. »Ich will das so gerne sehen. Überleg mal, vielleicht sind sogar schon Produzenten oder der Regisseur vor Ort.«

Seitdem ich gelesen hatte, dass Steven Spielbergs Karriere damit begonnen hatte, dass er sich einfach auf das Gelände eines Filmstudios geschmuggelt hatte, hatte ich mir in den Kopf gesetzt es ihm gleichzutun.

Mein Vater sah mich lange an. »Du meinst das wirklich ernst mit dem Regiestudium nächstes Jahr, oder?«

»Aber hallo!«

Mein Vater hatte meinen Traum immer ernst genommen. Im Gegensatz zu meiner Mutter, die sich wünschte ich würde etwas Bodenständiges studieren.

Als Ben letzte Woche hier gewesen war und ihr von seinen BWL-Plänen erzählt hatte, war sie sofort begeistert gewesen.

Mein Vater und ich hatten uns nur verschwörerisch angegrinst. Er und ich waren uns sehr nahe und konnten uns ganz schön gegen meine Mutter verbünden, wenn es darauf ankam. Er war es auch, der sie überzeugt hatte, dass ich alt genug war, um alleine zu verreisen.

»Na dann.« Mein Vater stand auf und streckte die Hand nach mir aus. »Ich kann auf keinen Fall verantworten, dass deine Karriere als Regisseurin von so einer Kleinigkeit ruiniert wird.«

Ich sprang vom Bett auf. »Du gibst mir dein Auto?«

»Ich fahre dich sogar, wenn du Lust hast. Ich muss heute nicht ins Büro und das wäre doch ein richtig schöner Ausflug, oder?«

Ich stieß einen Freudenschrei aus und fiel ihm um den Hals. »Danke, danke, du bist der Allerbeste!«

Mein Vater löste lachend meine Hände. »Das will ich doch hoffen.«

In Windeseile zog ich mich an, packte meine neue Digitalkamera ein und lief nach draußen vors Haus.

»Darf ich fahren, Papi?«

»Papi«, wiederholte mein Vater und warf mir die Autoschlüssel zu, »heute ziehst du alle Register, oder?«

Ich fing sie jauchzend auf und öffnete die Fahrertür. »Fahranfänger müssen viel üben, vor allem Langstrecken.«

»So, so«, schmunzelte er.

Ich startete den Motor und fuhr langsam aus der Auffahrt. »Ist wirklich so. Mama will das nur nicht kapieren und mich am liebsten in Watte packen.«

Mein Vater schaute mich ernst vom Beifahrersitz an. »Mika, Mama musste heute ihr Auto nehmen, da sie Frau Bihringer versprochen hat sie auf dem Weg zur Arbeit beim Arzt abzusetzen.«

»Oh«, sagte ich kleinlaut mit einem schlimmen Anflug von schlechtem Gewissen.

Frau Bihringer war unsere ältere Nachbarin, die nur noch sehr schlecht laufen konnte. Ihr Mann war letztes Jahr verstorben und seitdem war sie auf unsere Hilfe angewiesen.

»Das hätte sie doch sagen können«, versuchte ich mich zu verteidigen.

»Hast du ihr denn die Chance gegeben es dir zu erklären?« Mein Vater sah mich prüfend an.

Ich richtete meinen Blick nach vorne auf die Straße und schluckte. Als meine Mutter sagte, dass sie das Auto selbst brauchen würde, war ich direkt hinaus gestürmt.

Mein Vater schmunzelte. »Dachte ich es mir doch.«

Dann wurde seine Stimme wieder ernster. »Sei nicht so hart zu ihr Mika. Ihr beide habt viel mehr gemeinsam, als du sehen willst. Sie will dich einfach nur beschützen.«

Das Letzte galt der bevorstehenden Reise, das wusste ich. Ich nickte nur und antwortete nicht, weil ich mich so schlecht fühlte.

Ich nahm mir fest vor mich heute Abend bei meiner Mutter zu entschuldigen und in den Wochen bis zur Abreise alles dafür zu tun, dass wir uns gut vertragen würden.

Ich blinkte und bog auf die Bayernwerkstraße, die aus Karlsfeld herausführt.

»So, und jetzt erzähl mir nochmal von diesem Ben, der letzte Woche da war«, wechselte mein Vater das Thema.

Ich kicherte. »Da gibt es gar nicht so viel zu erzählen. Ich meine, er ist wirklich toll, aber –«

Ich würde diesen Satz nie beenden. Die Schranke am Bahnübergang war aufgrund eines technischen Fehlers nicht geschlossen und auch die Warnlichter funktionierten nicht, als der Zug von rechts angeschossen kam und es nur noch schwarz wurde.

Ich habe seit Jahren niemandem davon erzählt. Und auch Leo erzähle ich nicht alle Einzelheiten.

Dass Ben jeden einzelnen Tag im Krankenhaus an meinem Bett gesessen hatte und mich auffing, als die Welt zusammenbrach. Dass die Narbe der Oberschenkelfraktur wieder verheilte, aber mein Herz nie mehr ganz heilen würde. Dass Neele erst zwei Monate später als geplant nach London ging, um für mich da zu sein. Dass meine Mutter fast ein Jahr nicht ansprechbar war und ihr eine schwere Depression attestiert wurde. Dass ich dadurch meinen Vater und meine Mutter gleichzeitig verloren hatte. Dass ich an manchen Tagen nicht gewusst hatte, wie ich je weiter leben sollte und meine Reise sowie mein Wunsch, Film zu studieren, keine Optionen mehr waren. Dass ich panische Angst davor hatte, mich wieder hinter ein Steuer zu setzen und mich mein ganzes Leben fragen würde, warum ich mit meinem dummen Wunsch nach diesem unnötigen Ausflug alles zerstört hatte.

Stattdessen erzähle ich ihm, dass mein Vater bei einem Autounfall ums Leben gekommen ist, als ich am Steuer saß.

»Das ist absoluter Horror, Mika. Das tut mir so leid«, sagt Leo ergriffen und schaut mir tief in die Augen.

Ich senke meinen Blick. Einerseits weil ich die Reaktion auf diese Geschichte jedes Mal nur schwer ertragen kann, aber vor allem weil ich es nicht schaffe Leo lange in die Augen zu sehen. Ich habe das Gefühl, mich komplett in ihnen zu verlieren.

»Kein Wunder wolltest du beim Shooting im Zenith nicht mit einem fremden Wagen durch München fahren. Es tut mir ehrlich leid, dass ich dich dazu gedrängt habe.«

Ich schaue wieder hoch. »Nein, alles gut. Es war tatsächlich das allererste Mal, dass ich wieder gefahren bin und es war eigentlich ein schönes Gefühl.«

»Es war trotzdem nicht okay von mir.« Sein zerknirschter Blick lässt ihn nur noch süßer aussehen. Dann fragt er: »Wie war er so?«

»Mein Vater?«

»Ja.«

Ich bin irritiert. Bei den wenigen Malen, die ich anderen erzählt habe, dass mein Vater tot ist, haben die Menschen schnell das Thema gewechselt. Mit Ben umgehe ich es und alles was dazu gehört ebenso. Ich versuche die Vergangenheit hinter mir zu lassen, da sie zu sehr weh tut.

»Ähm.« Ich habe schon so lange nicht mehr an Papa gedacht und ich hole Luft, bevor ich antworte. »Wenn du meinst, ich wäre ein Film-Fan, hättest du ihm mal zuhören müssen. Er konnte hunderte Textzeilen auswendig und hat uns irgendwann schon fast damit genervt zu jeder Situation das passende Filmzitat zum Besten zu geben.« Ich muss lächeln, als ich daran denke. »Er war lustig und ist offen auf jeden zugegangen. Er hat alles dafür getan, dass es uns gut geht. Er hat meine Mutter verehrt und sie jeden Abend, wenn er nach Hause gekommen ist, lange geküsst. Er hat mich verstanden, wie ich bin und was ich alles erreichen wollte. Und ...«, die Worte bleiben mir im Hals stecken.

Leo spricht sie leise für mich aus: »Er fehlt dir bestimmt schrecklich.«

Ich nicke nur, als mir Tränen über die Wangen laufen.

Leo streichelt mir sanft über den Arm und es ist gleichzeitig der schönste und schlimmste Moment seit

Langem. »Das hört sich nach einem großartigen Vater an.«

»Ich versuche aber kaum an ihn zu denken.«

Leo nickt verständnisvoll. »Du glaubst, dass die Gefühle weggehen, wenn du versuchst sie zu vergessen?«

»So in etwa.«

»Ich bin bestimmt nicht der beste Ratgeber was das Thema Familie angeht. Mein Vater war nie für mich da und ich habe keine einzige Erinnerung an ihn.« Er rauft sich die Haare. »Was ich damit sagen will: wenn du die Vergangenheit wegschließt, nimmst du dir damit selbst auch die schönen Momente.«

Ich lasse Leos Worte auf mich wirken, aber merke, dass ich keinen klaren Gedanken fassen kann. Ich kann nicht hier sitzen bleiben, ich muss mich irgendwie bewegen und brauche mehr Luft, obwohl wir schon draußen sind.

Ich stehe auf und sage zu ihm: »Ich gehe ein bisschen spazieren.«

Leo nickt und fragt nicht, ob er mich begleiten kann. Er hat verstanden, dass ich Zeit für mich brauche.

»Bis später«, sagt er nur.

Ich laufe mit meinen nackten Füßen ins Wasser. Es ist kalt, aber genau das Richtige im Moment. Ich atme tief ein. Das Meer und die unendliche Weite des Sternenhimmels fangen mich auf und meine Atmung beruhigt sich langsam wieder.

Die letzten elf Jahre habe ich alle Erinnerungen unterdrückt. Zu groß waren mein Schmerz und meine Schuldgefühle. Was, wenn Leo Recht hat? Wenn ich mir selbst die Chance auf eine schöne Vergangenheit nehme, bleibt mir gar nichts mehr von Papa übrig.

Ich denke daran, wie wir früher jeden Sonntagabend zusammen einen Film geschaut haben. In meinem Kopf habe ich mir dabei vorgestellt, wie stolz er eines Tages sein würde, wenn ich selbst ein Drehbuch verfilmen würde. Und obwohl der Gedanke daran weh tut, ist da gleichzeitig ein warmes Gefühl in meinem Inneren. Ein Gefühl, dass mir niemand nehmen kann, außer ich selbst.

Diese Feststellung ist wie eine Befreiung. Ich will mich nicht mehr klein machen, weil mir etwas Schlimmes widerfahren ist. Nein, ich will das Leben endlich wieder spüren. Mir ist gleichzeitig nach Weinen und Lachen zumute und ich wische mir lächelnd meine Tränen von der Wange.

Inzwischen ist es dunkel und nur das Licht des Mondes spiegelt sich hell im Wasser.

Ich drehe um und laufe zum Campingplatz zurück.

Leo ist bereits in seinem Zelt. Er ist noch wach, denn ich sehe den Schein seiner Taschenlampe. Ich bin ihm dankbar, dass ich heute Abend nicht mehr reden muss. Erschöpft steige ich in den Camper und ziehe die Tür hinter mir zu.

Kapitel 17

Als ich am nächsten Morgen aufstehe, ist Leo bereits
wach. Er mustert mich mit sorgenvollem Blick.

»Mika, es tut mir leid, wenn ich gestern -«

Ich unterbreche ihn. »Dir muss nichts leid tun. Wirklich nicht.« Ich lächle ihn an. »Vielleicht war *das* ja mein
Wendepunkt.«

Ich meine es ehrlich. Als ich heute Morgen aufgewacht bin, hat sich mein Herz zum ersten Mal ein kleines Stück leichter angefühlt.

Leo lächelt zurück und sieht erleichtert aus.

Zusammen packen wir routiniert wieder alles in den
Camper und fahren los.

Als wir nun das letzte Mal in San Elio ankommen,
werde ich ein bisschen wehmütig. Die Tage in Italien
verfliegen und ich würde sie am liebsten festhalten.

Von Elisa haben wir erfahren, dass Paola in Mailand
Mode studiert hat, bevor sie wieder hierher in ihren
Heimatort gekommen ist, um ihren Laden zu eröffnen.
Sie begrüßt uns beide und während Leo die Beleuch-
tung aufbaut, schaue ich mich genauer um.

Ich war beim letzten Mal so gebannt von dem Kleid,
dass ich auf nichts anderes geachtet habe. Die Kleidungsstücke, die Paola entwirft, sind schick, ohne
übertrieben zu wirken. Die Schaufensterpuppe, die

zuvor mein Kleid angehabt hat, trägt nun einen roten Hosenanzug mit weitem Beinausschnitt.

In einem Regal in der Ecke hat Paola selbstgemachte Schmuckstücke ausgestellt. Auf einem schwarzen Samtkissen liegt ein filigranes goldenes Armband. Der kleine Anhänger daran zeigt die ausgebreiteten Flügel eines Vogels. Ich fahre sie nach und muss lächeln. Sie erinnern mich an die Liedzeile am Strand.

Da steht plötzlich Leo neben mir. »Wir können anfangen.«

Ich nehme meinen Finger schnell weg. »Super«, sage ich, »los geht's.«

Paola sieht toll aus vor der Kamera. Sie hat einen blauen Plisseerock aus ihrer eigenen Kollektion und goldene Sandalen dazu an. Leo fotografiert sie vor dem Laden und wie sie an ihrer Nähmaschine sitzt. Sie erzählt ihm währenddessen von ihrer Zeit in Mailand.

»Paola versucht ihre Kleider auch online anzubieten, da die Nachfrage im Dorf und der Umgebung nicht wirklich ausreicht«, übersetzt Leo. Ich hoffe sehr, dass wir auch das mit unserer Kampagne ändern können.

Leo schaut konzentriert durch die Linse seiner Kamera und fragt mich: »Kannst du mir das Foto von Lina vor dem Esstisch heraussuchen? Ich möchte es mir noch einmal anschauen. Es soll hierzu passen.«

Ich schließe die Speicherkarte an den Computer und suche das Foto, das Leo meint. Die Aufnahmen von San Elio sind wunderschön. Sie zeigen Lina, wie sie in ihrer Küche steht und Lorenzo, der stolz seinen Weinberg überblickt. Ich kann mich gar nicht sattsehen, obwohl ich das richtige Foto bereits gefunden habe.

Ganz unten entdecke ich Bilder von gestern Abend am Strand. Eines zeigt den Camper, wie er hell erleuchtet in der Dunkelheit steht. Auf dem allerletzten Bild bin ich zu sehen. Ich schaue auf das Meer und meine Haare wehen im Wind. Leo muss es gemacht haben, als ich alleine am Wasser vorne war, nachdem ich ihm von meinem Vater erzählt habe. Auf meiner Wange sieht man die Spur einer getrockneten Träne. Ich wirke trotzdem nicht verzweifelt, sondern zuversichtlich. Wenn ich mich durch Leos Augen sehe, sehe ich eine starke Frau. Dieses Bild geht mir durch Mark und Bein, denn es zeigt, wie ich mich seitdem fühle.

»Hast du es?«, ruft Leo und streckt seinen Kopf zwischen einem Kleiderständer hindurch.

Hastig klicke ich auf das Foto, das er gesucht hat. »Hier, bitte.« Ich halte ihm den Laptop hin.

Er betrachtet kritisch den Bildschirm, doch dann entspannen sich seine Gesichtszüge. »Ja, ich denke, das sollte passen.«

Gegen Nachmittag sind wir beide überzeugt davon, dass wir alles haben, was wir brauchen.

Wir gehen noch einmal ins Rathaus und verabschieden uns von Elisa, die uns umarmt. »Grazie, grazie, grazie«, wiederholt sie dabei immer wieder. »Ich bin schon so gespannt auf eure Entwürfe. Wenn sie nur halb so schön sind, wie ich sie mir vorstelle, bin ich überglücklich.«

»Wir geben unser Bestes«, sagt Leo und ich nicke eifrig.

Nachdem wir unsere Sachen im Wagen verstaut haben, hebe ich meine Hand vor die Augen, um sie vor der Sonne zu schützen und schaue zum Dorf hoch.

»Schon komisch, wie schnell einem etwas ans Herz wachsen kann, obwohl man es erst seit kurzem kennt, oder?«

Leo lehnt sich an den offenen Camper. »Ja«, sagt er mit einem sehnsüchtigen Ausdruck im Gesicht. Bestimmt vermisst er es ab und zu, in Italien zu leben.

Mit einem Schwung macht er die Tür zu. »Wir fahren ungefähr eineinhalb Stunden zu meiner Familie.«

Wir steigen ein, Leo startet den Motor und das vertraute Röhren erklingt.

Auf der Fahrt reden wir beide nicht viel. Ich gehe davon aus, dass Leo genauso müde wie ich von den letzten Tagen ist und genieße stattdessen die Landschaft, durch die wir fahren.

Ich werde aus Leo einfach nicht schlau. Er tut all diese wunderbaren Dinge für mich und gestern habe ich mich ihm geöffnet. Und doch … sind wir am Ende nur Kollegen. Es herrscht ein großes Chaos in meinem Herzen, das nicht nur mit gestern Abend und meinem Vater zu tun hat.

Der Camper schaukelt gemütlich vor sich hin und ich döse ein.

Ich werde erst wieder wach, als wir stoppen. Schlaftrunken richte ich mich auf. Oh nein, hoffentlich habe ich nicht mit offenem Mund geschlafen. Ich reibe mir einmal über die Augen.

Wir stehen in einer großen Einfahrt aus Kies. Das Haus vor uns ist aus Natursteinen gebaut und sieht mit seinem roten Dach und den grünen Fensterläden aus wie in einem Reisekatalog. Es wird rechts von einem großen Unterstand aus Holz und links von einer Scheune eingesäumt.

»Wir sind da«, sagt Leo fröhlich und steigt aus.

Ich klettere ebenfalls aus dem Camper und strecke meinen Rücken.

»Onkel Leo!«

Ein kleiner Junge mit dunklen, kinnlangen Locken kommt auf uns zugerannt, gefolgt von einem braunen Labrador. Er schmeißt sich in Leos Arme und Leo wirbelt ihn durch die Luft, begleitet vom freudigen Bellen des Hundes.

Als er mich entdeckt, springt er voller Aufregung an mir hoch.

»Ich habe ganz vergessen dich vorher zu fragen, ob du Angst vor Hunden hast?«, ruft Leo besorgt über das Spektakel hinweg.

Doch ich beuge mich hinunter und kraule den Hund hinter den Ohren. Langsam beruhigt er sich und hört auf zu bellen.

»Das ist Isabella.« Der Junge kommt zu mir und krault sie ebenfalls. »Sie gehört mir«, sagt er nicht ohne Stolz in der Stimme. Er spricht fast perfektes Deutsch.

»Isabella ist ein toller Name«, sage ich zu ihm. »Ich heiße Mika, und du?«

»Luca.«

»Ich freue mich dich kennenzulernen, Luca.«

»Hier sagst du einfach nur *piacere*«, weiht mich Luca ein.

Ich grinse und spreche ihm nach: »Piacere.«

Leo beobachtet uns amüsiert.

Die Haustür geht wieder auf und eine kleine Frau in einem gelben Sommerkleid und hohen Sandalen kommt auf uns zugeeilt. Sie kann nicht älter als Anfang fünfzig sein.

»Leonardo, mein Schatz!«

Leonardo? Das ist mir neu. Ich versuche ein Kichern zu unterdrücken. Leo bemerkt es trotzdem und schneidet mir eine Grimasse.

»Hallo, Mama.«

Sie umarmen sich lange, bis sie ihn von sich schiebt. »Lass dich anschauen.« Stolz betrachtet sie ihren Sohn. »Es ist so schön, dass du hier bist.«

Sie hat das gleiche dunkle Haar wie Leo, doch ansonsten sehen sie sich nicht sehr ähnlich. Seitdem er mir gestern Abend erzählt hat, dass er seinen Vater kaum kennt, habe ich ihn nicht nochmal darauf angesprochen.

»Entschuldige, Liebes«, sagt sie zu mir, »ich stehe hier und begrüße dich gar nicht. Ich bin Aurelia.« Ihr strahlendes Lächeln ist ansteckend und ich fühle mich sofort wohl in ihrer Gegenwart.

»Ich bin Mika.«

»Herzlich Willkommen, Mika. Ich freue mich, dass du bei uns bist.«

»Danke, ich freue mich auch.«

»Sollen wir dir alles zeigen?«

Ich nicke. »Sehr gerne.«

Aurelia hakt sich bei mir unter und sagt zu Leo: »Bringst du euer Gepäck rein? Wir machen mit Mika solange eine Führung.«

»Ja, ja«, Leo schmunzelt, »so schnell wird man ausgetauscht.« Er nimmt unsere Sachen aus dem Kofferraum und läuft zur Eingangstür.

Luca ruft: »Komm mit, Mika!«

Wir schlendern an dem Unterstand vorbei, unter dem zwei alte Autos stehen. Von einem ist nur noch die Karosserie übrig.

»Tommaso, Leonardos Bruder, schraubt immer an etwas herum«, erklärt Aurelia.

Luca läuft mit Isabella voraus in die Scheune auf der anderen Seite und wir folgen ihnen.

Ich bin überrascht, als ich eintrete und sehe, dass sich darin ein Atelier befindet. Leinwände, Farben und mehrere Skulpturen aus Speckstein stehen im Raum verteilt.

Vor einer von ihnen sitzt ein kleinerer Mann mit Glatze und lächelt uns freundlich an.

»Mein Mann Stefano«, stellt Aurelia ihn vor.

»Mika«, sage ich und reiche ihm die Hand.

Luca schaut mich erwartungsvoll an.

»Piacere«, füge ich hinzu, so wie er es mir beigebracht hat.

Luca grinst fröhlich und Stefano schüttelt mir die Hand. »Herzlich willkommen bei uns.«

Ich höre heraus, dass er nicht ganz so gut deutsch spricht wie Luca.

»Ich habe Leonardo und Tommaso zweisprachig erzogen«, erklärt mir Aurelia. »Stefano gibt sein Bestes, sagen wir es so.« Sie grinst.

Stefano wackelt mit dem Zeigefinger. »Das habe ich genau verstanden.«

Ich fühle mich schlecht, dass ich nicht wenigstens ein paar Sätze Italienisch auswendig gelernt habe, bevor ich abgereist bin. Ich habe mich komplett auf Leo verlassen.

»Vielleicht kann Luca mir ja noch etwas Italienisch beibringen, damit ich mich unterhalten kann«, sage ich an ihn gewandt.

»Klar«, kräht er unter der Werkbank hervor, wo er mit Isabella zusammen eine große Spinne beobachtet.

Ich schaue mich im Raum um. Von Kunst verstehe ich nicht viel. Ich kann nur sagen, ob mir etwas gefällt oder nicht. Die Skulpturen hier gefallen mir. Eine hat es mir besonders angetan. Es sind zwei Stränge, die an ihren beiden Enden zusammengefasst werden und damit eins werden.

Aurelia folgt meinem Blick. »Stefano hat sie *Gli innamorati - Die Liebenden* getauft. Auch wenn sie zusammen sind, muss doch jede der beiden sie selbst sein. Er hat mir versprochen sie niemals zu verkaufen.«

Luca springt auf und drängelt: »Los, weiter!«

Wir gehen zusammen in den großen Garten hinter dem Haus. Grüne Sträucher und Bäume säumen die Rasenfläche und eine Pergola, um die sich Efeu rankt, schützt die Terrasse vor der Sonne.

So schön der Garten schon ist, umso spektakulärer ist die Aussicht von hier hinten. Da ich auf der Fahrt geschlafen habe, habe ich nicht mitbekommen, dass wir einen Berg hochgefahren sind. Ich überblicke sanft geschwungene Hügel, Felder und Zypressen, die von der goldenen Abendsonne angestrahlt werden. Immer wieder sind einzelne Häuser aus Stein in der Ferne zu erkennen.

»Es ist wirklich wunderschön hier«, sage ich.

Aurelia lächelt stolz. »Ich bin auch jeden Morgen aufs Neue verliebt und kann schwer glauben, dass wir wirklich hier wohnen. Es hat einmal Stefanos Großeltern gehört und als sie gestorben sind, sind wir hierher gezogen. Am Anfang hatte ich Bedenken, dass es hier oben zu einsam ist. Aber wir haben einander. Und es sind auch nur zehn Minuten mit dem Auto ins Dorf runter.« Sie zeigt zum Haus. »Stefano und ich wohnen im alten Teil und Tommaso, seine Frau Sara und Luca im Anbau. So haben alle einen Rückzugsort.«

Wir gehen über die Terrasse durch die große Küche und von dort in den Flur. Aurelia zeigt die Treppe hoch. »Dein Zimmer ist gleich das erste links, wenn du nach oben gehst. Wir fangen demnächst an zu essen, aber lass dir ruhig Zeit, falls du dich kurz frisch machen möchtest.« Sie zwinkert mir zu und läuft pfeifend in die Küche.

Ich gehe die breite Treppe nach oben und bin tatsächlich froh, einen kurzen Moment für mich zu haben.

In dem Zimmer, das Aurelia für mich vorbereitet hat, steht ein großes Himmelbett aus dunklem Holz. Als ich näher rangehe, sehe ich, dass kleine Schnitzereien in die Pfosten eingearbeitet sind. Ich schaue aus dem Fenster. Auch von hier hat man denselben Ausblick wie vom Garten.

Ich gehe in das angrenzende kleine Bad und spritze mir am Waschbecken kaltes Wasser ins Gesicht. Dann kämme ich mir die Haare, die von der Fahrt noch ganz zerzaust sind und lege etwas Rouge auf. So schön es im Camper war – es tut gut zur Abwechslung nicht in einen Waschraum laufen zu müssen.

Leo hat meinen Koffer bereits hereingetragen und ich ziehe meinen grünen Jeansrock, den einzigen, den ich besitze, heraus. Wenn ich mich in ihm hinsetze, wird die Narbe ein Stück zu sehen sein, aber es ist mir egal. Leo hat sie bereits entdeckt und ich möchte ihn heute tragen.

Kurz bevor ich das Zimmer verlassen will, fällt mir ein, dass ich mich dringend bei Ben melden muss. Ich nehme mein Handy und einen Moment schwebt mein Daumen über der Wahltaste.

Dann muss ich an unser Telefonat am Strand denken und entscheide mich dagegen.

Stattdessen tippe ich ihm eine Nachricht:

Hi Schatz, ich hoffe bei dir ist alles gut. Ich bin hier weiterhin schwer beschäftigt, aber dafür sieht das Ergebnis bestimmt super aus. Kuss

Ich werfe das Handy aufs Bett und beeile mich nach unten zu kommen.

Als ich nach draußen trete, sind alle anderen bereits da. Leos Bruder Tommaso und seine Frau Sara begrüßen mich herzlich und Stefano drückt mir ein Glas Wein in die Hand.

Der große Tisch unter der Pergola ist voll mit Antipasti, Salaten und Brot und die Terrasse über und über mit Windlichtern geschmückt. »Eher um die Mücken zu vertreiben, als fürs Ambiente«, erklärt Aurelia.

Ich frage mehrmals, ob ich helfen kann, werde aber von allen nur angewiesen Platz zu nehmen.

Leo setzt sich neben mich und fragt: »Alles in Ordnung bei dir?«

»Alles wunderbar«, antworte ich. Ich zeige einmal um mich herum. »Wer könnte sich hier nicht wohlfühlen?«

Während des Essens unterhalten sich alle in einem wunderbaren Mischmasch aus Deutsch und Italienisch. Aurelia will alles über unsere Tage in San Elio wissen, Stefano und Tommaso diskutieren lautstark über die neuesten Verordnungen für die Bauern im Umkreis und Luca füttert Isabella, obwohl Sara lautstark protestiert.

Immer wieder lädt mir jemand neue Leckereien auf den Teller. Als ich sage:»Ich bin jetzt schon pappsatt«, lachen alle und Tommaso deutet auf den Grill.»Wir haben doch noch nicht mal richtig angefangen.«

Ich beobachte wie herzlich Leo und seine Familie miteinander umgehen und ein kleiner Stich macht sich in meinem Herzen bemerkbar. Es ist so wenig von meiner Familie übrig geblieben und ich habe alle Bemühungen, dass es wieder besser werden könnte, in den letzten Jahren im Keim erstickt. Ich nehme mir fest vor, das zu ändern, wenn ich wieder daheim bin.

Tommaso, der mir gegenüber sitzt, hält mir sein Glas hin und holt mich aus meinen Gedanken zurück. Ich proste ihm klirrend zu.

»Du und Leo arbeiten zusammen?«

Ich nicke und erzähle ihm von meinem Praktikum in der Agentur und wie viel Spaß es mir macht.

»Möchtest du danach in deinen anderen Job zurück oder machst du weiter, wenn es dir so gut gefällt?«

Leo merkt, dass ich nicht so richtig weiß, wie ich auf die Frage antworten soll und sagt zu Tommaso:»Lass Mika ein bisschen Luft, vielleicht weiß sie das ja selbst noch nicht.«

Tommaso hebt entschuldigend beide Hände hoch. »Sorry, ich wollte dir nicht zu Nahe treten.« Er lächelt mich an.»Es ist nur das allererste Mal, dass mein Bruder eine Frau mit nach Hause bringt, da ist man natürlich neugierig.«

Leo läuft rot an. Er hat noch nie eine Frau mit nach Hause gebracht? Das ist interessant.

Leo boxt Tommaso in den Arm und sagt:»Vielen Dank auch. Und jetzt frag dich mal warum, bei so einem neugierigen kleinen Bruder.« Er fährt sich durch die Haare. »Außerdem ist Mika nur mit mir hier, weil wir zusammen arbeiten. Also Schluss mit dem Thema.« Er zwinkert mir zu, um mir zu Verstehen zu geben, dass ich mir keine Gedanken über Tommasos Anspielung machen soll.

Und ich wünsche mir, dass genau das Gegenteil der Fall ist.

Kapitel 18

»So, Leonardo«, sage ich, als Leo und ich am nächsten Morgen auf der Terrasse einen Kaffee trinken. Frühstücken kann ich nichts, ich bin immer noch voll von gestern Abend.

»Ja, Mira-Kathleen«, neckt Leo mich.

»Gefällt dir denn dein voller Name nicht?«

Er zuckt mit den Schultern. »Ich bin mit achtzehn nicht einfach so nach Deutschland«, erklärt er mir. »Ich bin los, um meinen Vater zu suchen.«

»Oh.« Ich bin also nicht die Einzige, die nicht gerne über die Vergangenheit redet.

Leo lehnt sich in seinem Stuhl zurück. »Er und meine Mutter waren nur einen Sommer zusammen. Als sie herausgefunden hat, dass sie mit mir schwanger ist, hat er sie verlassen.«

»Das ist heftig.«

Leo nickt. »Sie hat ein paar Jahre in Deutschland gelebt. Doch dann musste sie zurück nach Hause, um Unterstützung von ihrer Familie zu bekommen.«

Ich versuche mir vorzustellen, wie beängstigend es für Aurelia gewesen sein muss, ein Kind ganz alleine groß zu ziehen.

»Zum Glück ist sie später Stefano begegnet und Tommaso ist auf die Welt gekommen. Wir sind eine Familie geworden. Trotzdem habe ich meine ganze

Kindheit davon geträumt, meinem Vater gegenüber zu stehen.« Er zeigt in Richtung Unterstand, wo Tommaso am Camper schraubt. »Als ich achtzehn geworden bin, hat mir mein Onkel den Bulli geschenkt. Ich bin direkt am nächsten Tag losgefahren, um meinen Vater zu suchen. Von meiner Mutter wusste ich seinen Namen und eine alte Adresse in Frankfurt. Und ich habe ihn tatsächlich gefunden.«

Ich warte gespannt, dass Leo, der mit einem Löffel gedankenverloren in seinem Kaffee rührt, weiterspricht.

»Als ich dann vor ihm stand, ist klar geworden, dass er kein Interesse an mir hat. Wir haben keinerlei Gemeinsamkeiten. Meine Lehre als Fotograf fand er auch nicht prickelnd.«

»Was macht er denn beruflich?«

»Er ist Hedgefond Manager oder so etwas bei einer Bank. Geld, Geld, Geld. Komisch«, er lacht bitter, »um meiner Mutter unter die Arme zu greifen, hatte er nie welches übrig. Ich wollte danach nicht zurück nach Hause. Meine Mutter hatte mich genau vor dieser Reaktion von ihm gewarnt. Ein Freund von mir hatte angefangen in München als Barkeeper zu arbeiten, also bin ich erstmal zu ihm. Und sechzehn Jahre später bin ich immer noch dort.«

»Hat sich dein Vater denn je wieder bei dir gemeldet?«

Leo zuckt mit den Schultern. »Ich habe ihm immer mal wieder geschrieben, aber von seiner Seite kommt nichts. Ich glaube, dass ich keine große Karriere mache wie er, missfällt ihm bis heute. Und da wir nicht über die Arbeit sprechen können, haben wir kein gemeinsames Thema.«

So viel hat Leo noch nie am Stück erzählt. Das Ganze muss ihm wirklich nahe gehen.

»Meine Mutter hat alles für mich getan, aber ich habe es ihr wirklich nicht leicht gemacht. Ein Teil von mir wollte immer aus Italien weg, um zu meinem Vater zu gehen. Ich habe mir vorgestellt wie ich bei ihm lebe. So wurde in München aus Leonardo Leo, damit die Leute beim ersten Hinschauen vielleicht nicht merken, dass ich nicht in Deutschland geboren bin. Ich habe eine ganze Weile alles verleugnet, was mit meiner Herkunft zu tun hat. Ich dachte wohl, dass sich mein Vater dafür schämt.«

Ich schaue ihn mitfühlend an und würde ihn am liebsten umarmen.

Er lacht, als er meinen Gesichtsausdruck sieht und sagt beschwichtigend: »Keine Sorge, das ist zum Glück alles schon lange her. Und heute kein Thema mehr.«

Ich bin mir nicht ganz sicher, ob es das wirklich ist, aber ich möchte ihn nicht drängen. Wenn einer weiß, wie anstrengend es ist mit seiner Vergangenheit zurechtzukommen, dann bin ich das.

Ich möchte Leo gerade sagen, wie toll ich seine Fotos finde, und dass sein Vater keine Ahnung hat, da flucht Tommaso laut im Camper.

Leo zeigt zu ihm. »Tommaso musste ein Ersatzteil bestellen, das erst morgen Mittag hier ankommt. Wäre es in Ordnung für dich, wenn wir erst am Sonntagmorgen losfahren, bevor wir morgen Abend noch spät in die Nacht reinfahren?«

Ich denke mit schlechtem Gewissen an Bens Antwort von gestern, in der er mir noch einmal geschrieben hat, wie sehr er mich vermisst. Doch ich möchte wirklich gerne noch einen weiteren Tag mit Leo und seiner Familie verbringen. Daher sage ich: »Ja klar.«

Leo sieht erleichtert aus. »Sehr gut. Denn der Mann hat den Camper schon gefühlt zur Hälfte auseinander genommen.«

Wir sitzen mit unseren Laptops im Schatten der Pergola und sehen uns unser Material an. Ich bin wirklich stolz und habe bereits die Videos und Texte im Kopf. Zusammen erstellen wir einen Entwurf der Website und besprechen unsere Ideen für die Farbauswahl und Gestaltung. Es ist, als ob wir das Braun der Steinhäuser und das Gold der untergehenden Sonne über der Stadtmauer darin eingefangen haben.

Am Nachmittag setzt sich Aurelia zu uns. »Das sieht wunderschön aus«, lobt sie uns. »Leonardo hatte schon immer ein Auge für besondere Motive. Von mir kann er das nicht haben, Stefano ist für alles Künstlerische in dieser Familie verantwortlich.«

Luca kommt atemlos angerannt und Isabella läuft hechelnd hinter ihm her. »Ich habe so Durst.«

Aurelia holt einen großen Krug kaltes Wasser aus der Küche und gießt uns allen etwas ein. Dann sagt sie zu Luca: »Du musst dringend nochmal unter die Dusche, bevor es losgeht.« Sie wendet sich uns zu: »Wir wollen gegen sieben Uhr losfahren, passt das für euch?«

Leo schaut sie verwirrt an und sie sagt gespielt entrüstet: »Du wirst doch wohl nicht wirklich vergessen haben, welcher Tag heute ist?« Leo fasst sich mit der Hand an den Kopf. »Ich habe vor lauter Arbeit gar nicht mehr daran gedacht.«

Aurelia erklärt mir: »Jedes Jahr am ersten Wochenende im September findet unten im Dorf ein großes

Fest statt. Alle kommen zum Feiern, Essen und Trinken. Es ist wirklich schön.«

Luca schaut uns mit großen Augen an. »Bitte, bitte kommt mit.«

Leo sagt beschwichtigend zu mir: »Wir müssen nicht hingehen, Mika. Die letzte Tage waren wirklich anstrengend. Es sei denn, du hast Lust?«

»Habe ich«, sage ich und Luca vollführt einen Freudentanz.

Kurze Zeit später liege ich auf meinem Bett und betrachte die Landschaft durchs offene Fenster. Eine angenehm frische Brise weht herein. Die letzten Tage mit Leo in Italien kommen mir vor wie in einem Traum und mein Leben daheim erscheint mir so unwirklich. Er ermutigt mich, alles auszuprobieren, was das Leben zu bieten hat und ich muss es mir endlich eingestehen: Was ich am Anfang für eine harmlose Schwärmerei abgetan habe, entwickelt sich zu echten Gefühlen. Am liebsten möchte ich die ganze Zeit in seiner Nähe sein.

Ich ziehe meine Beine an mich heran.

Aber ich liebe Ben. Er hat mir geholfen, meine Scherben vor elf Jahren mühsam wieder zusammen zu kleben und ich habe Angst, dass ein neuer Sprung mich wieder zerbrechen lässt. Am liebsten würde ich Neele anrufen, um sie um Rat zu fragen. Wenn ich daheim bin, muss ich ihr endlich alles erzählen.

Ich stehe auf und gehe ins Bad, um mich fertig zu machen. Ich krame in meinem Schminktäschchen und trage etwas Wimperntusche und Lipgloss auf. Das ist der perfekte Anlass, um mein neues Kleid anzuziehen. Ich hole es aus meinem Koffer und streife es mir über. Der Moment in Paolas Laden schießt mir in den Kopf und ich frage mich, ob Leo das Kleid schön an mir finden wird.

Mika, es muss dir egal sein, was Leo über dein Aussehen denkt, ermahnt mich eine tadelnde Stimme im Kopf.

Mit Schwung klappe ich den Koffer zu, ziehe meine flachen Sandalen an und bringe mit dem Schließen der Türe die Stimme zum Schweigen.

Ich gehe die Treppe hinunter, wo Aurelia, Stefano und Leo schon auf mich warten. Aurelia trägt ein kurzes cremefarbenes Kleid, das perfekt zu Stefanos Anzug aus hellem Leinenstoff passt. Leo hat eine blaue Stoffhose und ein weißes Hemd an. Mir wird ein weiteres Mal bewusst, wie attraktiv ich ihn finde.

»Mika, du siehst toll aus!«, ruft Aurelia, als sie mich entdeckt und die anderen drehen sich ebenfalls um.

Ich komme zum Glück ohne Stolpern unten an und bin verlegen um die viele Aufmerksamkeit.

»Leonardo, findest du nicht auch?«, tadelt Aurelia ihn.

»Natürlich«, murmelt Leo und ich werde rot, obwohl ich nicht weiß, ob er es nur sagt, weil Aurelia ihn zwingt, mir ein Kompliment zu machen.

Er rettet die Situation, indem er mir wie ein Gentleman seinen Arm zum Gehen anbietet und ich hake mich dankbar ein. Tommaso, Sara und Luca warten schon draußen im Hof. Auch sie haben sich schick angezogen. Luca hat sogar eine kleine Fliege an, die er mir stolz präsentiert.

Wir steigen alle in Tommasos großen Jeep und fahren los über die staubige Straße ins Dorf.

»Mika, du wolltest doch noch ein paar Wörter von mir lernen«, sagt Luca, der neben mir sitzt.

»Stimmt.«

»Grazie kannst du ja schon sagen, das hab ich gehört. Aber wenn du noch netter sein willst, kannst du *grazie di tutto* sagen.«

Ich nicke.

»Du musst es wiederholen, sonst lernst du es nicht«, befiehlt er mir streng.

Sechs Muttersprachler hören mir zu, aber ich wiederhole trotzdem tapfer: »Grazie di tutto.«

»Das war sehr gut«, lobt mich Luca großzügig.

Tommaso lenkt den großen Wagen geschickt durch die kleinen Straßen. Ich kann kaum hinschauen, weil ich immer wieder damit rechne, dass wir gleich ein anderes Auto oder die Steinmauer neben uns rammen.

Im ganzen Ort sind Girlanden und Lampions von Haus zu Haus gespannt.

»Wie schön«, sage ich.

»Che bello«, übersetzt Luca.

Tommaso muss einem Vespa-Fahrer ausweichen und lässt eine Tirade an Schimpfwörtern los.

»Das übersetze ich nicht. Die Wörter hat Mama mir verboten«, feixt Luca und wir lachen.

Kapitel 19

Wir kommen ohne Kratzer an und gehen durch die Gassen ins Zentrum des Dorfes.

Ich verstehe, warum Aurelia so geschwärmt hat. Die Geschäfte sind geöffnet, vor den Restaurants drängen sich Menschen und es herrscht eine ausgelassene Stimmung.

»Ich hole uns etwas zu trinken«, sagt Leo zu mir. »Was möchtest du?«

»Einen Weißwein bitte«, antworte ich, froh darüber, dass wir ein unverfängliches Gesprächsthema haben.

Er verschwindet in der Menge und ich unterhalte mich mit Tommaso und Sara, die immer wieder Freunde grüßen, die an uns vorbeilaufen. Auf eine wunderbare Weise fühle ich mich nicht ausgeschlossen. Die Menschen strahlen mich an, wenn sie erklärt bekommen, dass ich mit Leo hier bin und versuchen teilweise in bruchstückhaftem Deutsch mit mir zu sprechen.

Luca kommt auf uns zugerannt. »Ich habe mit Oma und Opa noch einen Tisch direkt an der Piazza gefunden!«

Wir machen uns auf den Weg und ich schaue mich um, ob ich Leo entdecken kann, um ihm zu sagen, dass wir weitergehen.

Tommaso fängt meinen Blick auf und lächelt beschwichtigend. »Keine Sorge, der findet uns. Wir sitzen jedes Jahr dort.«

Ich lasse mich von Luca, der an meiner Hand zieht, zu dem großen Marktplatz führen, der den Mittelpunkt des Ortes bildet. Er ist überspannt mit hunderten von Lampions. Gefühlt ist das ganze Dorf hier versammelt, ob jung oder alt.

»Da seid ihr ja!« Aurelia winkt uns an einen der vielen Tische, die aufgestellt sind. »Wir sind gerade noch rechtzeitig gekommen, bevor es richtig los geht.« Sie zeigt auf eine riesige Tanzfläche aus Holz, die an einer Seite aufgebaut ist. Bisher sind nur eine Handvoll Paare am Tanzen.

Ich will mich gerade neben Sara setzen, als Luca mich mit großen Augen anschaut und fragt: »Balli con me?«

Als ich ihn zunächst verständnislos ansehe, wiederholt er: »Tanzt du mit mir?«

»Sehr gerne«, antworte ich und lasse mich von ihm auf die Tanzfläche ziehen, wo wir uns an den Händen nehmen und locker hin und her schwingen. Der Kleine wird mit seinem Charme eines Tages viele Herzen brechen, da bin ich mir jetzt schon sicher.

Die Musik wird lauter gedreht und immer mehr Paare kommen dazu.

Plötzlich steht Leo neben uns und fragt: »Luca, würde es dir etwas ausmachen, wenn ich nun mit Mika tanze?«

Ich finde es toll, wie Leo mit ihm umgeht und ihn ernst nimmt, anstatt ihm die Ansage zu machen, dass nun die Erwachsenen tanzen wollen.

»Okay«, sagt Luca, nachdem er kurz überlegt hat. »Ich habe eh Hunger. Aber ich darf nachher nochmal, ja, Mika?«

»Natürlich.«

Luca läuft von der Tanzfläche zu seinen Eltern, wo er wild gestikulierend erzählt.

Ich wende mich Leo zu, der kurz zögert, doch mich dann ganz klassisch in Tanzpose an Schultern und Hüften fasst.

Wir beginnen uns langsam zu bewegen und in dem Moment, in dem ich realisiere, wie nah ich ihm bin, fange ich vor Aufregung an zu zittern.

Leo schiebt mich ein Stück von sich weg und fragt besorgt: »Ist dir kalt?«

»Nein, nein.«

Wie peinlich. Hoffentlich merkt er nicht, wie sehr mich seine Berührungen verwirren.

Da ich so dicht vor ihm stehe, muss ich nach oben schauen, um ihn anzusehen. Seine blauen Augen schauen durchdringend zurück und eine Weile tanzen wir einfach nur, ohne etwas zu sagen.

Leo räuspert sich und sagt dann: »Du siehst wirklich wunderschön aus heute Abend.« Nach einer kurzen Pause fügt er hinzu: »Natürlich nicht nur heute Abend. Aber ...«, er sucht nach Worten, »dieses Kleid steht dir ganz besonders gut.«

Mein Herz klopft wie wild. »Danke«, sage ich und lächle ihn an.

Wir bewegen uns weiter im Takt.

»Ich wollte dir das schon in Elio sagen«, murmelt Leo kaum hörbar in meine Haare.

Ich lag also doch richtig. Da war etwas Besonderes zwischen uns, als ich das Kleid in Paolas Laden anprobiert habe.

Wir sehen uns an und obwohl wir von Menschen umgeben sind, sind da gleichzeitig auch nur wir beide.

Leo schaut mich mit seinen unfassbar blauen Augen an und ich will einfach nur, dass er mich hier und jetzt küsst.

Mit jedem Tanzschritt beugt er sich ein bisschen weiter zu mir herunter, bis unsere Gesichter ganz nah beieinander sind.

Ich weiß, dass es falsch ist und daheim mein echtes Leben mit Ben auf mich wartet. Diese Situation ist nicht die Realität, wie schon die ganze letzte Woche. Aber es ist mir egal. In diesem Moment will ich ihn mit jeder Faser meines Körpers spüren.

Da rempelt uns ein junges Teenager-Pärchen an und holt uns aus unserem Moment in die Wirklichkeit zurück. Sofort geht Leo wieder ein Stück auf Abstand.

Ich versuche meine Enttäuschung und Sehnsucht zu verbergen und tanze weiter.

Leo nimmt meinen Arm nach oben, sodass ich mich zum Takt der Musik drehen kann.

»Ist dir bewusst, dass du soeben noch einen Punkt deiner Liste abhakst?«

»Wieso?«

»Na, die Fullmoon-Party in Thailand. Schau dich doch mal um …«

Mein Blick wandert seinem hinterher hinauf zum Himmel über uns. Ein riesiger Mond ist aufgegangen, der fast voll ist und hunderte von Menschen tanzen ausgelassen unter einem Lichtermeer.

Ich grinse. »Besser hätte es in Thailand nicht werden können.«

Inzwischen ist es windig geworden und die Lampions über uns wiegen sich hin und her.

Leo fragt mich: »Gibt es noch einen Punkt auf deiner Liste, den du nachholen möchtest?«

Es gibt noch einen großen Punkt, von dem ich Leo am Strand aber nicht erzählt habe. Seitdem ich mich ihm gegenüber geöffnet und von meinem Vater erzählt habe, spukt er mir noch mehr im Kopf herum als zuvor.

»Na sag schon«, ermutigt er mich.

»Es ist peinlich«, sage ich kleinlaut.

»Kein Traum ist peinlich und wenn er noch so groß ist. Deswegen ist es ja ein Traum.«

Ich atme aus. »Ich wollte bis dreißig Regisseurin sein und meinen ersten eigenen Film gedreht haben. Das hört sich ausgesprochen noch viel lächerlicher an als auf dem Papier.«

»Tut es nicht«, widerspricht er mir. »Was wäre denn der nächste Schritt, wenn du das wirklich erreichen möchtest?«

Ich überlege. »Ich müsste meine Bewerbungsunterlagen für die Filmhochschule erstellen. Es müssen Arbeitsproben mitgeschickt werden.«

»Ist doch super. Überleg mal wie viel du in letzter Zeit gedreht hast. Borenstein kann echt anstrengend sein, aber er würde sie dich bestimmt dafür nutzen lassen.«

»Meinst du?«

»Klar. Ich habe ihn selbst schon einmal danach gefragt, weil ich immer wieder überlegt habe Fotografien von mir auszustellen.«

Ich schaue ihn überrascht an. »Wieso hast du es nicht getan? Sie sind wirklich gut.«

»Ach«, Leo winkt ab, »das sind nur Spinnereien.« Er hebt lächelnd den Zeigefinger. »Nicht ablenken. Ich habe gesehen, wie du dich herantastest um Geschichten zu erzählen. Wie du die Menschen siehst. Das können nicht viele.«

Ich werde bestimmt rot, denn Leos Meinung bedeutet mir wahnsinnig viel.

Er hört auf zu tanzen und fragt: »Wollen wir irgendwo hin, wo es etwas ruhiger ist?«

Ich nicke. »Ja, gerne.«

Wir gehen über die Piazza in eine kleine Seitengasse. Hier ist die Musik nur dumpf zu hören und ich nehme erst jetzt wahr, dass über uns am Himmel inzwischen düstere Wolken aufgezogen sind, die verdächtig rumoren.

»Wenn das nicht noch gewittert«, sagt Leo kritisch, als er nach oben schaut. Dann sagt er zu mir: »Komm, ich zeige dir etwas.«

Zielstrebig läuft er die Gassen entlang und ich folge ihm, bis wir vor einem Glockenturm aus Stein stehen.

Leo schaut sich prüfend um und öffnet dann eine Tür ins Innere, die nicht verschlossen ist. Eine Spindeltreppe aus morschem Holz windet sich nach oben zur Glocke.

»Du willst da hinauf?«, frage ich skeptisch.

»Vertrau mir.« Leo zwinkert.

Ich steige hinter ihm die Treppen hinauf und hebe dabei mein Kleid an, damit es nicht vom Dreck und den Spinnweben schmutzig wird.

Oben angekommen hält Leo mir seine Hand hin, damit ich auf die Plattform aus Holz steigen kann und ich ergreife sie dankbar.

Wir gehen zur Brüstung nach vorne und jetzt weiß ich, warum Leo hierher wollte. Von hier oben sieht man die umliegenden Täler und die Lichter der einzelnen Dörfer. Sie sehen aus, als hätte jemand kleine funkelnde Kleckse in die Landschaft gezeichnet.

Die Gewitterwolken haben sich inzwischen vor uns aufgetürmt und die Stimmung ist aufgeladen. Am Horizont sind Blitze zu sehen und der Wind weht hier oben viel stärker.

»Na, zu viel versprochen?«, fragt mich Leo.

Ich schüttle nur den Kopf.

»Meine Mutter und Stefano sind vor zehn Jahren oben auf den Hügel gezogen, aber in meiner Kindheit haben wir hier im Dorf gewohnt. Wenn ich alleine und weit weg von allen anderen sein wollte, bin ich hierher gegangen.«

Wieder ertönt ein Donnergrollen, dieses Mal merklich näher.

Schon seit heute Morgen will ich Leo etwas sagen.

»Leo?«

Er schaut mich an.

»Ich finde, Leonardo ist ein toller Namen.«

Leo lacht, sichtlich verlegen.

»Wirklich«, sage ich mit Nachdruck. »Ich glaube es ist kein Zufall, dass dich deine Mutter nach einem der größten Freidenker benannt hat. Sei stolz darauf.«

Leo nickt kaum merklich und lächelt.

Ich will ihm wieder so nah wie beim Tanzen sein, aber er macht keine Anstalten mir näher zu kommen. Stattdessen sagt er: »Ich wollte mich noch einmal bei dir bedanken, dass wir nach San Elio noch hierher gefahren sind«, sagt Leo.

»Machst du Witze? Wenn, dann müsste ich das tun. Diese Woche ist einfach großartig.«

»Wirklich?«

»Ja!« Ich suche nach Worten um Leo zu erklären, was in mir vorgeht. Dann nehme ich all meinen Mut zusammen. »Ich habe das Gefühl, dass ich seit Jahren das erste Mal wieder ganz ich selbst bin. Als wäre dein Blick auf mich der, den ich so dringend gebraucht habe.«

In diesem Moment kracht und blitzt es, und um uns herum fängt es an, wie aus Eimern zu schütten. Erschrocken weiche ich ein Stück von der Brüstung zurück, aber wir sind geschützt unter dem Dach des Turms. Einen kurzen Augenblick schauen wir einfach nur zu, wie sich das Gewitter über uns entlädt.

Wir stehen ganz nah beieinander und ich müsste nur meinen Finger bewegen, um Leo zu berühren. Zum Glück übertönt das Donnern alles, denn ich habe das Gefühl mein Herz klopft so laut, dass er es hören muss.

Leo dreht sich zu mir und ich will meine Hand zu ihm ausstrecken, da ruft jemand von unten: »Leonardo? Seid ihr da oben?«

Leo zuckt zurück und ich glaube ebenso viel Enttäuschung in seinen Augen zu sehen, wie ich sie verspüre.

»Ja, wir sind hier«, ruft er schließlich ohne den Blick von mir zu wenden.

Ich höre Schritte auf der Treppe und einen Moment später stehen Aurelia und Luca vor uns.

»Wie habt ihr uns gefunden?«, fragt Leo erstaunt.

Aurelia sieht ihn liebevoll an. »Du warst früher ständig hier oben. Glaubst du wirklich, das wusste ich nicht?«

Leo grinst ertappt.

»Ich habe daheim ein noch viel besseres Geheimversteck«, erzählt mir Luca stolz. »Schaust du es dir morgen an?«

»Na klar«, verspreche ich ihm. Ich werde morgen einen weiteren Tag mit Leo verbringen und wir werden bestimmt endlich einen Moment nur für uns haben.

»Anscheinend soll es die ganze Nacht regnen«, sagt Aurelia. »Sie haben so viele Sachen wie möglich ins Trockene geräumt, aber das Fest ist beendet.«

Wir gehen zusammen nach unten, wo die anderen schon auf uns warten.

Prüfend schauen wir zunächst vor das Tor. Es regnet nicht mehr ganz so stark, aber wir werden trotzdem klatschnass werden, wenn wir zum Jeep zurückgehen.

Da läuft Leo einfach los und ruft uns zu: »Auf was wartet ihr? So ein bisschen Regen wird euch doch wohl nicht abhalten?«

Luca folgt ihm mit Gebrüll und auch Tommaso und Stefano laufen ihm hinterher.

Aurelia, Sara und ich schauen erst uns und dann unsere Kleider an. Ich zucke mit den Schultern und wir rennen gemeinsam lachend durch den Regen.

Kapitel 20

Am nächsten Morgen werde ich von den Sonnenstrahlen geweckt, die durch die weißen Vorhänge scheinen. Im ersten Moment weiß ich nicht, warum ich ein Lächeln auf dem Gesicht habe.

Dann fällt mir der gestrige Abend wieder ein. Zwischen Leo und mir ist etwas. Das kann und will ich nach tagelangem Ringen mit mir selbst nicht mehr verdrängen.

Ich weiß noch nicht, was das für mein Leben daheim bedeutet, aber ich weiß, dass ich mich bald damit auseinandersetzen muss. Doch jetzt gerade will ich nur diesen Tag hier mit Leo genießen.

Ich gehe ins Bad, um zu duschen und sehe durch das Fenster Luca unten im Garten mit Isabella spielen. Die Regentropfen von letzter Nacht auf den Blättern der Bäume glitzern im Sonnenschein.

Nachdem ich mich angezogen habe, laufe ich barfuß die Treppe hinunter in die Küche, aber es ist niemand zu sehen. Ich will gerade auf die Terrasse treten, als ich die aufgebrachten Stimmen von Leo und Tommaso höre. Es klingt nach einem ernsten Gespräch und ich möchte nicht stören.

Ich drehe mich um, um mir etwas Wasser aus dem Kühlschrank zu holen, als ich meinen Namen vernehme. Erzählt Leo seinem Bruder von gestern Abend?

Noch haben wir nicht richtig darüber gesprochen, was beinahe auf dem Glockenturm zwischen uns passiert wäre.

Ich gehe durch den Raum zum offenen Küchenfenster und höre Tommaso sagen: »Du kannst mir nichts vormachen. Du und Mika – ich sehe doch, dass da etwas zwischen euch ist.«

Ich muss grinsen. Anscheinend hat man es uns angesehen.

Da antwortet Leo: »Glaub mir, auf keinen Fall würde ich je mit einer Frau wie ihr zusammen sein.«

Ich fasse mir an den Bauch. Mein Magen fühlt sich an, als hätte er einen Schlag abbekommen.

Schnell drehe ich mich um und laufe leise hoch in mein Zimmer. Schwer atmend setze ich mich aufs Bett. Mir ist heiß und übel. Ein Teil vom mir hat die ganze Zeit befürchtet, dass Leo nichts für mich empfindet und ich einem Wunschdenken nachhänge. Ich habe mir tatsächlich eingeredet, es wäre etwas zwischen uns. Dass er den gestrigen Abend ganz anders empfunden hat, ist mir einfach nur peinlich.

Mir läuft eine Träne über die Wange, die ich schnell wegwische. Das Ganze ist albern und genau das habe ich auch verdient. Die Italienreise stürzt wie ein Kartenhaus in sich zusammen und holt mich in die Realität zurück. Ich bin mit Ben zusammen. Und beinahe hätte ich elf Jahre mit ihm für ein Hirngespinst kaputt gemacht.

Ich überlege, wie es nun weitergeht. Auf keinen Fall werde ich mit Leo noch einen Tag hierbleiben, nachdem ich mich so blamiert habe. Nein, ich will einfach nur nach Hause.

Ich werde mit Ben sprechen müssen, dass ich nicht mehr meine Vergangenheit ausklammern will, sodass ich das lebendige Gefühl, das ich in den letzten Tagen hatte, weiter aufrecht erhalten kann.

Aber Leo und ich sind kein Thema, so viel ist klar.

Ich fange an meine verstreuten Klamotten in meinen Koffer zu packen und fasse einen Plan.

Als ich kurz darauf wieder in die Küche hinunter gehe, füllt Aurelia gerade eine große Blumenvase mit Wasser.

»Guten Morgen, Mika«, sagt sie fröhlich.

»Guten Morgen«, erwidere ich und versuche unbekümmert zu klingen.

»Hast du gut geschlafen?«

»Ja, sehr gut«, versichere ich ihr.

»Was habt ihr heute vor?«

Ich würde so gerne noch bei ihr und den anderen an diesem schönen Ort bleiben, doch es geht nicht.

»Ich muss leider dringend nach Hause, deswegen werde ich doch heute schon fahren«, sage ich stattdessen.

»Oh nein, ist alles in Ordnung?« Aurelia schaut mich besorgt an.

»Alles in Ordnung«, versuche ich sie zu beschwichtigen, »nur eine kurzfristige Familiensache. Daher muss ich doch schon heute Abend daheim sein.«

»Du musst heim?« Leo steht plötzlich in der Küche und schaut mich fragend an.

»Ja«, sage ich und kann ihn dabei kaum ansehen. »Ich muss dringend nach Hause zu meiner Familie.«

»Okay«, sagt er eher fragend als bejahend, doch ich gehe nicht darauf ein.

»Ich weiß, dass der Camper erst morgen fertig ist, daher werde ich mit dem Zug fahren.«

»Bist du dir sicher?«, fragt Aurelia.

»Absolut«, antworte ich. »Ich habe schon nachgesehen. Um elf Uhr geht eine Direktverbindung von Florenz nach München, dann bin ich heute Abend daheim.«

»Dann hast du ja schon alles geplant«, stellt Leo fest.

Ich kann in seiner Stimme nicht erkennen, was er davon hält, aber es ist mir auch egal. Ich werde nicht acht Stunden im Camper neben ihm verbringen, mit dem Wissen, dass ich mich die letzten Tage komplett zum Narren gemacht habe.

»Ich habe ja meinen Laptop dabei. Dann kann ich auf der Fahrt alles einarbeiten, was wir für heute geplant hatten.«

Leo hat seine Arme vor der Brust verschränkt und nickt nur wortlos.

Ich weiß nicht, was er hat. Er kann doch froh sein, mich so schnell los zu sein, nun gehe ich ihm nicht mehr auf die Nerven.

»Ich bringe dich zum Bahnhof«, bietet Aurelia mir an, »dann kann ich auf dem Rückweg noch einkaufen«.

»Ich möchte wirklich keine Umstände machen«, beschwichtige ich sie. »Ich kann ein Taxi nehmen.«

»Unsinn, du machst keine Umstände. Ich fahre dich gerne. Und bis ein Taxi hierher kommt, vergeht mindestens ein Tag.«

Ich laufe nach oben und hole meinen Koffer, den ich schon gepackt habe. Als ich in den Hof komme, stehen Sara und Luca vor Aurelias Auto.

»Du bist doch zusammen mit Leo gekommen, warum fährst du dann schon ohne ihn?«, fragt Luca und kaut dabei auf seiner Unterlippe. Wie war das Sprichwort mit dem Kindermund und der Wahrheit?

Ich gehe in die Hocke. »Ich muss dringend nach Hause und Leo muss noch warten, bis dein Papa den Camper repariert hat.«

Luca scheint einigermaßen zufrieden mit meiner Erklärung zu sein. »Aber du kommst bald wieder, oder? Dann zeige ich dir noch mein Geheimversteck, wie ich es dir versprochen habe.«

Bevor ich etwas antworten kann, sagt Leo: »Ich schaue mir dein Versteck an, Luca. Mika muss dringend los, damit sie ihren Zug noch bekommt.«

Das war deutlich. Er möchte ebenso wie ich einen Schlussstrich unter das alles ziehen.

Ich stehe wieder auf und verabschiede mich von Sara. »Richtest du Grüße an Tommaso und Stefano aus und sagst ihnen, dass es mir leid tut, dass ich mich nicht persönlich verabschieden konnte?«

Sara nickt und gibt mir einen Kuss links und rechts auf die Wangen. »Aber natürlich.«

Aurelia sitzt schon in ihrem Auto und ich mache die Beifahrertüre auf.

»Bis Montag«, sage ich zu Leo, der meinen Koffer verstaut.

»Dann wohl bis Montag«, erwidert er.

Einen kurzen Augenblick habe ich das Gefühl, er möchte noch etwas sagen. Doch dann schlägt er den Deckel des Kofferraums zu und stellt sich neben Luca und Sara.

Schnell steige ich ein und Aurelia fährt los.

Ich höre das Bellen von Isabella, aber schaue nicht noch einmal zurück.

Bis zum Hauptbahnhof von Florenz sind es vierzig Minuten.

»Danke, Aurelia«, sage ich.

»Cara, aber natürlich. Du bist unser Gast. Außerdem ist die Familie das Wichtigste.«

Ich fühle mich schrecklich, dass ich diese Notlüge erfunden habe, um früher fahren zu können.

Ich höre mich sagen: »Aber irgendwie auch das Schwierigste.«

Aurelia nickt und ihre dunklen Locken wippen dabei auf und ab. »Wem sagst du das. Es gibt wahrscheinlich nichts Intensiveres, als die Beziehung zwischen Eltern und Kindern.« Sie schaltet in einen höheren Gang, als sie auf die Schnellstraße fährt. »Ich habe so viel von meinen Eltern erwartet und hart über sie geurteilt. Und als ich selbst Mutter geworden bin, habe ich mindestens genauso viele Fehler gemacht. Wichtig ist, sich selbst und den anderen immer wieder zu verzeihen.«

Als wir am Bahnhof ankommen, sehe ich die riesige Kuppel des Doms aus der Innenstadt ragen. Leo und ich hatten vor, auf dem Rückweg einen kurzen Zwischenstopp hier zu machen. Aber es gibt kein *Leo und ich* und ich reise ab, ohne die Stadt gesehen zu haben.

Aurelia nimmt mich zum Abschied in den Arm. »Es war schön dich bei uns zu haben, Mika. Besuch uns bitte bald wieder.«

Ich werde sie vermutlich nicht noch einmal sehen, aber nicke trotzdem. »Vielen Dank für alles. Grazie di tutto«, sage ich, so wie Luca es mir beigebracht hat.

Aurelia winkt mir noch einmal zu und fährt los.

Mein Ticket habe ich bereits online gebucht und muss nur noch das richtige Gleis finden. Ich laufe in die Bahnhofshalle und wähle währenddessen Bens Nummer auf meinem Handy.

Als er sich meldet, versuche ich unbekümmert und voller Vorfreude zu klingen. »Überraschung, wir sind doch schon fertig. Ich komme heute Abend zurück.« Meine Stimme klingt dabei viel zu hoch. »Ich stehe gerade schon am Bahnhof.«

»Das ist ja toll!«, freut sich Ben. »Du alleine? Was ist mit deinem Kollegen?«

»Ach, der hat die Chance genutzt um noch bei seiner Familie vorbeizufahren.« Das zumindest ist nicht gelogen.

»Ich freue mich so, mein Schatz. Ich hol dich ab. Schreib mir nochmal wann genau du ankommst, ja?«

»Ja, bis bald«, sage ich und lege auf.

Auf der großen Abfahrtstafel suche ich den Zug nach München. Er ist pünktlich und als ich am Gleis ankomme, steht er zum Glück schon bereit. Ich steige ein und laufe durch die Abteile, bis ich noch zwei freie Plätze nebeneinander finde und setze mich ans Fenster.

Nach dem Trubel der letzten Tage fühlt es sich komisch an, dass ich nun ganz alleine hier bin. Aber dadurch kann ich das erste Mal seit meinem überstürzten Aufbruch in Ruhe nachdenken.

Vielleicht ist das Ganze eine Chance. Eine Chance für mich und Ben das gerade zu rücken, was wir in den letzten Jahren verpasst haben. Ich bin nicht ehrlich zu mir gewesen und dadurch konnte Ben mir auch nicht die Unterstützung geben, die ich vielleicht gebraucht hätte. Doch er würde alles für mich tun. Und das hätte ich beinahe für einen kurzen Moment der Schwäche kaputt gemacht.

Die Liste hat ganze Arbeit geleistet und ich habe mein Abenteuer bekommen. Jetzt ist es an der Zeit wieder Vernunft anzunehmen und sich nicht mehr in Tagträumen über was-hätte-sein-können zu verlieren. Ich kann verdammt dankbar sein, dass ich gerade noch aufgerüttelt wurde, bevor ich eine Katastrophe verursacht habe.

Der Zug fährt langsam aus dem Bahnhof und wird immer schneller. Mit jedem Meter, den er zurücklegt, lasse ich Italien und hoffentlich auch Leo ein Stück hinter mir.

Kapitel 21

Ich schlage die Augen auf und weiß für einen Moment nicht, wo ich bin. Vor vierundzwanzig Stunden war ich noch in Italien. Das alles kommt mir so weit weg vor.

Nachdem mich Ben gestern am Bahnhof abgeholt hat, hat er mir zerknirscht eröffnet, dass er heute arbeiten muss. Er hat nicht damit gerechnet, dass ich früher zurückkomme und hat daher seinen Eltern versprochen, mit ihnen die derzeitigen Lagerbestände durchzugehen.

Ich bin regelrecht dankbar, dass er nicht da ist. Gestern Abend konnte ich meine Wortkargheit noch mit der langen Zugfahrt erklären. Ben hat zum Glück kaum Fragen gestellt, sondern mir von seiner Woche erzählt.

Ich versuche meine Gedanken zu sortieren. San Elio, die Kampagne, der Abend am Strand, mein Vater, Ben, Leo. Immer wieder Leo.

Mein Gesicht brennt heute genauso wie gestern, wenn ich an das Gespräch zwischen ihm und Tommaso denke. Ich habe mich in den letzten Tagen einem Gefühl hingegeben, das nicht existieren darf. Ben hat hier voller Vorfreude auf mich gewartet und ich bin einem anderen Mann näher gekommen. Nicht so nah, dass ich etwas Falsches getan habe, aber nah genug, um mich schuldig zu fühlen.

Ich schaue aus dem offenen Fenster. Sonnenstrahlen dringen in unser Schlafzimmer und dieser Tag ist viel zu schön, um ihn im Bett zu verbringen.

Auch wenn die Sache mit Leo mir im Moment peinlich ist – in einem Punkt hat er Recht: Ich sollte mich an die schönen Dinge in der Vergangenheit erinnern, die mir geblieben sind.

Kurzentschlossen nehme ich mein Handy und wähle die Nummer meiner Mutter.

»Mika?«, geht sie ohne Umschweife ans Telefon.

»Hi, Mama«, sage ich. »Hast du Lust dich heute mit mir zu treffen?«

»Oh«, sie klingt überrascht. »Ja, ja natürlich. Möchtest du vorbeikommen?«

»Nein. Ich würde gerne mit dir ans Schloss.«

Für einen kurzen Moment herrscht Stille in der Leitung.

»Mama?«, frage ich vorsichtig.

»Ach Mika«, sagt meine Mutter leise. »Liebend gerne.«

Es war unsere Tradition, seitdem ich ein kleines Kind war. Wir fuhren jedes Jahr an einem schönen Tag im Herbst zum Nymphenburger Schloss und mein Vater führte uns an die Stelle, an der er meine Mutter gefragt hatte, ob sie ihn heiraten würde.

»Und hier«, hatte er immer gesagt und auf die moosgrüne Bank im hinteren Teil des Schlossgartens gezeigt, »hat deine Mutter entschieden, dass ich der glücklichste Mann der Welt werden würde.«

Als Kind war ich auf und ab gehüpft und hatte gefragt: »Und dann, und dann?«, obwohl ich das Ende der Geschichte natürlich kannte.

»Und dann sind wir durch den ganzen Park bis in den Hirschgarten gelaufen, wo wir klatschnass angekommen sind, weil es einen Wolkenbruch gab. Doch es hat uns nichts ausgemacht. Wir haben uns geküsst, uns gegenseitig gewärmt und im Restaurant eine Suppe bestellt.«

Wir liefen jedes Jahr den gleichen Weg über die Parkanlage bis zum Hirschgarten.

Ich hielt die Hände meiner Eltern und fühlte mich geborgen. Und wünschte mir jedes Mal einen Wolkenbruch.

Zwei Stunden später stehe ich in der Sonne vor dem Nymphenburger Schloss und schaue mich um. Es sieht genauso aus wie immer.

Seit Papas Tod bin ich nur einmal hier gewesen und das war eher ein Versehen. Ich bin selbst überrascht, wie vieles ich ausgeklammert habe. Wie viele Orte und Erinnerungen ich nicht mehr zulassen wollte, um meinen Schmerz zu verdrängen.

Ich beobachte die vielen Touristen und Spaziergänger. Das weiße Schloss steht prunkvoll am Ende des Kanals, auf dem im Winter Schlittschuh gelaufen wird und heute Schwäne entlangschwimmen.

Meine Mutter kommt auf mich zu und umarmt mich. »Hallo mein Schatz.« Sie hält mich an den Schultern und mustert mich. »Du bist braun geworden in Italien.«

»Ja, stimmt«, antworte ich, aber sage nichts weiter. Ich möchte nicht über die letzte Woche sprechen.

Sie schaut mich unsicher an. »Dieselbe Runde wie immer?«

Ich nicke. »Ja bitte, genau so wie immer.«

Wir gehen zum Schlossgebäude und durch das riesige schmiedeeiserne Tor in den königlichen Garten.

»Es ist schön mit dir hier zu sein« sagt meine Mutter, während wir an bunten Blumenbeeten vorbeispazieren, die sich symmetrisch durch das ganze Schlossgelände ziehen.

Ich nicke und würde gerne etwas erwidern, merke aber, wie ich immer noch Schwierigkeiten habe, die unsichtbare Barriere zwischen uns zu überwinden.

Doch meine Mutter hält die Stille wie in all den letzten Jahren aus und ich frage mich zum ersten Mal, wie es ihr wohl geht, wenn ich so abweisend bin.

Ohne es abgesprochen zu haben, bleiben wir beide gleichzeitig stehen und betrachten die grüne Bank vor uns.

»Sie haben sie neu gestrichen.«

»Mmh«, stimme ich meiner Mutter zu.

Die Bank ist nicht mehr dunkelgrün wie in meiner Erinnerung, sondern in einem helleren Ton aufgefrischt worden. Überstrichen und verändert. Nichts bleibt gleich, obwohl ich manches so gerne für immer konserviert hätte.

»Es war wie im Film, hat Papa immer gesagt«, sage ich, um zu signalisieren, dass ich bereit bin zu reden.

»Wie im Film!«, erwidert meiner Mutter. »Ach, er war einfach ein alter Romantiker. Tatsächlich waren wir klatschnass bis auf die Unterwäsche und ich habe am nächsten Tag eine schlimme Blasenentzündung gehabt.« Sie lächelt. »Aber es war trotzdem wunderschön.«

»Das hast du nie erzählt«, sage ich erstaunt.

Sie winkt ab. »Er war so stolz auf die Geschichte, die hätte ich ihm nie kaputt gemacht.«

Wir laufen weiter und biegen auf den Waldweg ab, der den Schlossgarten mit dem Hirschgarten, dem angrenzenden Parkgelände, verbindet. Auch wenn wir nicht darüber gesprochen haben, wissen wir beide genau, wohin wir als Nächstes gehen wollen.

»Ich hab mich sehr gefreut, als du mich angerufen hast«, sagt meine Mutter.

»Na ja.« Ich drehe mich zu ihr und zucke mit den Schultern. »Es ist Anfang September, oder?«

Sie lächelt und drückt meinen Arm. »So, und jetzt erzähl mir mal alles von deiner Reise.«

»Es war anstrengend, aber gut«, sage ich. Trotz des abrupten Endes war es eine tolle Erfahrung einmal im Ausland zu arbeiten.

Ich erzähle meiner Mutter alles von San Elio und der umgeschmissenen Kampagnen-Idee und dass es gut war, dass ich mal etwas nur für mich gemacht habe. Falls sie einen Verdacht hat, dass die letzten Tage auch mit meinem Anruf heute zu tun haben, lässt sie es sich nicht anmerken.

Ich bleibe stehen. »Hattest du auch schon einmal so ein Gefühl, als ob du nach einem langen Schlaf plötzlich aufgewacht bist?«

Meine Mutter schaut mich fragend an.

Ich versuche es ihr zu erklären: »Dass plötzlich alles anders ist und du dich nach Jahren fragst, wie dein Leben eine bestimmte Richtung einschlagen konnte, die du nie geplant hattest?«

Meine Mutter nickt bedächtig. »Ja. Ja, ich denke, ich weiß genau was du meinst.«

»Und was hast du in dem Moment getan?«

»Puh. Ich habe in mich hinein gehört, ob ich die Gefühle zulassen will, die da verborgen in mir unbedingt nach oben wollen. Und versucht, mich nicht von anderen Meinungen abhalten zu lassen.« Sie legt den Arm um meine Schulter und ich weiche nicht zurück. »Was auch immer es ist, was dir im Moment Sorgen bereitet, Mika, du wirst herausfinden, was richtig für dich ist.«

Ich lächle schwach. Am liebsten würde ich ihr alles erzählen. Dass ich Ben natürlich liebe, aber mich nach Leo verzehre. Dass ich in der Agentur endlich eigene Erfolge haben kann, aber die Gärtnerei für mich genauso wichtig ist. Dass ich irgendwo zwischen den Stühlen sitze und nicht mehr weiß, wo ich hingehöre.

Aber wir nähern uns gerade erst wieder an und ich möchte das nicht gefährden.

Ich zeige auf den Eingang des Wirtshauses vor uns. »Lust auf Suppe?«

»Ja«, antwortet meine Mutter und sieht glücklich aus.

Ich spotte: »Dann kannst du mir weitere Geschichten verraten, die mir nicht richtig erzählt wurden. Vielleicht bin ich ja doch nicht nach Brigitte Mira benannt, wie ihr mir immer weismachen wolltet, sondern nach Papas erster Freundin oder so.«

Meine Mutter lacht laut, hakt sich bei mir unter und wir gehen zusammen ins Restaurant.

Kapitel 22

Die nächsten beiden Wochen vergehen wie im Flug. Ich bin in der Agentur damit beschäftigt die Videos aus San Elio zu bearbeiten und versuche gleichzeitig möglichst wenig mit Leo zu kommunizieren. Er ist genauso kurz angebunden wie ich und bestätigt mir nur noch einmal mehr, dass ich mich komplett verrannt habe.

Je länger ich darüber nachdenke, desto mehr will ich das Ganze hinter mir lassen und mir Leo aus dem Kopf schlagen. Ich werde das Projekt zu Ende bringen und im Oktober ist das Praktikum schon wieder vorbei.

Der Tag mit meiner Mutter hat mir gutgetan und ich will wieder mehr über Papa reden. Als Ben und ich am Wochenende am Ufer des Karlsfelder Sees sitzen, sage ich daher: »Wusstest du, dass auf der Liste, die Neele und ich ausgegraben haben auch steht, dass ich einmal mit dem Camper durch Neuseeland fahren wollte?«

Ben schaut mich überrascht an. »Nein, das war mir neu. Ich erinnere mich, dass du damals unbedingt nach Thailand wolltest.«

»Papa wollte immer nach Neuseeland. Wahrscheinlich war es deshalb immer ein Traum von mir.«

Ben schaut mich mit großen Augen an und ich kann es ihm nicht verdenken. Ich habe seit Jahren nicht mehr von der Vergangenheit geredet, geschweige denn über meinen Vater. Ich sehe ihm an, dass er nicht so richtig weiß, wie er darauf reagieren soll.

Schließlich sagt er: »Das können wir doch zusammen nachholen. Und alles anschauen, was du sehen wolltest.«

Mein Herz quillt fast über vor Zuneigung zu ihm. »Das würdest du tun? Trotz achtundzwanzig Stunden Flug?«

Ben ist kein Freund von Langstreckenflügen. Er hat keine wirkliche Panik, aber er würde nicht von selbst auf die Idee kommen, ans andere Ende der Welt zu fliegen.

»Na klar«, sagt er und nimmt mich in den Arm. »Ich würde alles für dich tun, das weißt du doch.«

Man merkt, dass sich der Sommer nun langsam aber sicher zu Ende neigt. Mit der untergehenden Sonne wird es sofort kühl und wir packen schnell unsere Sachen zusammen.

Als wir am Parkplatz ankommen und Ben wie immer auf der Fahrerseite einsteigen möchte, frage ich: »Kann ich zurückfahren?«

Ben schaut mich zweifelnd an. »Glaubst du nicht, dass das zu gefährlich ist? Du bist schon Jahre nicht mehr gefahren.«

Ich verkneife mir zu sagen, dass ich erst vor kurzem hinter dem Steuer saß. »Ich möchte es einfach gerne ausprobieren.«

Ben zögert noch immer, mir die Schlüssel zu geben und ich fange an mich zu ärgern. Wieso will er mich unbedingt in Watte packen?

»Dann nicht.« Enttäuscht drehe ich mich um.

»Hey«, sagt er sanft und hält mich am Arm fest, »was ist los?«

»Ich möchte nicht mehr auf Dinge verzichten, die mit dem Unfall zu tun haben. Es ist so lange her. Unser Alltag wird immer noch davon bestimmt. Verstehst du?«

Ben nickt. »Okay.«

»Und ich wünsche mir, dass du mich dabei unterstützt.«

»Okay«, wiederholt er sanft und zieht mich zu sich heran. »Gib mir Zeit mich daran zu gewöhnen, ja?«

Er umarmt mich und ich atme tief ein.

Ja, ich muss ihm die Zeit geben. Schließlich habe ich die letzten Jahre genau das Gegenteil von ihm verlangt.

Ich gehe zur Beifahrertüre und sage: »Du hast Recht. Nächstes Mal dann.«

Am Abend schreibe ich Neele eine Nachricht und frage sie, ob wir am nächsten Sonntag nach Alex und Janas Hochzeit einen Tag nur für uns planen wollen. Wir haben uns in letzter Zeit kaum gehört und ich fühle mich schlecht deswegen. Ich war nur mit mir selbst beschäftigt.

Ich möchte dringend wissen, wie es Neele geht und ihr endlich erzählen, was passiert ist. Wir haben doch bisher immer alles miteinander geteilt.

Innerhalb weniger Sekunden kommt ihre Antwort:

Unbedingt!!! Ich freue mich!

Ich bin froh, dass Neele sich ebenfalls wünscht mich zu sehen und gehe beruhigt ins Bett.

Am Donnerstag vor Janas und Alex Hochzeit überschlagen sich die Ereignisse.

Die Stimmung zwischen mir und Leo ist so abge-
kühlt, dass sogar Alice merkt, dass sich etwas verändert
hat. Sie beobachtet mich mit Argusaugen, doch würde
sich eher die Zunge abschneiden, als mich danach zu
fragen und ich werde ihr bestimmt nichts erzählen.

Leo und ich kommunizieren nur noch über das
Chat-Programm der Agentur. Ich versuche so viel wie
möglich alleine zu bearbeiten, um ihm kaum Fragen
stellen zu müssen.

Trotz unserer mangelnden Kommunikation sehen
die Website und die Entwürfe für die Online-Kampa-
gne von Tag zu Tag besser aus. Man erkennt auf den
ersten Blick, was wir erreichen wollen. Die Bilder und
Videos lösen sofort Sehnsucht nach einem Urlaub in
San Elio aus. Auf den Unterseiten finden sich alle Infos
zur Stadtgeschichte und der Region und zu unseren
Testimonials Lina, Lorenzo und Paola. Wir zeigen, was
die Stadt alles zu bieten hat, ohne die Authentizität zu
verlieren.

Als Elisa nach einem ersten Stand fragt, schicke ich
ihr einige Entwürfe, durch die ich gerade scrolle und
bin selbst ganz begeistert.

Ich fahre meinen PC herunter, nehme meinen Ruck-
sack und trage mein Geschirr in die Küche. Als ich zum
Aufzug gehen will, kommt mir Borenstein auf dem
Flur entgegen.

»Und, Mika, wie läuft es mit dem Toskana-Projekt?«,
fragt er im Vorbeigehen.

»Es ist wirklich toll geworden«, sage ich und bleibe
stehen. »Ich bin ganz gespannt, was Elisa zum ersten
Entwurf sagt, den ich gerade geschickt habe.«

»Du hast was?«, fragt Borenstein mit scharfer Stimme und bleibt ebenfalls stehen. Er schaut mich fassungslos an.

Da wird mir bewusst, was ich getan habe.

»Weiß Leo davon?«

Ich schüttle den Kopf und Borenstein schnappt nach Luft.

»Du hast einem Kunden einen Vorschlag gesendet, ohne es mit mir oder deinem Creative Director abzusprechen?«

Mit jedem Wort wird seine Stimme lauter.

»Mika, das hier ist keine Spaßveranstaltung, an der du mitwirkst, solange du Pause von deinem eigentlichen Job machst!« Er funkelt mich zornig an. »Was hast du dir dabei gedacht?«

»Ich habe nicht … ich wollte nicht … ich dachte …«, stammle ich.

»Nein, offensichtlich hast du dir überhaupt nichts gedacht. Ich habe noch nichts von diesem Projekt gesehen. Es ist meine Kundin, die ich höchstpersönlich betreue und habe noch keine Ahnung, was ihr entworfen habt.«

Mit jedem seiner Worte wird mir heißer und schlechter. Borenstein hat Recht, ich habe keine Sekunde nachgedacht.

»Es war ein riesiger Fehler«, sage ich mit zitternder Stimme. »Es tut mir so leid!«

»Ich habe Leo von Anfang an gesagt, dass es zu früh ist, dich als einzige Unterstützung auf so ein Projekt mitzunehmen. Aber er hat mir versichert, dass du das schaffst.«

Ich ertrage es nicht, wenn Leo Ärger wegen mir bekommt. Er hat mir vertraut und ich baue so einen Mist.

Borenstein sagt zu mir: »Komm bitte mit.«

Ich laufe hinter ihm her und versuche nicht zu hyperventilieren.

Borenstein geht schnurstracks in Leos Büro und ich folge ihm. Leo schaut von seinem PC hoch. »Alles in Ordnung?«

»Nein«, sagt Borenstein. »Mika hat eben eure ersten Entwürfe an Elisa gesendet.«

Leo schaut mich erstaunt, aber nicht entsetzt an. Als ob er abwiegen will, ob ich das mit Absicht gemacht habe.

»Ich habe nicht nachgedacht Leo, es tut mir wirklich leid.«

Er nickt. »Das glaube ich dir, Mika.«

Borenstein steht immer noch mit wütender Miene neben mir. »Ich will jetzt sofort sehen, was ihr entworfen habt, damit ich mich vorbereiten kann.« Er schaut auf meinen Rucksack, den ich immer noch in der Hand halte. »Leo, wir gehen in den Konferenzraum und du zeigst mir alles. Mika, du gehst nach Hause wie du es vorhattest und am besten gleich ins Wochenende. Wir sprechen dann am Montag weiter.«

Mein Gesicht brennt, so sehr schäme ich mich. Dass ich morgen nicht kommen soll, um Leo zu helfen und die Sache auszubaden, die ich verbockt habe, ist schrecklich.

»Ich würde wirklich gerne morgen arbeiten«, sage ich mit kleinlauter Stimme.

»Das ehrt dich, aber ich glaube es ist besser so«, sagt Borenstein.

»Olaf«, Leo legt seinen Kopf schief, »meinst du nicht, dass du übertreibst?«

»Vielleicht«, sagt Borenstein und reibt sich die Schläfe. »Vielleicht bin ich in euren Augen schrecklich unfair und antiquiert. Aber ich glaube fest daran, dass Taten Konsequenzen nach sich ziehen. Ich will dich nicht bestrafen, Mika, aber ich denke eine kurze Pause zum Nachdenken tut dir gut.«

Mit diesen Worten verlässt er den Raum.

Leo kommt einen Schritt auf mich zu. »Mika, nimm dir das bitte nicht zu Herzen, sowas passiert jedem mal …«

Ich unterbreche ihn. »Der letzte Stand ist abgespeichert und alles weitere liegt auf dem Laufwerk ab, so wie wir es besprochen haben«, sage ich und schaue dabei stur auf den Boden. »Bis Montag«, füge ich noch hinzu und gehe so schnell wie möglich.

Ich warte nicht auf den Aufzug, sondern laufe über das Treppenhaus, das eigentlich nur im Notfall benutzt wird. Und wenn das kein Notfall ist, dann weiß ich auch nicht.

Als ich daheim ankomme, setze ich mich auf die Couch und wälze mich in meinem Selbstmitleid.

Im Eifer meines Gefechts gute Arbeit abzuliefern und darauf bedacht, nicht mit Leo zu kommunizieren, habe ich alle Strukturen missachtet. Sollte Elisa enttäuscht sein, wäre das eine Katastrophe.

Ich muss an Alice denken und wie sehr sie sich über meinen Fehler freuen wird. Mir wird schlecht bei dem Gedanken daran.

Zum Glück hilft Ben heute Abend Alex bei einigen Vorbereitungen für die Hochzeit und wird erst spät nach Hause kommen.

Ich mache, was jeder vernünftige Mensch in so einer Situation tun würde: Ich schaue einen Liebesfilm an, um mich abzulenken. Als Jude Law Cameron Diaz gerade erklärt, dass er Witwer ist und seine zwei kleinen Töchter alleine groß zieht, fangen mir die Tränen an herunterzulaufen.

Ich habe noch nie verstanden, dass manche Menschen Filme grundsätzlich nicht mehr als ein Mal ansehen wollen. Es gibt nichts Beruhigenderes für mich als Handlungen, bei denen ich genau weiß, was passieren wird und Personen, die man immer wieder besuchen kann. Filme, die man in einem bestimmten Licht sieht, sieht man Jahre später vielleicht aus einem anderen Blickwinkel. Die Geschichte hat sich nicht verändert, aber man selbst.

Als der Abspann läuft, geht es mir schon ein bisschen besser.

Ich weiß, dass Neele heute Abend nach Hause fliegt. Kurzentschlossen wähle ich ihre Nummer, um sie zu fragen, ob sie doch schon morgen Zeit für mich hat.

»Hi«, ruft sie in ihr Handy. »Ich bin gerade in der Schlange vor der Sicherheitskontrolle.«

Es raschelt, dann höre ich sie sagen: »Nein, Sir, ich habe keinen Laptop oder iPad dabei.«

Einen Moment später spricht sie wieder mit mir: »Alles gut bei dir?«

»Es geht so«, sage ich ehrlich. »Aber lass uns doch später telefonieren, wenn du fertig bist.«

»Nein, nur einen kurzen Moment …«

Es knackt in der Leitung. Ich höre ein Piepsen und Neele, die fragt: »Ernsthaft, auch die Schuhe?«

Ein weiteres Knacken und Surren.

Dann ist sie wieder dran. »Bist du noch da?«

»Hast du mich eben an der Leitung durch die Sicherheitskontrolle mitgenommen?«, frage ich.

»Klar«, sagt Neele unbeeindruckt. »Also, was ist los?«

»Ist zu lang, um es am Telefon zu erzählen«, sage ich. »Aber können wir uns morgen schon treffen?«

»Hast du auch frei?«

»So was in der Art.«

»Na klar«, sagt Neele. »Ich hab morgen früh noch einen Termin, aber wie wäre es am Nachmittag?«

In diesem Moment höre ich eine Männerstimme und Neele bedankt sich überschwänglich.

»Was war das?«, frage ich.

»Ich hab meine Schuhe an der Sicherheitskontrolle vergessen.« Sie kichert. »Ist mir nicht mal aufgefallen.«

Ich stelle mir Neele von oben bis unten bepackt in Strümpfen am Londoner Flughafen vor und muss lachen. »Jetzt geht es mir schon ein bisschen besser.«

»Ich bin froh, dass ich zu deiner Erheiterung beitragen konnte«, gluckst sie.

Wir verabschieden uns und ich gehe ins Bett, um mich am Ende dieses grauenhaften Tages nur noch zu verkriechen.

Am nächsten Morgen will ich Ben nicht die Wahrheit erzählen, warum ich heute daheimbleiben soll.

Er würde bestimmt fragen, warum ich den Creative Director nicht gefragt habe, bevor ich etwas versendet habe. Ich kann nicht ehrlich antworten und zudem hat mich einer seiner Kontakte bei Borenstein für die Stelle empfohlen.

Stattdessen behaupte ich, dass ich mir den Tag frei genommen habe, um nach den letzten Wochen eine

Pause zu machen. Ich schwöre mir, dass es die letzte Lüge ist, die ich Ben erzähle.

»Ich war so frei dir schon mal etwas zu bestellen«, sagt Neele und deutet auf die beiden Gläser mit Aperol Spritz vor sich, nachdem ich sie umarmt habe.

Wir sind auf der Dachterrasse der Technischen Universität und wie immer bei Sonnenschein ist es komplett voll hier oben.

Ich schaue Neele aufmerksam an. Sie sieht irgendwie verändert aus. Ihre Haare sind anders geschnitten. Sie war schon immer die positivste Person, die ich kenne, doch ihr Gesicht strahlt noch mehr als sonst.

»Neele, du siehst toll aus. Wie geht es dir?«

Doch Neele winkt ab. »Danke dir. Aber darum geht es gerade nicht. Ich habe mir Sorgen nach deinem Anruf gestern gemacht. Was ist passiert?«

Ich setze mich und nehme einen großen Schluck aus meinem Glas. Dann erzähle ich ihr alles.

Neele reagiert genau so, wie eine beste Freundin reagieren sollte. Sie verurteilt mich nicht, sie macht mir keine Vorwürfe, sondern zeigt nur auf mein Glas und befiehlt: »Trink!«

Ich nehme artig noch einen Schluck.

»Mika, bitte mach dich selbst nicht so fertig. Es wird alles wieder ins Lot kommen. Dieser Leo hört sich nach einem tollen Kerl an. Kein Wunder, dass du ins Schwärmen geraten bist. Wenn du sagst, du möchtest ihn vergessen und mit Ben weitermachen, werdet ihr das schaffen.«

Sie schiebt ihre Sonnenbrille ins Haar und schaut mich an. »Du und Ben, ihr seid schon seit immer und ewig zusammen. Da ist es doch nur normal, dass jemand Neues mal dein Interesse geweckt hat. Und in der Agentur wird sich auch alles zum Guten wenden. Jeder, der dich kennt, weiß, dass du nie mit Absicht etwas Schlechtes tun würdest.«

Sie greift nach meiner Hand und drückt sie fest. »Mach dir keine Sorgen, das wird wieder.«

Ich weiß nicht, ob sie Recht hat, aber ich weiß, dass ich mich direkt besser fühle. »Danke Nelly«, sage ich und schiebe hinterher: »Es tut mir leid, dass ich dir nicht schon früher davon erzählt habe.«

Neele kratzt sich am Kopf. »Wir waren wohl beide nicht ganz ehrlich in letzter Zeit.«

Ich schaue sie überrascht an.

Sie holt tief Luft. »Ich bin seit einigen Wochen mit Tobi zusammen.«

Meine Gedanken rotieren. Dann macht es *Klick* in meinem Kopf.

»Tetanus-Tobi?«, frage ich sie entgeistert.

Neele nickt.

»Aber warum hast du mir das nicht gesagt?«, frage ich.

In meinem Kopf gehe ich die letzten Wochen durch. Kein Wunder, dass sie auf Janas Junggesellenabschied nicht mit diesem Typen anbandeln wollte. Und dass wir uns in der letzten Zeit kaum gesehen haben, wenn sie da war. Sie war mit Tobi zusammen und hat es mir nicht erzählt.

Neele greift über den Tisch und nimmt meine Hand. »Bitte sei mir nicht böse, Mika. Ich wollte es dir unbedingt erzählen. Ich erzähl dir doch immer alles.«

Sie sieht verzweifelt aus, als ich meine Hand zurückziehe. »Du warst so überzeugt davon, dass ich das richtige Leben in London führe und dass die Punkte auf meiner Liste genau die richtigen sind. Du bist so aufgeblüht in den letzten Monaten, das wollte ich nicht kaputt machen.«

»Ich bin nicht sauer«, sage ich und pule mit meinem Finger an der Serviette vor mir herum. »Höchstens auf mich selbst. Ich war so abgelenkt, dass ich gar nichts mehr um mich herum mitbekommen habe.«

Neele schaut mich besänftigend an. »Musst du nicht. Manchmal ist das eben so.«

Ich weiß das, aber fühle mich trotzdem mies.

»Und ich habe noch eine Neuigkeit. Ich überlege nach München zurückzuziehen. Es läuft so gut mit Tobi, ich will jeden Tag in seiner Nähe sein.«

Mein Kopf versucht all die Infos zu verdauen, die er gerade aufgenommen hat. »Aber du warst doch immer so glücklich in London! Du hast es geschafft, dass all deine Wünsche auf deiner Liste in Erfüllung gegangen sind.«

»Ja, natürlich. Aber Träume ändern sich, oder? Sie haben für diesen Abschnitt zu mir gepasst, aber jetzt möchte ich etwas anderes.«

Neele nimmt einen Schluck aus ihrem Glas und lässt ihren Blick über den Rand der Dachterrasse wandern. »London war toll. Ist toll. Und es geht dabei nicht nur um Tobi. Ich vermisse München. Mehr, als ich immer zugeben wollte. Ich vermisse dich und Mama und Tim. Ich vermisse es, im Sommer in die Berge zu fahren und mit dir und Ben und allen anderen ein Leben zu haben, anstatt es immer nur aus der Ferne mitzubekommen. Ich möchte viel lieber Zeit mit euch verbringen, als abends Überstunden zu machen um dieses winzige Loch in Camden abzubezahlen.«

Ich weiß, dass ich gerade vollkommen falsch darauf reagiere, dass meine beste Freundin endlich wieder zurück in meine Nähe ziehen will. Warum trifft es mich so sehr, dass Neele ihr Leben ändern will?

»Würdest du dich gar nicht freuen, wenn ich wieder hier bin?«, fragt mich Neele kleinlaut.

Ich stehe auf und gehe um den Tisch herum, um sie zu umarmen. »Ich war komplett doof eben«, sage ich und bekomme dabei einen Schwall blonder Neele-Haare in den Mund.

Ich setze mich wieder an den Tisch. »Natürlich freue ich mich!« Ich fange an zu grinsen. »Ich kann mir nichts Besseres vorstellen. Wie früher!«

Neele ist zum Glück nicht lange nachtragend und prostet mir zu. »Darauf trinken wir! Cheers!«

Wir stoßen unsere Gläser aneinander und ich muss sie dringend fragen, was mir auf dem Herzen liegt: »Und nun zum wichtigsten Thema: Hat Tobi wirklich noch den Abdruck dieser riesigen Spritze auf dem Hintern, wie alle Jungs in der Klasse immer behauptet haben?«

Nachdem Neele mich über Tobis Gesäß und andere Körperteile aufgeklärt hat, von denen ich eigentlich lieber nicht so viel wissen wollte, verabschieden wir uns.

Ich schiebe mein Fahrrad, weil ich mehr Zeit haben möchte, bis ich daheim ankomme. Es ärgert mich, dass ich auf Neeles Nachricht zuerst so abweisend reagiert habe. Zumal ich mich wirklich freue, wenn ich sie endlich wieder in meiner Nähe habe. Anscheinend war sie für mich in den letzten Monaten der Beweis dafür, dass man seinen Träumen folgen muss, um glücklich zu werden.

Doch das Leben ändert sich. Und damit auch die Träume. Sie hat jedes Recht, einen neuen Traum aufzubauen und ihren alten aufzugeben. Und ich sollte endlich auch damit anfangen.

Kapitel 23

Am Samstag wache ich erst spät auf. Ich taste neben mich, aber Ben ist wie immer schon viel früher als ich aufgestanden.

Ich drehe mich gerade wieder auf die andere Seite, als er mit einem Becher Kaffee in der Hand langsam die Türe aufmacht. »Na, meine Schlafmütze?«

Ich gebe nur einen undefinierten Laut von mir. Er ignoriert ihn großzügig, zieht die Rollläden hoch und setzt sich zu mir auf die Bettkante.

Für einen kurzen Moment wird mein Herz ganz komisch.

Das ist es. Diese Vertrautheit. Mein Ben, der mir in Boxershorts Kaffee ans Bett bringt und mich auch mit zerzausten Haaren schön findet. Der weiß, dass ich ohne diesen Kaffee schlecht gelaunt bin und das jeden Tag belustigt in Kauf nimmt. Der über jeden meiner schlechten Witze lacht.

Aus einem tiefen Impuls heraus umarme ich ihn innig.

Er freut sich sichtlich über diesen Gefühlsausbruch und gibt mir einen Kuss auf die Stirn.

»Ich dachte, ich wecke dich lieber. Du hast noch zwei Stunden, bis wir losfahren müssen.«

»Was würde ich nur ohne dich machen?«, schnurre ich zufrieden und nehme einen Schluck Kaffee.

»Viel zu spät kommen und trotzdem die schönste Frau auf der Hochzeit sein?«

»Das darf man an Hochzeiten doch nicht sagen. Jana wird umwerfend aussehen heute.«

»Ich habe trotzdem die für mich schönste Frau«, sagt Ben mit Nachdruck.

Zwei Stunden später sitzen wir herausgeputzt im Taxi.

Ich habe lange vor dem Schrank gestanden und überlegt, ob es falsch ist, das Kleid aus Italien anzuziehen. Schlussendlich habe ich mich doch dafür entschieden. Es passt einfach perfekt zu diesem Anlass.

Meine Locken sind mit Haarspray toupiert und ich habe viel zu hohe Schuhe an, die ich spätestens nach zwei Stunden bereuen werde. Ich habe großartige Laune und freue mich sehr auf diesen Tag mit meinen Freunden.

Ben wird davon angesteckt und ich merke, wie sehr ihm meine gedankliche Abwesenheit in den letzten Wochen zu schaffen gemacht hat. Er sieht toll aus in seinem blauen Anzug. Ich lehne mich zu ihm rüber und wir knutschen wie zwei verliebte Teenager auf der Rückbank.

Als der Fahrer hält, fragt Ben grinsend: »Wollen wir nicht lieber eine extra Runde drehen?«

Ich kichere und wir steigen aus.

Die Hochzeit findet auf einem ehemaligen Gutshof einige Kilometer vor München statt, der zu einer Event-Location umfunktioniert wurde. Er besteht aus einem großen alten Bauernhaus und mehreren Scheunen daneben.

Ein Großteil der Hochzeitsgesellschaft steht bereits auf dem Hof und ich entdecke Neele und Toni. Beide

sehen umwerfend aus. Toni trägt ein knappes flieder-
farbenen Kleid und sieht mit ihren kurzen Haaren und
den schwarz geschminkten Augen aus wie ein Bond-
girl, das seine Waffe in den hohen Schuhen versteckt
hält.

Neele hat einen grünen Jumpsuit an und ihre langen
blonden Haare aufwendig geflochten.

Wir begrüßen uns mit *Ahs* und *Ohs* über unsere Outfits und umarmen uns.

Toni lässt ihren Blick über die Hochzeitsgesellschaft
schweifen. Er bleibt bei einem Mann um die fünfzig
hängen, der sich mit einem anderen Gast, der ungefähr
so alt ist wie wir, unterhält.

»Das sind Janas Onkel und ihr Cousin«, souffliert
Ben.

»Aha, der Onkel …«, sagt Toni genüsslich.

Dann dreht sie sich zu mir und Neele und flüstert:
»Geht es euch auch so, dass man jetzt in diesem Alter
ist, in dem man nicht weiß, ob man Vater oder Sohn
heißer findet?«

Neele und ich brechen in schallendes Gelächter aus
und Ben scheucht uns wie einen aufgeregten Hühner-
haufen zur Wiese hinter das Haus, wo die freie Trauung stattfinden wird.

Der Weg dorthin ist mit weißen und apricot-farbe-
nen Ballons gesäumt, die an einem alten Bauernzaun
festgeknotet sind. Am Ende der Wiese steht ein Baldachin aus Holz, um den weißer Stoff und Blumen gebunden wurden. In den alten Bäumen hängen Wind-
lichter aus Glas.

Wir setzen uns auf die Holzbänke, die in Reihen vor
dem Baldachin stehen und warten gespannt auf das
Brautpaar.

Der September gibt heute alles, was er im Repertoire hat. Es ist noch warm und die ersten Blätter fangen an, sich zu verfärben. Das goldene Licht strahlt mit Jana und Alex um die Wette, als sie sich inmitten ihrer Freunde und Familie in einer emotionalen Zeremonie das Ja-Wort geben.

Ich lehne mich dabei an Bens Schulter und lache mit den anderen Gästen, als Alex den Ring erst beim dritten Versuch über Janas Finger bekommt.

Vielleicht hat mir genau das gefehlt. All die neuen Erfahrungen, die durch das Praktikum auf mich eingeprasselt sind, haben es mir schwerer gemacht zu sehen, wie schön mein Leben mit Ben ist.

Nach der Trauung gratulieren wir dem Brautpaar und stehen beim Sektempfang zusammen. Janas Schwester Joline umarmt mich herzlich und sagt: »Dein Kleid ist ja der Wahnsinn, wo hast du das denn her?«

Ich zupfe ertappt am Stoff herum. »Ach, das habe ich aus Italien. Ich war vor ein paar Wochen beruflich dort.«

»Wie schön. Es sticht total heraus aus unserem Haufen an lass-uns-noch-schnell-was-bei-Zara-kaufen.«

»Schau dir Jana an«, wechsle ich schnell das Thema. »Sieht sie nicht wunderschön aus?«

Jana überstrahlt uns alle in ihrem elfenhaften Kleid, das in echt noch schöner als auf den Fotos aussieht. Das Glück steht ihr wortwörtlich ins Gesicht geschrieben und ich freue mich sehr für sie. Sie hat sich so lange auf diesen Tag gefreut und nun ist er endlich da.

Joline nickt bestätigend. »Ja. Und sie war bis zum Schluss keine dieser aufgedrehten Bräute. Nicht einmal, als die Sache mit dem Fotografen erst gestern geklärt wurde.«

Ich tauchte meinen Finger in Farbe, um mich am obligatorischen Bild aus Fingerabdrücken aller Gäste zu beteiligen, das zwischen der Candy Bar und dem Tisch für die Geschenke aufgebaut ist.

»Was war denn los?«

»Der Fotograf hat am Donnerstag bemerkt, dass er eine Doppelbuchung hat und nur die Trauung begleiten kann, damit er den anderen Termin noch schafft. Es war ein riesiges Chaos. Wo soll man denn in München innerhalb von zwei Tagen noch einen Hochzeitsfotografen auftreiben? Aber dann hat Ben ja zum Glück die rettende Idee gehabt, bei deiner Agentur nachzufragen.«

Mir rutscht das Herz in die Hose. »Was?«

»Ja, Alex hat daraufhin Jonas angebettelt, dass er seinen Onkel fragt, ob sie jemanden haben, der in diesem Notfall einspringt. Und zum Glück haben sie jemanden gefunden. Er ist eigentlich kein Fotograf für Hochzeiten, aber Jonas hat ein paar Porträts von ihm gesendet, die umwerfend aussahen. Er kommt sogar mit einer Foto-Assistentin.«

Mein Herz ist inzwischen in meinen Kniekehlen angelangt. Es gibt nur einen Fotografen in der Agentur, der so gut ist.

»Ah, da drüben sind sie ja auch schon.« Joline zeigt mit ihrem Finger in Richtung Hofeingang.

Dort steht Leo, in einem perfekt sitzenden schwarzen Anzug. Und als würde das nicht reichen, steht neben ihm in einem umwerfenden engen Kleid auch noch Alice.

Kapitel 24

War der Tag bis eben nahezu perfekt, entwickelt er sich nun zu meinem persönlichen Horrorfilm.

Joline winkt die beiden zu uns herüber und ich versuche mich so gut es geht zusammenzureißen und meinen Schrecken zu überspielen.

Das gelingt mir wohl nicht sehr gut, denn als sie bei uns ankommen, sagt Alice mit spöttischer Stimme: »Hey Mika, hast du einen Außerirdischen gesehen?«

Ich sammle mich, um etwas zu erwidern, doch da stößt sie kichernd Leo an und fügt hinzu: »Oder bist du selbst einer?«

Ich funkle sie wütend an und verstehe nicht, was sie von mir will, bis ich den Blicken der anderen an mir herunter folge. Die grüne Farbe von meinem Zeigefinger ist an meinem Unterarm heruntergelaufen und tropft auf mein Kleid.

»Ach du Scheiße«, schimpfe ich und versuche erfolglos, die Farbe mit der noch sauberen Hand abzuwischen. Mit zwei grün verschmierten Armen stehe ich nun vor Leo und Alice, die zusammen aussehen, als wären sie einem Hochglanz-Magazin entsprungen.

»Ich geh das mal schnell abwaschen«, murmle ich, bevor jemand etwas Weiteres sagen kann und schiebe mich an ihnen vorbei.

Ich spüre Leos Blick auf meinem Rücken, doch als ich mich noch einmal umdrehe, bevor ich ins Gebäude gehe, ist er bereits mit Joline im Gespräch. Wild gestikulierend erklärt sie wahrscheinlich die Wünsche des Brautpaars für die Fotos.

Ich laufe die Stufen zur Toilette hinunter.

Blasenpflaster, Deo, Kondome – in dem kleinen Körbchen am Waschbecken ist so gut wie alles vorhanden, um ein Wochenende Party auf Ibiza zu machen, aber nichts, um Farbe aus einem Seidenkleid zu bekommen.

Der Fleck wirkt auf dem wunderschönen Kleid wie ein Makel, der mich aus meiner wochenlangen Blase herausholt.

Leo ist hier.

Auf Leo und Ben in einer Welt bin ich nicht vorbereitet. Bis jetzt habe ich sie perfekt voneinander trennen können. Und in jeder der beiden Welten bin ich eine andere Mika.

Ich wasche den Fleck so gut es geht mit kaltem Wasser und Seife aus dem Handspender heraus und fluche dabei vor mich hin.

Und was zur Hölle macht Alice eigentlich hier? Leo allein wäre schon genug. Doch sie hier zu sehen, nachdem sie am Freitag meinen Fehler bestimmt geradezu genossen hat, ist zu viel für mich.

Ich werde wütend. Wütend, dass Ben mich nicht gewarnt hat, damit ich mich auf diesen Moment vorbereiten konnte und wütend auf mich selbst.

Dann sehe ich mein verärgertes Gesicht im Spiegel vor mir. Ich straffe die Schultern. Nein, ich möchte mich nicht darüber aufregen. Bis eben bin ich so glücklich gewesen und das wird mir die Anwesenheit von

Alice und Leo oder mein schlechtes Gewissen nicht kaputt machen. Zumal ich kein schlechtes Gewissen haben muss. Zwischen mir und Leo ist nichts passiert.

Auch emotionaler Betrug ist Betrug, fängt es in meinem Kopf zu singen an, doch ich verbiete mir den Gedanken sofort.

Auf dem Weg zurück nach draußen laufe ich direkt Ben in die Arme, der sich von der Schänke innen ein Bier geholt hat. »Oh nein, was ist denn mit deinem Kleid passiert?«, fragt er besorgt und schaut auf meine durchnässte Taille.

»Nur ein Unfall mit der traurigen Einfallslosigkeit an Hochzeitsritualen«, sage ich schnippisch und schaue ihn herausfordernd an. »Warum hast du mir nicht erzählt, dass du Jana und Alex die Agentur als Ersatz für den Fotografen empfohlen hast?«

Ben ist sichtlich verwirrt über meinen gereizten Tonfall. »Weil ich nur die Idee hatte, aber Jonas sich um alles gekümmert hat?« Er schaut mich prüfend an. »Bist du etwa sauer deswegen?«

»Nein«, maule ich. »Doch«, widerspreche ich mir direkt selbst wieder. »Ich meine, wie unprofessionell ist das denn? Ich wusste nicht mal, dass ich heute meinen Kollegen begegne.«

Ben versucht sich zu verteidigen. »Ich dachte das wäre kein Problem. Du sagst doch immer, dass alle so locker und freundschaftlich miteinander umgehen.«

»Ja schon«, erwidere ich, weil ich kein wirkliches Argument habe, »aber trotzdem. Ich wollte heute einfach mal nicht an die Arbeit denken.« Ich merke selbst, wie kläglich meine Vorwürfe klingen.

»Sorry«, sagt Ben, jetzt genervter. »Ich hatte gedacht, das wäre eine gute Idee. Jana und Alex waren am Boden zerstört und du schwärmst doch immer von der Agentur.«

Sofort fühle ich mich schrecklich. Mein Freund versucht, die Hochzeit unserer Freunde zu retten und ich motze ihn dafür an. Er kann nichts dafür, dass ich Leo hier nicht sehen möchte.

Ich gehe einen Schritt auf ihn zu und streichle ihm über die Wange. »Nein, das war natürlich keine schlechte Idee, sondern klasse von dir.«

Ich merke, dass Ben weiterhin nicht versteht, was mit mir los ist, aber nicht streiten will. Stattdessen sagt er: »Komm, lass uns Wetten abschließen, wer später als Erstes bei der Rede des Brautvaters weint.«

Das Essen in der alten Scheune, die über und über mit Blumen geschmückt ist, verläuft ohne weitere Zwischenfälle und ich versuche auszublenden, dass Leo und Alice im Hintergrund Fotos von uns machen.

Die Reden sind emotional und keine schrecklichen Bilder aus der Vergangenheit haben sich in irgendwelche Präsentationen geschmuggelt.

Ich sehe, wie Ben Toni zerknirscht einen Fünf-Euro-Schein unter dem Tisch reicht, als Jana bei der Rede ihres Vaters direkt die Tränen herunterkullern.

Wir sitzen an einem Tisch mit Neele, Toni und einigen Klassenkameraden, die ich teilweise seit der Schulzeit nicht mehr gesehen habe und haben wirklich Spaß.

Vielleicht müssen sich Leo und Ben ja auf einer so großen Feier mit fast hundert Personen gar nicht direkt begegnen.

Ich will gerade zu Neele auf die Tanzfläche, als Ben sich neben mich stellt. »Was möchtest du trinken, mein Schatz?«, fragt er mich und gibt mir einen Kuss.

»Mhhh …«, überlege ich laut. »Einen Munich Mule bitte.«

Ben nickt und will sich schon umdrehen, um zur Bar zu gehen, als sein Blick hinter mich fällt.

»Ah, da ist der Fotograf«, sagt er. »Ich stelle mich mal vor.«

»Nein, Be-«, will ich ihn abhalten, aber da läuft er auch schon auf Leo zu.

Ich sehe, wie er ihm die Hand reicht und in ein Gespräch verwickelt. Ich kann auf Leos Gesicht nicht lesen, was er davon hält.

Mein Gehirn schaltet in den Panik-Modus und überlegt zwischen der Option einfach zu verschwinden oder sich der Situation zu stellen hin und her. Ich entscheide mich für Letzteres und gehe zu ihnen. Ben erzählt Leo gerade vom Online-Shop der Gärtnerei.

In diesem Moment stellt sich auch Alice zu uns und zwitschert, ohne sich bei Ben vorzustellen: »Oh, seid ihr nicht ein süßes Paar?«

Sie zeigt auf uns beide und fordert mich dann auf: »Komm schon, Mika, leg mal deinen Arm um deinen Freund, dann machen wir ein paar Bilder.«

Ich stehe wie versteinert da. So sollte es nicht sein. Ich sollte stolz darauf sein, wie großartig Ben ist. Und doch möchte ich nicht, dass Leo uns so zusammen sieht. Was völlig schwachsinnig ist, denn er weiß, dass wir ein Paar sind. Und ich weiß, dass er kein Interesse hat.

Wieso bin ich trotzdem immer noch innerlich zweigeteilt? Ein Teil von mir will Ben und ein anderer Teil möchte sofort zu Leo.

Ben legt seinen Arm um mich und Leo nimmt mit ausdrucksloser Miene seine Kamera, um Fotos von uns zu schießen.

Ich schaue Alice und Leo nicht an und sage zu Ben: »Dann kümmere ich mich jetzt mal um die Getränke.«

Ich gehe so schnell wie möglich an die Bar, wo Neele sich gerade einen Gin Tonic mixen lässt.

Sie schaut mich mit hochgezogener Augenbraue an und sagt: »Dieser gut aussehende Fotograf, ist das …?«

»Ja«, bestätige ich ihren Verdacht und nehme ihren Gin Tonic entgegen, um einen großen Schluck daraus zu trinken.

»Zwei Munich Mule bitte«, sage ich zum Barkeeper.

»Und das daneben, ist das Ätze-Alice?«, kombiniert Neele weiter.

»Ganz genau«, sage ich und versuche dabei nicht ins Hysterische zu verfallen.

»Und du mittendrin?«, fragt Neele voller Verständnis.

»Ich mittendrin«, wiederhole ich.

Sie prostet mir voller Mitgefühl zu und wir mischen uns unter die anderen Gäste, um zu tanzen. Ich will nicht mehr denken, sondern mich nur noch bewegen. Als ob ich dadurch die tausend Gedanken in meinem Kopf abschütteln könnte.

Jana, die ihren Schleier abgelegt hat, kommt zu uns auf die Tanzfläche und ich versuche einfach zu genießen, warum wir heute feiern.

Als wir nach einer Stunde völlig verschwitzt sind, nimmt mich Jana an der Hand und zieht mich mit sich. »Komm, ich muss mich unbedingt bei deinen Kollegen verabschieden und nochmal bedanken.«

»Ach, das sind doch Profis, feiere du lieber weiter«, versuche ich sie abzuhalten, aber sie lässt mich nicht los.

Leo und Alice sind gerade dabei ihre Sachen zusammenzupacken.

»Vielen Dank nochmal für alles«, sagt Jana und umarmt beide überschwänglich. »Ihr habt uns wirklich die Hochzeit gerettet.«

»Gern geschehen«, sagt Leo und lächelt sie an.

»Die berühmten Connections helfen dann eben doch immer«, sagt Jana. »Ansonsten hätten wir nie so schnell jemanden gefunden.«

»Connections«, wiederholt Alice zuckersüß. »Wem sagst du das.«

Ich habe keine Ahnung, was sie damit andeuten will.

Janas Mutter kommt zu uns und fragt: »Jana, verabschiedest du dich kurz von deiner Großmutter?«

Jana geht mir ihr mit und ich stehe Alice und Leo alleine gegenüber. Ich möchte einfach nur, dass sie endlich verschwinden.

»Danke nochmal«, sage ich, weil ich trotz allem froh bin, dass Leo dazu beigetragen hat, dass Jana heute so glücklich ist. Er nickt nur und schultert seine Tasche.

»Es war echt eine super Hochzeit«, flötet Alice. »Und es hat mich gefreut deinen Freund nun auch mal richtig kennenzulernen, Mika.«

Sie weiß, dass ich keine Ahnung habe, wovon sie spricht und genießt es sichtlich.

»Was meinst du damit?«, frage ich so unbekümmert wie möglich.

»Na, ich bin ihm doch nur ganz kurz begegnet, als er im Juni in der Agentur war.«

Ben war was?

»Ich habe ihn in Olafs Büro gehört. Er hat ihn quasi angebettelt, dass wir dich als Praktikantin nehmen.«

Ich stolpere zurück, als ob sie mir einen Tritt verpasst hätte.

»Ich glaube nicht, dass Olaf dich ansonsten eingestellt hätte.«

Ich kann nicht glauben, was sie da gerade sagt.

Leo beschwichtigt mich: »Ich wusste das nicht, Mika.«

Alice beugt sich zu mir und ich sehe in ihren aufblitzenden Augen, dass nun der Moment gekommen ist, auf den sie so lange gewartet hat.

»Die Stelle gab es doch so überhaupt nicht. Von wegen zweite Praktikantin. Und nachdem du es letzte Woche so vermasselt hast, war eh allen klar, dass es eine Fehlentscheidung war.«

Ich muss sofort raus hier. Schnell drehe ich mich um und laufe aus dem Saal.

Alice hat sich die ganzen letzten Monate ins Fäustchen gelacht. Wie konnte ich nur so dumm sein und glauben, dass es im Leben zweite Chancen gibt?

»Mika«, höre ich Leo noch rufen, aber ich möchte nur weg von ihm.

Kalte Luft schlägt mir entgegen, als ich auf die Wiese hinter der Scheune laufe, doch es ist mir egal. Ich werde bestimmt nicht hineingehen und meine Würde noch ein Stück weiter begraben, um meine Jacke zu holen.

Ben steht mit Alex und ein paar anderen Jungs unter den Bäumen und raucht eine Zigarre mit ihnen. Normalerweise fände ich die Geste süß, doch im Moment bin ich so sauer, dass ich ihm das Ding am liebsten aus der Hand schlagen würde.

Da ich vor den anderen jedoch keine große Szene machen will, gehe ich zu ihm und sage so unaufgeregt wie möglich: »Ben, kannst du mal kurz kommen?«

Er bläst genüsslich Rauch aus, nickt, und gibt dann die Zigarre an Alex weiter, um mir zu folgen.

Ich laufe mit großen Schritten so weit wie möglich von den anderen weg.

»Hey, Schatz, wo willst du denn hin? Die Party findet da drüben statt.«

Ich drehe mich um und als Ben meinen verärgerten Gesichtsausdruck sieht, schaut er mich erschrocken an. »Was ist passiert?«

»Wie konntest du mich nur so blamieren?«, presse ich zwischen meinen Zähnen hervor.

»Wovon redest du?«, fragt er verwirrt.

»Du hast mit Borenstein über mein Praktikum gesprochen. Du hast eingefädelt, dass ich eine Stelle bekomme, obwohl es gar keine offene mehr gab!«

Ben reißt die Augen auf. »Wer hat dir das erzählt?«

»Ist das wichtig, Ben? Geht es wirklich darum?«

»Nein, natürlich nicht«, will er mich beschwichtigen und geht einen Schritt auf mich zu, doch ich weiche zurück. »Bitte Mika, hör mir zu. Das war nicht richtig. Es tut mir leid.«

»Das hättest du nicht tun dürfen! Oder mir davon erzählen müssen! Mit offenen Karten spielen, damit ich weiß, worauf ich mich einlasse.«

»Ich weiß.« Er sieht verzweifelt aus. »Aber du warst so traurig, dass es mit keinem Praktikum geklappt hat und ich wollte einfach nur, dass es dir wieder gut geht.«

»Weißt du wie peinlich es ist, wenn einem klar wird, dass man aus reinem Mitleid eingestellt worden ist?«

»Es tut mir so leid. Das war falsch. Aber dieser Borenstein war wirklich an dir interessiert.«

Ich schaue angestrengt auf meine Schuhe, da ich ihn nicht ansehen will. Ben würde mir nie absichtlich weh tun, das weiß ich, aber ich erkenne ihn kaum wieder. Wir haben uns immer weiter voneinander entfernt, obwohl früher alles in den richtigen Bahnen verlief. Ich bin so sauer, dass er mir nicht die Wahrheit gesagt hat.

Die Wahrheit? Komm mal runter von deinem hohen Ross, Mika. Du warst in den letzten Wochen auch nicht gerade die mustergültige Freundin.

Ben packt mich an den Schultern. »Bitte glaub mir, ich habe das nur getan, damit wir uns nicht verlieren und zusammen sein können, obwohl du etwas Neues erleben wolltest. Und du bist gut in dem Job. Lass dir das doch nicht kaputt machen, weil ich so ein Idiot war.«

Ich bringe es nicht über mich, Ben zu erzählen, wie schief es in der Agentur gelaufen ist.

»Und es ist doch nur eine Auszeit, ein Ausprobieren. Du kommst bald zu uns zurück. In deinen richtigen Job. Und alles kann so sein wie immer.«

Da ist ein dumpfes Gefühl in der Magengegend, das sich derzeit immer wieder bemerkbar macht. Doch Ben hat Recht. Ich habe mich ausprobiert und damit nur einen riesigen Schlamassel verursacht. Es wird Zeit, dass ich endlich wieder die alte Mika werde.

Meine Wut weicht Erschöpfung. Ich fühle mich so ausgelaugt und möchte mich nicht mehr mit Ben streiten.

»Okay«, sage ich kraftlos.

Ben umarmt mich erleichtert und drückt mich an sich. Einen Moment lang bleiben wir so stehen, bevor wir schweigend nebeneinander her zurück in die Scheune gehen. Zum Glück sind Leo und Alice nicht mehr da, als wir wieder in den Festsaal treten.

Ich versuche in den nächsten Stunden an den Gesprächen um mich herum teilzunehmen, aber ich bin zu müde. Selbst Tonis betrunkene Liebesbekundungen heitern meine Stimmung nicht auf.

Neele wirft mir immer wieder prüfende Blicke zu, aber sagt nichts und ich bin froh darüber.

Um zwei Uhr verabschieden Ben und ich uns vom Brautpaar und sagen auf der Heimfahrt im Taxi kein Wort.

Das Schweigen verstummt auch nicht, als wir uns nebeneinander fürs Bett fertig machen und uns hinlegen. Ben nimmt zaghaft meine Hand im Dunkeln und ich ziehe sie nicht weg.

Ich liege die halbe Nacht wach und als langsam das Licht der Morgendämmerung durch die Schlitze der Rollläden bricht, habe ich eine Entscheidung getroffen.

Kapitel 25

Als ich am Montagmorgen vor der Agentur stehe, bin ich noch aufgeregter als an meinem ersten Tag hier.

Ich gehe wie immer bei Marie am Empfang vorbei und fahre mit dem Aufzug nach oben. Als sich die Türen öffnen und ich in den Flur trete, ruft Borenstein, der aus seinem Büro einen perfekten Blick über den Eingangsbereich hat, schon: »Kommst du direkt zu mir, Mika?«

Ich gehe hinein und er zeigt auf den Stuhl vor seinem Schreibtisch. »Setz dich.« Er schaut mich an. »Wie waren die letzten Tage für dich?«

Zu meiner Überraschung höre ich keinen Ärger mehr in seiner Stimme, sondern ehrliches Interesse.

»Ähm.« Ich räuspere mich und suche in meinem Kopf nach geeigneten Worten. Ich versuche es mit der Wahrheit: »Schrecklich.« Ich betrachte eingehend den grauen Teppichboden vor mir.

»Das glaube ich dir sofort.«

Ich schaue hoch und sehe in Borensteins zerknirschtes Gesicht. »So eine Situation ist immer doof, Mika. Ich hoffe du verstehst, dass es nicht darum ging, dich zu demütigen, sondern dir klar zu machen, dass du einen Fehler gemacht hast.«

Ich nicke.

Borenstein holt Luft. »Du weißt allerdings noch nicht, wie sich die Dinge entwickelt haben, als du am Freitag nicht hier warst.«

Ich rutsche auf meinem Stuhl hin und her.

Ein Lächeln huscht über sein Gesicht. »Das Feedback von Elisa war großartig. Sie hat mich selbst angerufen und möchte die Kampagne genau so übernehmen, wie Leo und du sie entworfen habt. Und ich weiß jetzt auch, warum sie so begeistert ist. Ihr habt genau das Thema eingefangen, dass sie sich eigentlich gewünscht hat. Ich zitiere: Endlich mal jemand, der genau zuhört.« Er kratzt sich am Kopf. »Ich weiß, ich habe euch gesagt, dass ihr einen anderen Ansatz verfolgen sollt, aber ich wurde eines Besseren belehrt. Das habt ihr gut gemacht.«

Ich habe mit allem gerechnet, aber nicht damit, dass Borenstein zugibt, dass wir den richtigen Weg eingeschlagen haben. Er merkt, dass ich irritiert bin und hebt entschuldigend die Hände. »Ja, ich gebe zu, dass ich einen Fehler gemacht habe. Das habe ich auch zu Leo gesagt. Er wollte ja von Anfang an anders an das Thema rangehen.«

Ich bin beeindruckt, dass er so ehrlich ist. Das wären bestimmt nicht viele in seiner Position.

»Es war trotzdem nicht in Ordnung, dass du alleine entschieden hast, Elisa den Entwurf zu schicken.«

Ich nicke.

Borenstein breitet seine Arme aus. »Was denkst du, Mika? Schwamm drüber? Learn the lesson and move on?«

Ah, das ist der Borenstein, den ich kenne. Ich hatte mir schon Sorgen gemacht.

»Ich bin wirklich froh, dass es so ausgegangen ist. Dass Elisa zufrieden ist und ich der Agentur keinen Schaden gebracht habe«, sage ich zögerlich.

Borenstein nickt mir aufmunternd zu.

»Aber ich werde das Praktikum beenden. Ich habe mir das dieses Wochenende gut überlegt.«

Borenstein lässt die ausgebreiteten Arme sinken, sichtlich irritiert, wie ihm die Dinge gerade entgleiten. »Bist du dir ganz sicher, Mika? Du hast wirklich das richtige Gespür dafür, tolle Projekte umzusetzen.«

Ich nicke. »Ich bin mir ganz sicher. Ich danke dir für die Chance, die du mir gegeben hast. Ich habe viel gelernt. Aber ich gehöre einfach nicht hierher.«

Es tut mir leid, dass ich Borenstein so im Regen stehen lasse. Aber gestern Nacht ist mir klar geworden, dass es an der Zeit ist, diese Phase zu beenden.

»Wenn es mit der Auszeit am Freitag zu tun hat – es tut mir leid, Mika, das war vielleicht zu hart. Ich wollte nicht, dass du -«

»Nein«, unterbreche ich ihn hastig, »damit hat es wirklich nichts zu tun.«

Ich kann ihm schwer sagen, dass meine Entscheidung nicht mit dem Projekt, sondern mit dem Projektleiter zu tun hat. Ich entscheide mich für Ben und unser Leben, so wie ich es kenne und wie es richtig ist.

»Dann …« Borenstein kratzt sich am Kopf. Ich habe bisher noch nicht erlebt, dass er nach Worten suchen musste. »Dann bleibt mir nur dir alles Gute zu wünschen, Mika. Es war super, dich an Board gehabt zu haben.«

»Vielen Dank dir für alles, Olaf«, sage ich und stehe auf. Ich strecke ihm die Hand entgegen und meine es ehrlich. Borenstein hat mir die Chance gegeben, mich hier auszuprobieren, das hätten nicht viele gemacht. Und auch wenn Ben nachgeholfen hat – ich weiß, dass ich einen guten Eindruck gemacht haben muss, sonst hätte er mich nicht eingestellt.

Er nimmt meine Hand und sagt ernst: »Bleib bei deiner Sache. Hör nicht auf mit dem Geschichten-Erzählen. Du bist wirklich gut.«

Ich streiche mir verlegen die Haare zurück. »Ja. Mal schauen.«

Dann drehe ich mich um und laufe den Flur entlang. Vorsichtig schaue ich in das Büro, das ich mir mit Alice geteilt habe. Sie ist zum Glück noch nicht da.

Ich gehe an meinen Schreibtisch, um meine persönlichen Sachen aus dem silbernen Rollcontainer zu holen und verstaue sie in meinen Rucksack. Kurz überlege ich, ob ich noch eine Runde drehen soll, um mich zu verabschieden, doch im Moment will ich einfach nur raus hier.

Borenstein wird es den anderen erklären und die Gefahr, dass Alice gleich auftaucht ist zu groß. Sie wird ihren Triumph genießen und ich habe keine Lust, ihr dabei gegenüber zu stehen.

Ich versuche so schnell wie möglich zurück zum Fahrstuhl zu laufen, als mein Name aus einem der Konferenzräume gerufen wird.

Ich bleibe stehen. Mist. Ich hatte gehofft, Leo nach Samstag nicht noch einmal zu begegnen. Aber ein klarer Schlussstrich ist wohl besser als leise rauszuschleichen. Auch wenn ich am liebsten wegrennen würde.

Ich fasse mir ein Herz und trete in den Türrahmen. Leo sitzt am großen Besprechungstisch, der über und über mit Papierbögen belegt ist. Das müssen weitere

Entwürfe für die Kampagne sein. Ich bin traurig, dass ich sie nicht mit ihm beenden werde.

»Hey«, sagt er und lächelt mich an. »Wie war das Gespräch mit Borenstein?«

»Nicht so schlimm wie erwartet.« Ich stehe unschlüssig im Türrahmen.

»Komm rein«, sagt Leo und als er merkt, dass ich zögere, setzt er noch ein »Bitte« obendrauf.

Ich gehe hinein und schließe die Tür hinter mir.

Leo steht von seinem Stuhl auf und setzt sich auf die Tischkante. »Hier war echt einiges los am Freitag. Elisa war hin und weg von dem Entwurf, den du ihr geschickt hast. Sie meinte, dass sie genau darauf gehofft hat. Und Borenstein war zum Schluss auch überzeugt. Ich weiß nicht, ob er uns den Entwurf tatsächlich so hätte abgeben lassen, wenn er ihn zuvor gesehen hätte. Daher muss ich sagen«, er beugt sich zu mir vor, »ich bin ehrlich gesagt froh, dass du es einfach so gemacht hast.«

»Das war nicht meine Absicht«, versuche ich mich zu verteidigen. »Ich habe es in dem Moment echt vergessen. Ich wollte nicht, dass du meinetwegen Ärger bekommst.«

Leo nickt. »Das glaube ich dir, alles okay. Aber es spricht trotzdem für dich, so wie das ganze Projekt. Du warst wirklich toll.« Er verschränkt die Arme vor seiner Brust. »Ich wollte es dir eigentlich schon am Samstag erzählen, damit du dir nicht noch einen weiteren Tag Gedanken machst. Aber ...«, er sucht nach den richtigen Worten, »... es war dann einfach zu viel los.« So kann man es auch ausdrücken.

Ich atme tief ein, um Luft zu holen, für das, was ich jetzt aussprechen muss. »Leo, das ist super. Und ich bin so froh, dass du keinen Ärger bekommen hast. Und dass mein Alleingang sogar noch ein Glücksfall war. Aber heute ist mein letzter Tag, ich mache nicht weiter.« Mein Herz pocht wie verrückt.

»Was soll das heißen?«, fragt Leo entgeistert.

»Das hier ist nicht meine Welt, ich gehöre hier nicht hin.«

Leo schaut mich ungläubig an. »Du schmeißt hin? Wegen eines Rückschlags?« Er wirkt gekränkt.

»Ich schmeiße nicht hin wegen eines Rückschlags. Das hier ist nicht mein richtiges Leben. Es war eine Idee, ein Ausprobieren, aber nicht mehr.«

»Und das war es jetzt einfach? Du rennst davon? Mika, es ist doch vollkommen egal, was Alice erzählt. Oder wie du an das Praktikum gekommen bist. Du hast wirklich gute Arbeit geleistet.« Er schüttelt den Kopf. »Ich fasse es nicht. Du warst diejenige, die mir erzählt hat, dass sie ihr Leben ändern will und was für Träume sie hat. Und jetzt soll alles genauso sein wie davor? Mika, das bist doch nicht du. Du hast mehr verdient.«

Ich werde wütend. »Mein Leben ist gut, genau so wie es ist.«

Er lacht höhnisch auf. »Sei ehrlich zu dir, Mika!«

Was bildet er sich eigentlich ein? »Du hast keine Ahnung von meinem Leben, nur weil wir eine Woche Zeit miteinander verbracht haben«, presse ich hervor.

»Das hat sich vor kurzem aber noch ganz anders angehört. Du meintest doch, du könntest endlich wieder du selbst sein?«

Wut kocht in mir hoch. Was interessiert es ihn überhaupt, was ich mache? Er hat Tommaso doch klar und deutlich gesagt, dass er und ich keine Option sind. Ich habe die Schnauze voll davon, dass alle meinen, sie wüssten besser als ich, wie ich mein Leben zu leben habe.

»Wollen wir über die Wahrheit sprechen, Leo? Ja, ich habe geglaubt etwas ändern zu müssen. Aber ich habe nun erkannt, dass alles gut ist, genau so wie es ist. Doch ich laufe nicht wie du durch die Gegend und erzähle anderen, was sie besser machen sollen, obwohl du selbst nicht den Mut aufbringst, deine Träume zu leben! Sondern Tag für Tag in einer Agentur arbeitest, obwohl du eigentlich etwas ganz anderes machen willst!«

Ich fange an zu schwitzen und muss hochrot im Gesicht sein. Doch es ist mir egal, das hier muss raus, nachdem ich es die ganzen letzten Wochen zurückgehalten habe. Zornig schaue ich Leo an.

»Du sagst, du bist kein Fotograf, weil es zu unsicher ist. Ich glaube, du hast Angst davor, dass es nicht klappen könnte. Dass du es wagst und es kein Erfolg wird. Ja, das kann passieren. Ich habe versucht mein Leben zu ändern und es ist gründlich in die Hose gegangen. Aber ich habe es wenigstens probiert!«

Ich nehme meinen Rucksack. »Sag mir nicht, dass ich mein Leben ändern muss, nur weil du selbst Angst davor hast, deins auf die Reihe zu kriegen.«

Leo schaut mich fassungslos an und ich drehe mich einfach um und gehe.

Kapitel 26

Als ich Ben meine Entscheidung, dass ich das Praktikum in der Agentur beende, mitgeteilt habe, ist er sichtlich erleichtert gewesen. Er hat sich noch einmal bei mir entschuldigt und wir haben beschlossen, die ganze Sache hinter uns zu lassen.

Seitdem ist er so fröhlich, dass ich das Gefühl habe, genau das Richtige zu tun. Ich will in die Zukunft schauen und uns die Chance geben, unsere Beziehung neu aufzubauen.

Da ich erst nächsten Montag wieder in der Gärtnerei anfange, habe ich mir ein paar Tage voller Nichts-Tun inklusive Serienmarathon gegönnt.

Ben geht heute später als sonst in die Gärtnerei, damit wir gemeinsam frühstücken können. Ich verstehe, dass es ein Zeichen seinerseits ist, dass er uns beide als Priorität sieht und nehme es dankend an.

»Was hältst du davon, wenn wir nach all den letzten Monaten eine große Reise zusammen machen?«, frage ich ihn und öffne die Marmelade mit einem lauten *Klack*.

Ben hält beim Streichen seines Brötchens inne. »An was hattest du gedacht?«

»Wie wäre es mit Neuseeland, wie wir es neulich besprochen haben? Nur du und ich, drei Wochen am anderen Ende der Welt.«

»Das hört sich super an. Wollen wir heute Abend nochmal ganz in Ruhe darüber reden?« Er nimmt meine Hand und küsst sie. »Wir könnten uns mal wieder bei Thao treffen. Das haben wir schon ewig nicht mehr gemacht.«

»Ja, gerne«, sage ich und beiße zufrieden in mein Croissant.

Nachdem ich morgens durch die Innenstadt gebummelt bin, vertreibe ich mir den Nachmittag im Englischen Garten. Dieser ganz bestimmte Geruch von Herbst hängt in der Luft. Die ersten Blätter fallen von den großen Kastanien und ich spaziere einmal quer durch den Park.

Ich setze mich auf eine Bank und schaue dem Treiben um mich herum zu. Unzählige Menschen haben sich zum Feierabendbier hier versammelt, Kinder toben umher und eine Sportgruppe trainiert zu Musik.

Die unbeschwerte Stimmung springt auf mich über. Das Kapitel mit der Agentur und Leo hat mich so sehr aus meinem Leben herausgerissen, dass ich lange Zeit nicht ich selbst gewesen bin. Zum Glück ist es nun vorbei. Unser Leben geht wieder seinen geordneten Gang und ich bin froh, dass ich es nicht für einen kurzen Moment der Unsicherheit aufs Spiel gesetzt habe.

Als sich der Nachmittag zu Ende neigt, packe ich zusammen. Ich nehme die Zeitschrift, die ich mir mit einem Eis am Kiosk geholt habe und nun weiß, dass ich der psychologische Typ D, Pinguin (auf Sicherheit gepolt und doch flatterhaft – na vielen Dank für die Aufklärung) bin, und laufe los.

Der Hofgarten am südlichen Ende des Parks ist voller Menschen mit Coffee-To-Go Bechern in der Hand und Sonnenbrillen auf der Nase. Boule-Spieler stehen auf den Kieswegen und diskutieren darüber, welcher Wurf gewonnen hat.

Ich laufe am Dianatempel inmitten des Gartens vorbei, aus dem wie so oft Musik zu hören ist. Eine Traube an Menschen hat sich um den runden Pavillon gebildet.

Ich gehe näher heran und sehe, dass es eine junge Frau ist, die von einem Cajón-Spieler begleitet wird. Sie hat die Augen geschlossen und als ich die Melodie erkenne, halte ich inne und höre ihr zu.

»Nun sagt man auch die Liebe ist wie der Vogel.
Versuch sie einzusperren
und sie kommt nie mehr geflogen.«

In meinem Kopf taucht der Strand von Vada auf. Ich muss an Leo, seine Kamera und San Elio denken und mein Herz bekommt einen Stich.

Erst nach einiger Zeit wird mir bewusst, dass ich den Atem anhalte. Ich atme bewusst aus. Das ist Vergangenheit. Ich straffe meine Schultern und gehe weiter.

Als ich bei Thao's ankomme, werde ich freundlich vom Besitzer gegrüßt und setze mich an einen der kleinen Tische. Es ist sinnlos, die Speisekarte zu lesen, ich kenne sie eh auswendig.

Heute Vormittag habe ich in einem Reisebüro Kataloge über Neuseeland geholt und die freundliche Mitarbeiterin hat mir direkt einige Tipps zur Flugbuchung und der Reiseroute gegeben. Ich freue mich, Ben gleich davon zu erzählen und mit ihm in den Katalogen zu stöbern. Diese Reise wird uns guttun und uns endlich wieder auf die Zukunft konzentrieren lassen.

Da geht die Tür auch schon auf und Ben kommt herein.

Er läuft zu mir und gibt mir einen Kuss auf den Mund. »Na mein Schatz, wie war es heute?«

Ich erzähle ihm von meinem entspannten Tag, während er seine Sachen ablegt und sich mir gegenüber setzt.

»Das hört sich toll an. Es ist genau richtig, dass du das noch genießt, bevor du wieder zurück kommst. So viel wie gerade zu tun ist, wird es erstmal eine lange Zeit nichts mit Freinehmen. Wenn wir den Online-Shop auf das nächste Level kriegen wollen, müssen wir die nächsten Monate richtig Gas geben.«

Mein Herz verkrampft sich. Warum sagt er das? »Aber im Winter ist doch Nebensaison.«

»Ja schon, aber es ist genau die richtige Zeit um im Hintergrund alles vorzubereiten, um dann im Frühjahr wieder Vollgas geben zu können.«

»Und Neuseeland?«, frage ich leise.

»Neuseeland hört sich toll an. Aber ich habe heute zufällig mit Arndt und Lara vom Großlieferanten gesprochen. Sie waren beide schon dort.«

Er sieht sich suchend nach dem Kellner um, doch der ist gerade mit anderen Gästen beschäftigt. Dann konzentriert er sich wieder auf mich. »Und beide meinten unabhängig voneinander, dass es landschaftlich gesehen genau wie in Island oder Irland ist. Drei Wochen frei und dazu der lange Flug ist ja eine ganz schöne Nummer. Da dachte ich mir, wie wäre es wenn wir nächstes Frühjahr zehn Tage nach Island fliegen? Es soll tolle Wanderungen geben und man kann wohl sehr einfach campen. Das war doch das, was du dir gewünscht hast, oder?«

Er sieht mich stolz an.

Meine Hände umklammern die Reisekataloge, die ich gerade aus meiner Tasche ziehen wollte.

Das dumpfe Gefühl, dass ich in meinem Magen vergraben habe, meldet sich zurück. Und ich verstehe jetzt, was es mir sagen will.

Ben wird mich nie wie einen Vogel fliegen lassen. Die Sache mit der Agentur, die Reise nach Neuseeland. Ich werde immer nur die Dinge machen, die für ihn passen. Er liebt mich, aber er ist nicht bereit dazu, mich mein eigenes Leben führen zu lassen. Dadurch wird er mich immer kleiner halten, als ich eigentlich bin. Und das ist nicht die Art von Liebe, die ich will. Ich will nicht eingesperrt werden aus seiner ständigen Angst heraus, dass ich beschützt werden muss. Ich will meinen eigenen Weg gehen und meine eigenen Fehler machen dürfen.

Ben schaut mich noch immer erwartungsvoll an. »Was denkst du?«

Ich versuche genug Speichel in meinen Mund zu bekommen, der komplett ausgetrocknet ist. »Island«, sage ich langsam, »ist nicht das, was ich mir vorgestellt habe.«

»Ich weiß mein Schatz. Aber überleg doch mal, wie viel besser es wäre. Weniger Kosten, weniger Flugstunden und im Endeffekt werden wir etwas ganz ähnliches sehen.«

»Island ist nicht Neuseeland«, wiederhole ich schwer atmend.

»Das weiß ich Mika. Aber es ist eben nicht so einfach«, sagt er ungeduldig.

»Wieso? Wieso ist es nicht so einfach? Wieso kannst du mir diesen Wunsch nicht erfüllen oder wenigstens versuchen zu verstehen, dass ich genau dorthin möchte?«

Meine Stimme ist mit jedem Wort lauter geworden und die Gäste an den anderen Tischen sehen bereits irritiert zu uns.

»Es ist doch egal, wo wir hinfahren, solange wir beide zusammen sind.«

»Ist es nicht Ben. Ich hatte immer den Traum nach Neuseeland zu gehen!«

Inzwischen habe ich das Gefühl, der ganze Raum hört uns zu.

»Es tut mir leid Mika«, Ben senkt seine Stimme, »aber drei Wochen sind einfach nicht drin.«

Ich will hier einfach nur noch raus. Schnell stehe ich auf und nehme meine Jacke vom Stuhl.

»Bitte Mika, lass uns vernünftig reden.«

Ben versucht mich mit einer Hand festzuhalten, aber ich stoße sie weg. Ich weiß, wie sehr er es hasst in der Öffentlichkeit zu streiten, aber es ist mir egal.

»Ich kann nicht. Ich kann so einfach nicht mehr, Ben«, murmle ich und gehe, so schnell ich kann, an den glotzenden Menschen vorbei zur Tür hinaus.

Tränen laufen mir über die Wangen, als ich ziellos durch die Straßen irre.

Doch mein Unterbewusstsein muss einen Plan gehabt haben, denn ohne es richtig mitbekommen zu haben, stehe ich plötzlich vor der Haustür meiner Mutter.

Ich bin erleichtert, dass sie selbst die Tür aufmacht und nicht Martin.

»Mika, was ist passiert?«, fragt sie erschrocken, als sie mich sieht.

»Ach Mama«, sage ich schluchzend und lasse mich in ihre Arme sinken.

Kurze Zeit später sitzen wir auf dem Sofa und alles kommt aus mir heraus. Alles über die Liste, Leo, Italien, Ben und die Hochzeit. Mama hat mir einen Tee gemacht und streicht mir immer wieder über meine Haare, während ich rede.

»Ach mein Liebling«, sagt sie sanft, als ich fertig bin und nur noch mein Schluchzen zu hören ist. »Als wir uns am Schloss getroffen haben, hatte ich schon so ein Gefühl, dass sich etwas in dir verändert hat.« Sie nimmt meine Hand und sagt: »Das Leben ist eine einzige Veränderung. Du wirst Gefühle und Ereignisse nicht aufhalten können. Und es bringt nichts an etwas festzuhalten, das du nicht mehr bist.«

Ich ziehe geräuschvoll die Nase hoch. »Aber du magst Ben doch so sehr.«

Sie lächelt. »Natürlich mag ich Ben. Er hat dich aufgefangen, als ich es nicht konnte. Und dafür werde ich ihm immer dankbar sein. Aber ich habe mich oft gefragt, ob er dich nicht zu sehr beschützt und die Welt versucht von dir fernzuhalten.«

»Warum hast du nie etwas gesagt?«

»Ich habe damals zu lange gebraucht mit meinem eigenen Schmerz fertig zu werden und war nicht da, um mich um dich zu kümmern. Das werde ich immer bereuen. Und als ich mich wieder aus der Trauer ausgegraben hatte, hattest du dein Leben mit Ben schon perfekt eingerichtet und seine Eltern hatten dich in ihrer Mitte aufgenommen. Daran wollte ich nicht rütteln.«

Ich habe nie darüber nachgedacht, wie schlimm es für meine Mutter gewesen sein muss, als sie nach ihrem langen Klinikaufenthalt wieder zurückgekommen war.

»Mama, es tut mir -«, sage ich, doch sie unterbricht mich.

»Nein mein Schatz, bitte entschuldige dich nicht. Du hast damals alles getan, um irgendwie weiter zu leben und das ist genau richtig so gewesen.« Sie drückt meine Hand. »Aber du hattest so viele Pläne mit neunzehn und du hast keinen davon umsetzen können. Ich habe Angst, dass Ben und seine Eltern dich immer nur als dieses Mädchen von damals sehen werden und nicht erkennen können, was für eine starke Frau aus dir geworden ist.«

Sie seufzt und fährt dann fort. »Es ist schrecklich was uns passiert ist Mika. Und die Vergangenheit können wir nicht mehr ändern. Aber lass nicht auch noch deine Zukunft davon bestimmen.«

»Was soll ich nur tun?«, frage ich sie verzweifelt.

»Es ist dein Leben, Mika. Du allein musst entscheiden, wie es weitergeht. Aber wenn du jemanden brauchst, der dir Mut zuspricht, dann bin ich für dich da. Das wäre es auch, was Papa gemacht hätte.«

Sie lächelt.

»Wusstest du, dass er es war, der mir dazu geraten hatte die Heilpraktikerin Ausbildung zu machen? Ich hatte zu dem Zeitpunkt noch viel zu viele Zweifel. Aber er hat das Leben so geliebt und war überzeugt davon, dass das Glück den Mutigen gehört.«

Sie nimmt mein Gesicht in ihre Hände und wir sind uns so nah wie seit Jahren nicht. »Du bist meine Familie und mein ganzer Stolz.«

Ich umarme sie.

»Wie konnte es so weit kommen?«, frage ich, nachdem ich sie wieder losgelassen habe.

»Du hattest nicht die Chance rauszufinden, wer du bist, da deine Flügel genau in dem Moment gestutzt wurden, als du sie aufspannen wolltest. Aber es ist nie zu spät zum Fliegen.« Wow, darf ich vorstellen: meine Mutter, Dalai Lama von Beruf.

Ich muss unter all meinen Tränen lachen. »Das war jetzt echt eine filmreife Zeile, Mama.«

Sie lächelt stolz. »Ich habe mir ja auch immer alle Filme angeschaut, von denen du erzählt hast.«

Zwei Stunden später stehe ich in der U-Bahn und fahre nach Hause. Mama hat Recht. Ich alleine muss für mein Leben entscheiden. Und dabei geht nicht darum, dass Leo für das aufregend Unbekannte und Ben für alles Verlässliche steht. Es geht darum, dass ich in der Woche bei Leo die Person sein konnte, die ich schon so lange sein wollte. Ben hingegen wird mich weiterhin als jemand sehen, der ich in der Vergangenheit war. Er lässt es nicht zu, dass ich mich weiter entwickle.

Auch wenn Leo kein Interesse an mir hat – ich habe mich in Italien endlich lebendig gefühlt. Und dieses Gefühl möchte ich wiederhaben.

Als ich vor unserer Wohnungstüre stehe, atme ich tief durch und stecke den Schlüssel ins Schloss. Ich will ihn gerade umdrehen, als Ben schon die Tür aufmacht.

»Da bist du ja«, sagt er mehr erleichtert als ärgerlich.

»Hey«, sage ich leise und lege meine Sachen auf der Holzbank im Flur ab.

»Wo warst du?« fragt er, jetzt mit mehr Ärger in der Stimme.

»Bei meiner Mutter.«

»Und da kannst du nicht Bescheid geben? Ich habe unzählige Male versucht dich anzurufen!«

»Entschuldige bitte.« Ich habe tatsächlich nicht mehr auf mein Handy geschaut, seitdem ich aus dem Restaurant gestürmt bin. »Ich wollte dich nicht beunruhigen.«

Wir stehen beide noch immer unbeholfen im Flur.

»Aber ich musste mir erst über einiges klar werden«, sage ich und gehe in unser Wohnzimmer.

Das Wohnzimmer, in dem Ben während seiner Prüfungen an der Uni all seine Unterlagen auf Blätterhaufen verteilt und mich damit wahnsinnig gemacht hat. Das mit seinem großen Fernseher und meiner DVD Sammlung der Treffpunkt für so viele Filmabende mit unseren Freunden gewesen ist.

Und im Film wäre das, was jetzt kommt so viel einfacher. Ben hätte sich im Laufe des Drehbuchs zu einem Fiesling entwickelt oder würde die Protagonistin betrügen.

Aber so einfach ist das wirkliche Leben nicht. Menschen können sich lieben und versuchen das Beste für den anderen zu wollen und trotzdem reicht es nicht.

»Ben …«, fange ich an und setze mich auf die Kante des Sofas, weil ich nicht herumstehen will.

»Nein, sag meinen Namen nicht in so einem Ton«, sagt Ben mit angsterfüllter Stimme. »Mika, wenn das mit Neuseeland so wichtig ist, dann fahren wir eben doch. Bitte wirf nicht alles deswegen weg.«

»Es geht nicht nur um Neuseeland. Es geht um uns. Und vor allem um mich. Ich habe in der Zeit in der Agentur realisiert, wer ich sein möchte. Und was ich noch alles erleben will.«

»Hätte ich gewusst, dass das bei dieser ganzen Sache mit der Agentur herauskommt, hätte ich es dir doch nie vorgeschlagen«, sagt Ben verzweifelt.

»Ben«, versuche ich ihn zu beruhigen, »du kannst nicht immer alles kontrollieren. Dinge passieren, auch wenn du einen anderen Plan hast.«

Ich strecke meine Hand nach ihm aus, aber er ergreift sie nicht. »Du hast jemanden verdient, der genau dasselbe möchte wie du. Der dich mit vollem Herzen bei deinen Träumen unterstützt. Denn deine Träume sind wunderbar und haben es verdient, erreicht zu werden.«

Er schaute mich an, als ob er genau weiß, was ich als Nächstes sagen werde. »Aber es sind nicht deine Träume«, sagt er mit erstickter Stimme.

Meine Augen füllen sich mit Tränen, als ich die Worte ausspreche. »Nein, es sind nicht meine Träume. Ich wünschte wirklich, es wäre so. Aber das ist nicht das Leben, das ich führen will.«

Tiefe Trauer überkommt mich bei dem Gedanken, was ich alles aufgebe und was alles hätte werden können. Und gleichzeitig weiß ich, dass es das einzig Richtige ist.

Ich kann kaum zusehen, als Ben sich nun doch hinsetzt und seinen Kopf in den Händen vergräbt.

»Davor hatte ich von Anfang an Angst.« Er schaut zu mir hoch. »Dass du früher oder später gehst und ich dich nicht aufhalten kann.«

Eine Träne läuft ihm über die Wange und ich würde sie so gerne wegwischen und ihn in den Arm nehmen.

Doch ich lege nur meine Hand auf seinen Arm. »Du kannst die Liebe nicht einsperren, aus Angst sie könnte ansonsten verloren gehen. So funktioniert das nicht.«

Ich schaue ihn an. Mein Ben, der so lange der Fels in meinem Leben war.

»Ich wollte wirklich das beste Leben für dich, Mika«, sagt er schluchzend.

»Ich weiß«, sage ich und wische ihm seine Tränen nun doch weg, »das weiß ich wirklich. Du bist ein großartiger Mann, Ben. Du hast mich in meinen schlimmsten Stunden aufgefangen und alles dafür getan, dass ich weiter leben kann. Ich bin dir so dankbar.«

Ben nickt nur und presst die Lippen aufeinander.

Wir sitzen uns noch eine ganze Weile gegenüber und halten uns an den Händen. Als ob wir noch etwas Zeit brauchen für das, was als Nächstes kommen wird.

Schließlich steht Ben auf und holt tief Luft. »Ich werde dann erstmal zu meinen Eltern gehen.«

Er nimmt seine Schlüssel vom Esstisch und läuft in den Flur. Für einen Moment denke ich, er dreht sich noch einmal um. Doch dann öffnete er die Tür und geht hinaus.

Kapitel 27

Als ich am nächsten Morgen aufwache, sind meine Augen rot und meine Wangen wund vom vielen Weinen.

Ich bin mir weiterhin sicher, dass ich die richtige Entscheidung getroffen habe, aber es tut trotzdem verdammt weh. Als ob ich Angst habe, dass mich später der Mut verlässt, klappe ich meinen Laptop auf und suche nach Flügen nach Neuseeland.

Zwei Tage später sitzt Neele mit einem Glas Wein und angezogenen Beinen auf einem der Klappstühle auf dem Balkon und streichelt meinen Arm.

Ich habe ihr alles erzählt und noch immer fließen meine Tränen.

»Es tut mir so leid, Mika.«

Ich wische mir mit dem Ärmel meiner Strickjacke über die Augen. »Und bei dir?«, frage ich, um das Thema zu wechseln. »Wann genau ziehst du um?«

»Mitte Dezember. Dann kann ich Weihnachten schon hier sein und im Januar in der neuen Kanzlei starten.« Sie lächelt mich aufmunternd an. »Wir können zusammen auf den Weihnachtsmarkt gehen und endlich mal wieder zum Skifahren.«

»Ich werde im Winter nicht da sein, Neele«, sage ich und merke, wie ich mir diese Nachricht dabei selbst mitteile. Ich habe den Tag über recherchiert und eine weitere Entscheidung getroffen. Anscheinend ist es gar nicht so einfach, damit aufzuhören, wenn man den Stein erstmal ins Rollen gebracht hat.

Neele schaut mich fragend an.

Ich breche mir ein Stück Schokolade von der riesigen Tafel ab, die sie mitgebracht hat.

»Ich habe ein Flugticket nach Neuseeland gekauft. Ich will endlich die Reise machen, die ich damals nicht machen konnte«, erkläre ich kauend.

»Ich glaube, dass das genau das Richtige ist, Mikkel. Wie lange wirst du weg sein?«

»Ich weiß es ehrlich gesagt noch nicht. Fünf Monate? Ich will einfach schauen, was passiert.«

»Ich bin hier und warte auf dich«, sagt Neele und nimmt mich fest in den Arm.

Ein paar Tage später stehe ich im Sportgeschäft am Marienplatz und der eifrige junge Verkäufer zeigt mir die unterschiedlichsten Rucksack-Modelle.

Meinen alten, der damals schon fast gepackt war, habe ich im selben Jahr bei einer Kleiderspende weggegeben, da ich seinen Anblick nicht ertragen konnte.

Diese Reise jetzt nachzuholen fühlt sich richtig an. Außerordentlich beängstigend, aber richtig.

Ich entscheide mich nach kurzem Überlegen für den nachtblauen Rucksack im mittleren Preissegment.

Mit Ben und seinen Eltern habe ich ausgemacht, dass ich nicht noch einmal in die Gärtnerei zurückkehren werde. Das Telefonat mit Ben dazu war kurz und sachlich.

Mich von Sabine und Robert zu verabschieden war noch einmal ein schwerer Schritt. Sabine war kurz angebunden, aber Roberts aufmunternde Stimme machte es wieder wett. »Alles Gute für dich, Mika«, sagte er am Ende und ich musste schnell auflegen, damit ich nicht schon wieder anfing zu weinen.

Ich warte gerade an der Kasse, um zu zahlen, als mein Handy klingelt. Die Nummer kommt mir bekannt vor, aber ich kann sie nicht zuordnen.

»Hallo?«, frage ich.

»Hi Mika, hier ist Marie vom Empfang von 48Grad.«

Ah, *diese* Nummer.

»Wir haben uns gar nicht mehr voneinander verabschiedet.« Ihre Stimme klingt nicht vorwurfsvoll, sondern überrascht.

»Ja«, ich räuspere mich, »das ging alles ganz schnell.«

»Ich hoffe auf jeden Fall, dass es dir gut geht.«

Ist das eine Frage? Wenn, weiß ich nicht was ich darauf antworten soll. Es ging mir noch nie so vieles auf einmal.

Meine Beziehung ist nach elf Jahren am Ende und ich lebe das erste Mal ganz alleine. Ich bin froh, wie es gekommen ist und trotzdem voller Trauer.

Ich habe endlich angefangen, die Beziehung zu meiner Mutter wieder aufzubauen und wir haben wirklich schöne Momente miteinander.

Meine beste Freundin aus Kindheitstagen zieht in die Stadt zurück, aber ich habe nichts davon, weil ich in ein paar Tagen aufbrechen werde, um eine Reise nachzuholen, die ich vor ewigen Zeiten machen wollte.

Ich bin in manchen Momenten voller Vorfreude und in anderen mache ich mir vor Angst fast in die Hose.

Ich habe Liebeskummer, weil ich die Trennung von dem Menschen überstehe, den ich auf eine gewisse

Weise immer lieben werde und mich gleichzeitig nach jemandem sehne, der kein Interesse an mir hat.

Der Schlamassel, den ich mein Leben nenne, könnte zur Zeit nicht größer sein.

Da man das aber jemandem, den man nur oberflächlich kennt, nicht erzählt, sage ich: »Ja, alles gut.«

Diese Antwort reicht Marie aus und sie erklärt: »Ich rufe an, weil noch ein Paket für dich hier angekommen ist. Kannst du es abholen, wenn du mal wieder hier in der Nähe bist? Oder soll ich es an dich weiterschicken?«

In mir sträubt sich alles dagegen noch einmal in die Agentur zu gehen. Aber ich brauche von hier aus keine zehn Minuten zu Fuß in die Maxvorstadt.

»Ich komme jetzt direkt vorbei, okay?«

»Super, danke dir. Ich gehe gleich in die Mittagspause, aber ich lege es dir ins Fach hinter den Tresen. Hol es dir einfach raus.«

Wir verabschieden uns und ich lege auf.

Ich zahle und schultere den großen Rucksack, mit dem ich durch die Innenstadt laufe. Im Moment fühlt sich das noch wunderbar an, aber bleibt es auch so, wenn fünfzehn Kilogramm Inhalt dazu kommen?

Ich spaziere an der Alten Pinakothek vorbei und überlege, was wohl in dem Paket ist.

Dann biege ich nach rechts ab und gehe auf den Eingang der Agentur zu. Ich hätte nicht gedacht, dass ich so schnell wieder hier sein würde. Doch ich werde einfach nur schnell reingehen, das Paket nehmen und schnellstmöglich wieder verschwinden.

Ich drücke die schwere Eingangstür auf. Marie ist tatsächlich schon nicht mehr da, das »Bin gleich zurück« Schild steht auf ihrem Platz.

Ich gehe hinter den Tresen und schaue in das Regal, in dem immer die Post gesammelt wird, aber dort ist nichts zu sehen. Wo hat sie es hingelegt?

Suchend schaue ich mich um. Ah, das muss es sein, im Fach unter dem Schreibtisch.

Ich gehe in die Hocke, um das kleine Paket herauszuziehen, auf dem mein Name steht. Es steht kein Absender drauf, aber es hat einen italienischen Poststempel.

Ich reiße die Lasche auf und hole den Inhalt heraus. Etwas Kleines ist in Seidenpapier eingeschlagen. Eine Karte, die eine von Leos Aufnahmen von San Elio zeigt, liegt dabei.

Ich drehe sie um und lese:

Cara Mika,
Von Herzen noch einmal vielen Dank für deine tolle Arbeit. Wir alle hier sind überglücklich und freuen uns der Welt das wahre San Elio zeigen zu können.
Elisa

Ich freue mich sehr über diese Zeilen und bin stolz die Karte in meinen Händen zu halten.

Neugierig öffne ich das Seidenpapier und muss lächeln, als ich sehe, was darin eingeschlagen ist. Es ist das Armband aus Paolas Laden.

Ich lasse es durch meine Hand gleiten. Es ist zart und leicht und der kleine Vogel daran noch viel filigraner als ich ihn in Erinnerung hatte. Leo muss mich im Laden beobachtet und Elisa gesagt haben, dass es mir gefallen hat.

»Ich hätte nicht gedacht dich hier nochmal zu sehen«, sagt in diesem Moment eine tiefe, nur allzu bekannte Stimme hinter mir.

Ich erschrecke so heftig, dass ich beinahe das Armband fallen lasse. Langsam drehe ich mich um.

»Entschuldige«, beeilt Leo sich zu sagen, »ich wollte dich nicht erschrecken.«

Er macht Anstalten auf mich zuzugehen, aber bleibt dann doch vor dem Tresen stehen.

»Hi«, sagt er und wenn ich mich nicht täusche, höre ich Unsicherheit in seiner Stimme.

»Hi«, sage ich leise.

Ich muss daran denken, wie wir uns gestritten haben, als wir uns das letzte Mal gesehen haben und wie wir auseinandergegangen sind. Ich habe versucht ihn in den letzten Wochen aus meinem Kopf zu bekommen, aber jetzt wo ich vor ihm stehe, werde ich schon wieder zum Nervenbündel. Er hat einfach diese Wirkung auf mich, ich kann nichts dagegen tun.

»Wie geht es dir?«, fragt er.

Eine oft gestellte Frage heute. Doch bei ihm will ich ehrlich sein.

»Gut. Schrecklich. Alles gleichzeitig.« Ich versuche zu lächeln, aber es will nicht so richtig klappen. »Und dir?«

Er überlegt. »Okay. Gar nicht okay. Alles gleichzeitig.«

Jetzt muss ich tatsächlich lächeln.

Ich frage mich, warum er ebenso im Gefühlschaos steckt und ob er in der Agentur doch noch Probleme mit dem Projekt bekommen hat.

Leo wippt von einem Bein aufs andere und zeigt dann auf das Päckchen in meiner Hand. »Wir sind letzte Woche mit allem fertig geworden.«

Ich fahre mit meinem Finger über die Karte.

»Ist ein gutes Gefühl, ein Projekt abgeschlossen zu sehen, oder?«

»Ja«, antworte ich, »das ist es wirklich.«

»Auch wenn sich natürlich nicht jeder Kunde so dankbar zeigt.« Er schaut mich intensiv an. »Das war etwas ganz Besonderes.«

Ich nicke und wende dann meinen Blick ab.

Einen Moment wissen wir beide nicht, was wir sagen sollen.

»Soll ich …«. Leo räuspert sich. »Soll ich dir mit dem Armband helfen?«

Ich zögere kurz. »Gerne«, sage ich dann und halte es ihm hin.

Er kommt zu mir, nimmt meinen Unterarm und legt mir geschickt das dünne Kettchen an. Ein Schauer gleitet über meinen Körper. Ich habe verdrängt, wie sehr ich ihn begehre. Hör auf Mika, sage ich mir, es hat sich nichts verändert. Du hast selbst gehört, dass er nichts für dich empfindet und es war richtig, von der Agentur wegzugehen.

Ich ziehe meinen Arm weg.

Leo steht unschlüssig vor mir. Dann fällt sein Blick auf den großen Rucksack, den ich neben mir abgestellt habe.

»Wanderst du aus?«, fragt er amüsiert.

»So was in der Art«, antworte ich.

Er schaut mich überrascht an.

»Ich mache die Reise.«

»Du fährst nach Thailand?«

»Auch. Und auch überall sonst hin, wo ich schon immer hin wollte. Ich plane die nächsten fünf Monate weg zu sein.«

»Das ist toll, Mika! Wann geht es los?« Er freut sich anscheinend wirklich für mich.

»Nächsten Samstag.«

»Und ...«, setzt er an und spricht dann nicht weiter, aber ich weiß intuitiv, was er mich fragen möchte.

»Alleine«, sage ich. »Ben und ich haben uns getrennt.«

Seine Augen werden groß und er kratzt sich verlegen am Hinterkopf. »Das tut mir leid, Mika. Wirklich.«

Ich nicke. Und glaube ihm. »Und was gibt es bei dir Neues?«

»Alles beim Alten. Obwohl, ich bin da an einer Sache dran, aber ich kann noch nicht viel dazu sagen.«

Ich verstehe, er möchte es mir nicht erzählen. Warum sollte er auch. Wir sind nichts mehr füreinander, nicht einmal Kollegen.

Ich greife nach meinem Rucksack, um zu gehen.

Leo macht einen Schritt auf mich zu. »Mika, ich wollte dir noch unbedingt sagen, dass es mir leid tut, was ich dir vorgeworfen habe. Das war nicht fair von mir.« Er schaut mich ehrlich zerknirscht an.

»Mir tut es auch leid«, sage ich.

»Das braucht es wirklich nicht.«

»Nein?«

»Nein. Du hattest absolut Recht.«

»Oh.« Ich weiß nicht, was ich sagen soll, damit hatte ich nicht gerechnet.

»Und du warst nicht die einzige Person. Tommaso hat mir bereits daheim am Morgen nach dem Stadtfest den Kopf gewaschen, aber ich war zu abgelenkt zu dem Zeitpunkt. Es ist in der Woche so viel passiert.«

Er sucht nach Worten und ich will eigentlich nicht, dass er noch einmal wiederholt, was er auf der Terrasse gesagt hat.

Ich weiß nicht, woher ich den Mut nehme. Ob es daran liegt, dass ich bald sowieso tausende von Kilometern weit weg sein werde und Leo voraussichtlich nicht noch einmal sehe.

Jetzt wo ich ihm doch noch einmal gegenüber stehe, will ich dieses Thema ein für alle Mal geklärt haben und sage: »Schon gut, du musst dich nicht erklären. Ich habe dich an dem Morgen mit Tommaso gehört. Ich weiß, dass du kein Interesse an mir hast. Es tut mir leid, falls ich dich in Italien in eine doofe Situation gebracht habe.« Ich zucke mit den Schultern, um meine Nervosität zu überspielen.

Leo schaut mich irritiert an. »Was redest du da?«

»Du hast Tommaso gesagt, dass du nie mit einer Frau wie mir zusammen sein wirst.«

Leo starrt mich weiterhin an und braucht einen Moment, bis er sich sammelt.

»Und hast du auch den Rest gehört?«

Den Rest?

»Nein«, sage ich zögerlich.

»Dann hättest du nämlich gehört, dass ich ihm erklärt habe, dass ich nie mit jemanden wie dir zusammen sein könnte, weil eine Frau wie du sich niemals in mich verlieben würde.«

Mein Herz fährt Achterbahn und ich kann nicht glauben, was Leo da gerade sagt.

»Was heißt das, eine Frau wie ich?«

»Eine Frau, die so schlau und mutig ist wie niemand, der mir zuvor begegnet ist. Die Herz und Verstand hat. Und vor allem eine Frau, die bereits vergeben ist.«

Mein Herz klopft immer schneller.

»Daraufhin hat mir Tommaso den Kopf gewaschen«, fährt Leo fort. »Er meinte, dass ich schon mein ganzes Leben allen predigen würde, dass sie sich nicht kleiner machen sollen, als sie sind. Aber mir selbst würde ich nicht erlauben, die Frau meiner Träume zu erobern, da ich glaube es nicht verdient zu haben. Ich wollte daraufhin mit dir sprechen, aber du wolltest unbedingt abreisen.«

Mein Kopf glüht und ich versuche einen klaren Gedanken zu fassen.

Leo spricht immer schneller weiter. »Ich habe mich bestätigt gefühlt und gedacht, du bereust die Tage mit mir bereits und bist deswegen direkt nach Hause.«

»Warum hast du nicht versucht mit mir zu reden?«, klammere ich mich an den letzten Strohhalm.

»Habe ich!«, erwidert Leo aufgebracht. »Aber du bist mir ständig aus dem Weg gegangen. Und als du nach der Hochzeit gekündigt hast, war mir klar, dass du dich für Ben entschieden hast.«

Ich fasse es nicht. Leo empfindet dasselbe für mich. Ich habe es mir nicht eingebildet.

Ich bin erleichtert und gleichzeitig am Boden zerstört. Ich könnte in diesem Moment so glücklich sein, aber Leos Geständnis kommt zum falschen Zeitpunkt.

Ich kann das alles einfach nicht glauben.

Was, wenn ich das schon vor zwei Wochen gewusst hätte? Was, wenn alles anders gekommen wäre?

Doch auch wenn ich nun weiß wie Leos Gefühle für mich aussehen – ich muss fahren und diese Reise für mich selbst endlich antreten.

»Leo«, sage ich, doch er unterbricht mich.

»Mika, du musst dich nicht erklären. Du wirst bald fahren und das ist auch richtig so. Diese Reise wird großartig werden.«

Ich nicke und nehme meinen Rucksack.

»Tschüss, Leo«, sage ich und meine Stimme bricht beinahe. »Ciao, Mika«, erwidert Leo und schaut mich mit einer Mischung aus Traurigkeit und Aufmunterung an.

Ich weiß, dass es die richtige Entscheidung ist.

Ich weiß, dass es endlich an der Zeit ist, dass ich ganz und gar auf mein Herz höre und all die Orte sehe, von denen ich geträumt habe.

Und trotzdem würde ich am liebsten endlich Leos Lippen auf meinen spüren. Doch ich habe zu große Angst, dass ich dann meine Entscheidung in Frage stelle.

Ich rücke meinen Rucksack zurecht und gehe aus der Tür, ohne noch einmal zurückzuschauen.

Ich weiß nicht, was kommt. Ich weiß nur, dass ich gehen muss.

Es wird Zeit, dass ich wahr werden lasse, was ich schon so lange geplant hatte.

Ohne Rücksicht auf Ben, ohne Rücksicht auf Leo.

Nur für mich.

Sechs Monate später

Faszinierend, wie sich doch so viel und gleichzeitig kaum etwas verändert, wenn man lange weg war.

Ich steige aus der vollen S-Bahn aus und fahre die Rolltreppe vom Bahnsteig nach oben.

Die Blüten an den Bäumen färben die Straße in ein wunderschönes Rosa. Frühling liegt in der Luft und die ersten Gäste sitzen draußen in den Cafés, obwohl es noch kühl ist.

Mein Fahrrad steht wie immer im Hinterhof, als ich an ihm vorbei und mit letzter Energie die Treppen hinauf in meine Wohnung gehe.

Ich schließe die Türe auf und setze meinen schweren Rucksack im Flur ab.

Ich habe mich noch nicht ganz an den Gedanken gewöhnt, dass ich hier alleine wohne. Ein winziger Teil von mir wartet wohl darauf, dass Ben in einem der Zimmer ist, so wie es in all den Jahren davor war.

Ich gehe in die Küche und trinke einen großen Schluck Wasser direkt aus der Flasche.

Meine Mutter hat mir den Kühlschrank aufgefüllt, als hätte ich die letzten sechs Monate nichts zu essen bekommen. Ich werde sie heute Abend noch besuchen und morgen bin ich bei Neele und Tobi eingeladen, die inzwischen zusammen in Schwabing wohnen.

Ich öffne alle Fenster und lasse frische Luft herein. Das vertraute Stimmengewirr und Klirren von Bierkrügen dringen nach oben.

Die meisten der Pflanzen vom Balkon und eines der beiden Billy Regale mit Büchern fehlen. Ben wird sie in seine neue Wohnung nach Dachau geholt haben.

Der Online-Shop ist ein voller Erfolg, wie er mir in seiner letzten Nachricht geschrieben hat. Dabei hat er sich etwas erschöpft, aber sehr zufrieden angehört.

Toni hat mir die Vermutung mit vielen augenrollenden Smileys über ihre Überstunden bestätigt.

Fast ein Jahr ist vergangen, seitdem Neele und ich die Liste ausgegraben haben. Ich hätte mir nicht im Traum ausgemalt, dass elf Monate später alles komplett anders sein wird. Dass ich tatsächlich durch Thailand gereist bin. Dass ich Kängurus in Australien gesehen habe und in Japan zehn Tage in einem Kloster war.

Es sind Dinge auf meine innere Liste gekommen, von denen ich bisher nicht geträumt habe und andere haben sich als ziemlicher Flop herausgestellt.

Die Nacht unterm Sternenhimmel mit Luca und Leo war viel schöner als eine Fullmoon-Party mit betrunkenen Abiturienten.

Ich bin froh über jede einzelne Erfahrung und genauso froh wieder daheim zu sein. In den letzten Monaten hatte ich viel Zeit, um über alles nachzudenken.

Nachdem ich ausgiebig geduscht und die ersten Sachen ausgepackt habe, sitze ich am Küchentisch vor meiner Post, die meine Mutter in den vergangenen Monaten für mich gesammelt hat.

Hochschule für Film und Fernsehen München steht auf einem großen Umschlag, der ganz oben liegt. Ich mache ihn nicht auf, sondern stecke ihn trotz Neugier direkt in meine Tasche.

Eigentlich müsste ich nach zwölf Stunden Flugzeit von Bangkok nach München hundemüde sein, doch mein Körper ist voller Energie.

Ich weiß schon seit Tagen, wohin ich als Nächstes gehen werde. Ich lüge mich selbst an. Ich weiß es schon seit Wochen.

Kurze Zeit später stelle ich mein Fahrrad am Eingang vor dem Container-Viertel am Ostbahnhof ab.

Ein großes Plakat kündigen Leonardo Speziali und seine Ausstellung *Strength*, die in einer Woche starten soll, schon von außen an. Laut Internet ist sie die nächsten drei Monate hier zu sehen.

Ich laufe durch das große Eingangstor in den Hof und da sehe ich ihn. Er sitzt mit schief-gelegtem Kopf in der Hocke vor einem großen gerahmten Foto, als wolle er überprüfen, ob das Motiv so richtig wirkt.

Ich gehe ein paar Schritte näher und sehe, dass es Lina von unserer Reise nach San Elio ist.

Verlegen räuspere ich mich, weil ich nicht weiß, was ich sagen soll. Leo erschrickt und kippt bei dem Versuch sich umzudrehen fast um.

Als er mich sieht, erscheint ein Lächeln auf seinem Gesicht und er steht langsam auf. »Du bist wieder da.«

»Vor Kurzem erst angekommen.«

Ich habe mir diesen Moment immer und immer wieder in den letzten Monaten in meinem Kopf vorgestellt und bin aufgeregter, als ich gedacht hätte.

Leo macht einen Schritt auf mich zu und fährt sich dann mit seinen Händen durch die Haare. Sie sind etwas länger geworden. »Dein Videotagebuch war toll.

Ich hatte dadurch das Gefühl, dass ich irgendwie auf deiner Reise mit dabei war. Am allerbesten hat mir das Video über den Fischer auf den Cook Inseln gefallen.«

Er plappert. Und ist wahrscheinlich genauso aufgeregt wie ich. »Ich bin froh, dass du hier bist. Ich muss dir etwas zeigen.« Er deutet auf einen der Container und wir gehen hinein.

An der Seite stehen einige gerahmte Bilder und Leinwände. Eines davon ist mit einem Tuch verhüllt. Leo zeigt darauf und sagt: »Es ist mein Lieblingsbild. Aber ohne dein Einverständnis werde ich es nicht ausstellen.«

Ich hebe das Laken an einem Ende an und ziehe es dann langsam herunter. Hervor kommt die Aufnahme, die Leo von mir am Strand gemacht hat und die ich bereits auf seiner Kamera angeschaut habe. Er hat sie in Schwarz-Weiß auf eine große Leinwand drucken lassen.

Ich betrachte das Bild eingehend und werde sofort in den Moment am Strand zurückversetzt. Wie ich die Erinnerungen an meinen Vater das erste Mal seit langem zugelassen hatte, um Leo von ihm zu erzählen. Und dass von nun an die Vergangenheit nicht mehr länger bestimmen sollte, wie ich in Zukunft leben wollte.

Auch wenn es danach noch gedauert hat, bis ich bereit zur Veränderung war, war dieser Abend der ausschlaggebende.

Für mich hat Leo genau dieses Gefühl eingefangen. Als wäre die Linse seiner Kamera ein Vergrößerungsglas, durch das er die Welt betrachtet.

Ich drehe mich zu Leo um, der mich nervös ansieht. »Ich fühle mich geehrt, dass es dein Lieblingsbild ist.«

Erleichterung huscht über sein Gesicht.

»Du kannst es natürlich gerne ausstellen«, füge ich hinzu.

»Danke«, sagt Leo und drückt meine Hand. »Auf den Titel der Ausstellung bin ich durch dieses Bild gekommen.«

Er dreht sich zu mir und lässt meine Hand dabei nicht los. Einer seiner Finger streichelt über das Armband aus San Elio an meinem Handgelenk.

»Es war verdammt stark von dir, dass du deine Reise wirklich gemacht hast. Du hast bestimmt so viel erlebt und neue Menschen kennengelernt ...«

Leo lässt den Satz zwischen uns in der Luft hängen und ich ahne, was er wissen will.

Im Film würden wir uns nun noch einmal voneinander verabschieden, bevor wir uns endlich eingestehen würden, was allen Zuschauern bereits klar ist.

Doch das Leben ist kein Film, keiner schreibt das Drehbuch für dich und du musst die Dinge selbst in die Hand nehmen. Du kannst nicht nochmal Action schreien, wenn es vorbei ist, also tu alles für dein Happy End.

Ich gehe einen Schritt auf Leo zu und bleibe ganz nah vor ihm stehen. »Hierauf habe ich sechs Monate gewartet«, sage ich, »also lass uns keine Zeit mehr verlieren.«

Er versteht sofort, nimmt meinen Kopf in beide Hände und küsst mich. Unsere Zungen finden sich und ich habe das Gefühl zu explodieren, so sehr habe ich mich nach diesem Moment gesehnt. Seine Hände fahren dabei immer wieder durch meine Haare und ich schmiege mich an seine Brust.

Nach einer kurzen Ewigkeit lasse ich von ihm los und schaue in sein grinsendes Gesicht.

»Ich habe es zwar gehofft, aber ich hätte nicht gedacht, dass mein Wunsch in der Flaschenpost so schnell in Erfüllung geht«, sagt er zufrieden und ich lache.

Wir gehen wieder nach draußen und ich bin froh einen kurzen Moment zu haben, um Ruhe in die tausend Schmetterlinge in meinem Bauch zu bekommen.

»Borenstein lässt dich also auch Bilder ausstellen, die du im Namen der Agentur gemacht hast?«, frage ich ihn.

»Ja, er hat echt super reagiert, als ich ihm gesagt habe, dass ich aufhöre und als selbstständiger Fotograf arbeiten werde.«

»Läuft es denn gut?«

»Richtig gut. Ich habe bereits zwei Aufträge für die Zeit nach der Ausstellung. Einer davon wird für ein Buchprojekt im September in Namibia sein.«

Wow, Namibia.

»Leo, das ist einfach toll.«

»Ja. Jemand hat mir gesagt, dass ich endlich alles im Leben einfordern soll – und hier bin ich.«

Er schaut mich gespannt an. »Und was sind deine Pläne?«

»Ich glaube, ich habe im September auch sehr viel zu tun.« Ich ziehe den Umschlag der Hochschule aus meiner Tasche und strecke ihn ihm entgegen.

Leo liest den Absender und fragt: »Du hast dich beworben?«

Ich nicke eifrig. »Ich habe meine Arbeiten von der Reise dafür verwendet und im Februar hatte ich ein Auswahlgespräch per Skype. Da er so dick ist, glaube ich, es ist eine Zusage. Aber du sollst ihn aufmachen. Dir habe ich zu verdanken, dass ich überhaupt so weit gekommen bin.«

Leo schüttelt den Kopf. »Das hast du dir selbst zu verdanken, Mika. Du alleine hast den Mut gehabt.«

Er verschränkt die Arme vor der Brust und schaut blinzelnd in die Sonne. »Wir haben uns gegenseitig nur ein bisschen geschubst.«

Als ich ihm den Umschlag weiter unerbittlich hinhalte, nimmt er ihn schließlich und öffnet ihn mit ernstem Gesicht. Er zieht einen Stapel Blätter heraus, überfliegt die erste Seite und strahlt mich an. »Zusage!«

Ich stoße einen Freudenschrei aus und falle ihm um den Hals. »Ich habe es so sehr gehofft!«

Ich lasse ihn wieder los. »Wie lange wirst du in Namibia sein?«

»Nur vier Wochen«, sagt er und zieht mich an sich. »Wir haben Zeit für alles, was kommt.«

Danksagung

Der größte Dank geht an dich, der du dieses Buch in den Händen hältst. Für mich ist mit diesem Roman ein Traum in Erfüllung gegangen, von dem ich bis vor kurzem noch nicht zu träumen gewagt hätte. Danke, dass du die Geschichte von Mika lesen wolltest. Ich hoffe von ganzem Herzen, dass du viel Spaß dabei hattest.

Ein riesiger Dank geht an meine Testleser-Runde und an Sarah.

Danke an Kathi für das tolle Design und deine Tipps.

Passi, ohne dich wäre all das nie möglich gewesen. Du bist mein Anker und gleichzeitig mein größtes Abenteuer. Danke für deine bedingungslose Unterstützung.

Meine Eltern, die alles dafür getan haben, damit ich meinen Weg gehen kann.

Unsere Lina - danke für den Sonnenschein, den du in die Welt bringst.

Danke an Catja - du bist pure Inspiration, eine großartige Freundin und gleichzeitig die lustigste Person, die es gibt.

Den Rest der ganzen Bande: Tess (wer sollte es nur richten, wenn nicht du?), Neli (danke, dass du genauso filmverrückt bist) und Fabi (stille Wasser sind die besten).

Vivi, die ich zwar spät, aber dafür mit voller Wucht kennengelernt habe. Danke, dass ich mit dir die ganze Welt erörtern kann, Soul Sister.

Anna und Maria für eine Dekade der Freundschaft voll von Vertrauen, Unterstützung und Spice Girls-Momenten.

Ela dafür, dass du so wahrhaftig und immer für mich da bist.

Stephan, meinem partner in crime: Wer solch einen besten Freund hat, braucht sich vor nichts zu fürchten.

Danke an Lilly, Anna, Laura, Nanette, Raissa, Julia und Patrick für eure Freundschaft.

Und an Conny, die mit ihrer unerschöpflichen positiven Kraft meinen Weg geformt hat.